고고심령학자

고고심령학자

배명훈 장편소설

북하우스

차례

1부

검은 벽

책으로 쌓은 산

새로 눈이 오지는 않았지만 정상으로 가는 길은 눈으로 하얗게 덮여 있었다. 산 밑에서 불어오는 바람이 남아 있는 눈을 밤새 위쪽으로 쓸어 올린 탓이었다. 쓸려 올라오기는 구름도 마찬가지였다. 습기를 머금은 바람은 눈보다 먼저 정상에 다다랐다. 그래서 산꼭대기에는 구름이 걸려 있는 날이 많았다. 구름인지 안개인지. 1400미터 고지 위에서는 그 둘을 구별하는 것이 그다지 큰 의미가 없었다.

은수는 천문대를 나와 등산로로 접어들었다. 후드를 덮어쓰고, 외투에 달린 모자도 끈을 조였다. 그래도 귓가를 때리고 지나가는 바람 소리를 막을 수는 없었다.

천문대는 거의 산 정상에 위치해 있었지만 그렇다고 완전히 꼭대기에 자리 잡은 것은 아니었다. 산책하기 딱 좋을 만큼 오르막이 남아 있다는 뜻이었다. 영하 17도. 아직 등산객은 한 사람도 지나가지 않은 모양이었다. 아무도 밟지 않은 눈밭이 모래언덕처럼 눈앞에 펼쳐져 있었다. 밤새 바람이 쓸고 간 흔적이 고스란히 남아 있는 눈길이었다.

은수는 그 길 쪽으로 발을 돌렸다. 다른 데였으면 감히 발을 디디지 않았을 것이다. 은수는 아무도 밟지 않은 새 눈길을 거리낌 없이 밟고 지나갈 사람이 아니었다. 하지만 그곳은 등산로였다. 몇 시간 뒤면 어차피 누군가가 밟고 지나갈 길이었다.

'저 아래 눈길을 다 차지하고 온 사람이 보면 실망스럽기는 하겠네.'

금방 꺼지는 가벼운 눈이었다. 뽀드득뽀드득 눈 밟는 소리가 몸을 타고 곧장 귀까지 전해져 왔다. 생각보다 훨씬 요란한 소리였다. 발소리를 좀 죽일 수 있으면 좋을 텐데, 하고 생각하는 순간 오른발이 눈 속에 푹 파묻혔다. 차가운 눈이 발목으로 넘어 들어왔다.

천문대는 꽤 큰 건물이어서 드리운 그늘도 묵직하고 차가웠다. 눈을 쓸어 올린 거대한 바람이 망원경 돔을 지나면서 기괴한 소리를 냈다. 천체망원경이 있는 연구동과 방문객용 숙소가 있는 교육관 사이 길쭉한 공중 통로 아래에는 송곳니처럼 생긴 뭉툭한 고드름 몇 개가 드리워 있었다. 식당 쪽 지붕 위에는 한 덩이로 얼어 있던 눈덩이가 빙하처럼 조금씩 경사면을 따라 미끄러져 내려오다가, 시간이 얼어버린 듯, 추락하는 쪽에 한쪽 발을 걸친 채 그대로 위태롭게 얼어붙어 있었다.

그러다 어느 순간 시간이 흐르기로 마음먹으면 간밤에 들은 것 같은 둔탁한 소리가 삼중창을 넘어 날아드는 것이었다. 정체를 알 수 없는 어느 불길한 짐승이 지붕 위에서 몸을 내던지는 게 아니라.

낮에 보는 천문대는 그런 불길한 상상이 깃들 여지가 별로 없는 곳이었다. 흰 눈 위에 드리운 그림자가 유난히 짙어 보이기는 했지만 그 또한 일상적인 감각을 벗어날 정도는 아니었다. 그러나 천문대 그림자를 벗어나 볕이 드는 곳에 첫발을 내디디는 순간, 함께 나선 고민이 은수를 따라잡는 것은 어쩔 수가 없었다.

'어쩌지? 이제 선생님도 안 계시는데.'

바람이 세찬 곳에는 큰 나무가 별로 없었다. 크리스마스 장식처럼 하얗게 변해버린 나뭇가지들이 바람의 위세를 온몸으로 호소하고 있었다. 나뭇가지마다 눈꽃이 두껍게 피어 있었다. 눈이 내려앉은 게 아니라 안개가 나뭇가지를 감싼 채 얼어붙은 흔적이었다. 찬 구름이 나무에 긁힌 흔적이었다.

저 아래 능선 위로 구름이 넘어가는 모습이 보였다. 살아 있는 생물처럼 너무나 부드럽게 산을 타 넘는 모습에서 존재할 리 없는 생의 의지 같은 게 느껴졌다. 살아남겠다는 의지가 아니라 저 언덕을 넘어 반대편으로 가보겠다는 정도의 훨씬 소박하고 단순한 의지.

전부 바람 탓이었다. 별 희한한 사물들이 의지를 갖고 있는 것처럼 보이는 것은.

뒤에서 거센 바람 소리가 들려왔다. 차가 다닐 수 없다는 것은 잘 알고 있었지만, 본능적으로 뒤를 돌아보게 만드는 소리였다. 순간 발이 미끄러져 몸이 휘청했으나, 이내 자세를 바로잡고 정상을 향해 걸어갔다. 참고할 발자국이 하나도 없었으므로, 은수의 걸음걸이대로 발자국이 생겨났다. 곧 발자국들이 늘어서서 길을 이루었다. 매서운 바람에도 아랑곳하지 않고 거침없이 길게 늘어선 길이었다.

그러나 그 길이 이끄는 대로 눈 덮인 산길을 걸어가다 보면 오 분에 한 번씩은 발걸음을 멈추고 뒤를 돌아보게 되어 있었다. 앞서간 사람이 망설였던 바로 그 지점에 어지럽게 흩어져 있는 발자국 때문이었다. 은수는 눈 위에 찍혀 있는 마음이 부끄러웠다. 하지만 흔적이 오래 남지는 않을 것이다. 이런 바람에는 발자국도 이내 풍화되고 말 테니까.

다시 뒤를 돌아보는 순간, 마음이 재빨리 산 아래로 달려 내려갔다. 아무리 가벼운 눈 위를 걸어도 발자국 하나 남기지 않는 근심이었다. 그래서 사람들은, 조은수에게도 다른 사람만큼의 걱정거리가 있다는 사실을 알아차리지 못했다. 그냥 그렇게 믿는 편이 편했기 때문인지도 모른다.

'그러거나 말거나.'

당장 산을 내려갈 수는 없었다. 폭설이 내린 것은 아니었지만 산 아래로 내려가는 길목 곳곳에는 여자 허리만큼 눈이 쌓이는 지점이 몇 군데 있었다. 역시나 바람이 눈을 쓸어 모아놓은 탓이었다. 예전처럼 천문대가 천문대로 기능하던 시절이라면 차가 다닐 수 있도록 곧바로 제설작업이 이루어졌겠지만, 건물 이름만 여전히 천문대일 뿐 용도는 전혀 다른 것이 되어버린 지금은 그런 속도를 기대하기 어려웠다. 발이 묶여버렸다는 뜻이었다.

그 생각을 하는 순간, 마치 마음을 들키기라도 한 듯 구름이 순식간에 하늘을 뒤덮었다. 하늘이 닫히고 주변이 갑자기 어두워졌다. 마침내 정상에 다다랐을 때에는 산 아래 풍경이 전혀 보이지 않을 지경이었다.

평지인데도 몸이 휘청거릴 만큼 강한 바람이 불어오자 저 아래 먼 곳에 가 있던 마음이 재빨리 산 위로 올라와 두 겹의 모자 안으로 허겁지겁 달려 들어왔다. 정신을 꽉 붙들어 매는 바람. 사흘 굶은 맹수의 입처럼 게걸스러운 기세. 조용히 생각이나 정리해보자고 나선 산책길이었는데, 막상 와보니 발밑을 살피며 걷는 것 말고는 아무 생각도 할 수가 없었다.

차라리 그게 나을지도 몰랐다. 산 아래에서 들려온 소식에 관해서도 마찬가지였다. 적어도 며칠간은 산 위에서 할 수 있는 일에 집중하는 편이 나았다. 그 일 또한 쉽사리 손에 잡히지는 않았지만.

'하지만 저 아래에서도 누군가 움직여주기는 해야 할 텐데. 어쩌지? 하필 은경이도 떠나버렸고.'

올라올 때와는 다른 길을 골라 산을 내려갔다. 큰 나무가 없어서 바람이 한층 거센 쪽이었다. 갈림길 다른 쪽으로 나 있는 은수의 발자국은 어느새 모서리가 무뎌져 있었다. 은수는 아래에서 올라오는 발자국을 그대로 되짚어 천문대로 내려갔다. 바람이 천문대 건물을 더듬는 소리가 요란했다. 금속으로 된 무언가가 떨림판 역할을 하는지, 덩치 큰 괴물이 성대를 울려 내는 듯한 포효가 들렸다.

다 바람 때문이었다. 온갖 생명 없는 것들이 살아 있는 듯 느껴진 것은. 천문대 언저리에서 느껴지는 초자연적인 감각은 모조리 착각에 지나지 않았다. 살아 있어서는 안 되는 것 중에 정말로 의지를 지닌 것은 아무것도 없었다. 단 하나를 제외하면.

여닫이문과 미닫이문을 하나씩 지나 천문대 안으로 들어섰다. 한기가 금방 가시지는 않았다. 은수는 입구 옆에 있는 거실을 바라보았다. 커다란 유리창을 통해 볕이 잔뜩 들어오는 방이었다. 이제는 앉을 사람이 그렇게 많지 않을 텐데도 두 면 가득 소파가 들어차 있어서 떠들썩한 느낌이 고스란히 남아 있는 곳이었다.

천문대는 버려진 것이 아니었다. 명예롭게 임무를 다한 다음, 서서히 용도가 변경되었을 뿐이었다.

은수는 천문대의 생애를 떠올렸다. 맨 처음 망원경이 들어섰다. 또한 망원경을 담기 위한 돔이 생겨났다. 중세 유럽 요새의 방어탑처럼, 돔을 이고 있는 두 개의 탑 사이로 사람들을 위한 시설이 만들어졌다. 건물은 시간을 두고 조금씩 확장되어갔다. 연구동에서 정상 쪽으로 조금 더 올라간 지점에 교육관이 생기고, 얼마 뒤에는 연구동 2층과 교육관 1층을 잇는 통로도 생겨났다. 실내 공간 중 가장 추운 곳이기는 했지만 산 전체를 휘감는 매서운 바람으로부터 사람들을 지켜주는 유용한 통로였다.

문제는 망원경이었다. 수십 년 된 망원경은 만족스러운 연구 결과를 내놓기에는 구경이 작았다. 게다가 산은 기후 조건이 좋지 않아 더 큰 망원경을 들여놓기에는 적합하지 않았다. 결국 새 망원경들은 지구 반대편으로 갔다. 오래된 망원경은, 자세히 볼 필요는 없는 대신 긴 시간을 들여 지켜봐야 하는 별들을 관측하는 일에 노년을 바쳤다. 그런 별을 찾는 연구자마저 뜸해져버렸을 때, 천문대는 명예롭게 은퇴를 맞이했다. 기념관, 혹은 일종의 박물관으로.

거실을 나와 계단을 올라갔다. 2층 계단 바로 앞에는 밤에 일하는 관측자들을 위한 간이 주방이 있었고, 그다음은 망원경으로 향하는 통로가 양쪽으로 길게 나 있었다. 통로를 따라 관측실, 연구실, 연구자들이 묵는 방이나 화장실 같은 것들이 늘어서 있었고, 2층 한가운데에는 커다란 창문이 난 회의실이 있었다. 거기가 바로 문 박사의 서재가 있는 곳이었다.

문인지 박사는 그 방에서 세상을 떠났다. 문 박사는 천문학자가 아니었다. 언어학과 역사학 학위가 있는 고고심령학자였다. 고고심령학은 공식적으로 존재하는 학문이 아니었으므로 박사학위 같은 것은 따로 존재하지 않았다. 심령학적인 관찰을 통해 고고학적인 질문에 대한 답을 찾고자 하는 학문. 고고심령학은 대강 그렇게 정의되는 학문 분야였다. 많은 것들을 상상하게 만드는 정의였지만, 문 박사가 생각하는 고고심령학은 그보다 훨씬 단순 명료했다.

천년 전 사람들이 쓰던 언어를 어떻게 재구성해낼 것인가? 다른 해석의 여지 없이 소리 하나하나에 정확히 대응되는 문자 체계가 만들어지기 전에 살던 사람들이 하던 말을?

이 질문에 대한 고고심령학의 대답은 간명하고 매혹적이었다. 천년 전에 죽은 혼령이 하는 말을 직접 들어보면 된다는 것이었다.

물론 그런 식으로 알게 된 것을 언어학이나 역사학 논문으로 발전시킬 수는 없었다. 그냥 혼자 알고 그만인 지식이었다. 그렇게 하기로 마음먹은 순간, 문 박사는 이미 언어학자나 역사학자가 아니었다. 그저 고고심령학계 안에서만 인정받는 고고심령학자 중 한 사람일 뿐이었다.

그런 자기만족적인 입장 때문이었을 것이다. 다른 1세대 고고심령학자들이 은퇴를 선언하기 한참 전에 벌써 문 박사는 고고심령학계의 중심에서 밀려나 있었다. 그리고 쫓겨나듯 달아난 새 보금자리에서 누구보다 오래 고고심령학을 연구했다. 한국 고고심령학계가 내세울 수 있는 유일한 대가라는 이야기를 들을 만큼.

"그 집이야 대대로 부자였으니까."

장례식장에서 은경이 말했다. 다른 많은 사람들이 그렇듯, 공부를 그만두겠다는 선언을 은수에게 한 직후였다.

"깎아내리려고 하는 말은 아니야. 인문학은 원래 다 그런 거 아닌가?"

그 말을 듣고 은수가 되물었다.

"고고심령학이 인문학이었나?"

"아닌가?"

"아닐걸? 인문학자들이 들으면 싫어할걸."

천문대가 새로운 용도를 모색하고 있을 무렵, 대대로 부자였던 문박사의 집안 사람 누군가가 순수한 의도로 후원을 자처했다. 천문대가 완전히 새로운 방식으로 재편될 때까지 임시로 유지 비용을 대겠다는 것이었다. 문제는 그 '임시'라는 이름이 붙은 기간이 한없이 길어졌다는 점이었는데, 대대로 부자였던 데다가 엉뚱한 사업을 시도하다 집안 재산을 다 말아먹은 삼촌이나 형제조차 하나 없던 문 박사 집안 입장에서는 그렇게 부담스러울 것도 없는 상황이었다. 그런 과정을 거쳐 문 박사는 퇴역한 천문대의 볕 잘 드는 회의실을 어영부영 십오 년 동안이나 차지할 수 있었다.

"영원히 지낼 수는 없죠. 임시로 있는 거예요, 임시로."

평생 누구에게나 공손했던 분. 은수는 방한복을 벗어 손에 들고는 방 안을 가만히 들여다보았다. 은수는 문 박사가 학계의 중심에서 밀려난 사실에 분노해본 적이 한 번도 없었다. 문 박사는, 은수가 고고심령학을 처음으로 접하던 순간에 이미 그 방에 뿌리를 내리고 있었다. 그 방 책꽂이를 자기 책으로 채우기 시작했다는 의미였다. 또한 은수는 그 방에서 처음으로 고고심령학 수업을 들었다. 어떤 때는 개론 수업이고, 어떤 때는 강독, 또 어떤 때는 세미나가 되기도 하는 대가의 수업을 담아내던 작은 강의실.

산속에 사는 도인으로부터 비급을 전수받는 듯한 수업 방식이었지만, 사실은 그 수업이야말로 근대적인 의미의 커리큘럼이 있는 유일한 고고심령학 학위 과정이었던 셈이었다. 전적으로 문 박사 한 사람의 능력에 의존한다는 점만 제외하면, 그리고 그 과정을 마친 뒤에 아무 학위도 주어지지 않는다는 점만 제외하면, 이론부터 실습까지 거의 모든 것이 완벽하게 갖춰진 대학원용 코스였다. 은수는 그 사실이 자랑스러웠다. 은경은 그 점을 부러워하곤 했다.

"속세에 있는 고고심령학 협동 과정은 말이 좋아 협동 과정이지, 일 잘하는 사람 통제를 받아본 적이 한 번도 없는 누더기 퍼즐이어서 말이야. 전국 대학에 있는 코스를 다 뒤지고 나면 결국 없는 조각이 뭐가 있는지만 파악하게 된다니까."

"파악됐으면 채우면 되겠네."

"그런데 문제는, 그걸 나만 파악하고 있는 것 같다는 거지. 적어도 산 아래에서는. 다른 사람들은 나 들어오기 전 수십 년 동안 대체 뭐한 걸까?"

"너 기다린 거 아닐까?"

"역시 그런가? 기다렸다가 일 잔뜩 시키려고?"

은경은 현장에서 잔뼈가 굵었다. 현장이 뭔지도 제대로 정의되어 있지 않은 시절부터였다. 은경은 체계를 만드는 사람이었다. 눈밭에 길을 만들어 그다음 사람이 똑같이 걷고 똑같은 것을 보게 만드는 사람. 은수는 은경이 문 박사의 제자가 아닌 게 신기했다.

둘은 희한하게도 가까워지지 않았다. 은경은 쌓여 있는 책을 보면 곧바로 질려버리는 사람이었고, 문 박사의 서재에는 언제나 책이 잔뜩 쌓여 있었다. 바람이 산 위로 날려 보낸 눈처럼, 어딘가에서 깎여 나와 문 박사의 서재에 퇴적되어 있는 책들.

은수는 회의실에 가득 들어차 있는 책의 언덕을 바라보았다. 문 박사는 말할 수 없이 깔끔한 사람이었지만 책에 대해서만은 그렇지 못했다. 조바심이 났는지, 당장 읽거나 참고해야 할 게 너무 많다고 느꼈는지, 보지 않을 책을 정리해서 책장에 차곡차곡 쌓아두지 못했다. 물론 책장은 이미 다른 책들로 가득 차 있었다. 말하자면 책장을 차지하고 있는 책들은 보존용으로 봐도 무방한 것들이었다.

읽을 책들은 테이블 언저리에 놓여 있었다. 그리고 빠른 속도로 늘어만 갔다. 새로운 종류의 책을 읽기 위한 어학 서적들이 만만치 않게 쌓여 있었던 것을 보면, 더 늘었으면 늘었지 줄어들 가능성은 애초에 기대해볼 수 없는 추세였다. 그런 책들이 먼지처럼 회의실 전체에 잔뜩 쌓여 있었다. 정말로 발 디딜 틈 없이, 정확히 말하면, 책을 밟지 않고 걸을 수 있는 오솔길 하나만을 남겨둔 채.

'그렇게 서두르시더니, 결국 다 못 읽고 가셨네.'

수업이 진행되던 6인용 테이블에는 한 사람 앉을 자리밖에 남아 있지 않았다. 의자가 있던 자리에는 학생 대신 책이 앉아 있었다. 테이블 위에 엎드려 있는 것도 책이었다. 상판이 무거워지자 책으로 기둥을 만들어 테이블 아래를 떠받쳤다. 여섯 개로, 여덟 개로 늘어난 책 기둥 사이에는 책으로 묶이지 않은 자료들이 가득 찼다. 프린트한 논문들, 지도, 참고 자료, 낱장으로 된 서류들, 그리고 손으로 쓴 메모까지.

원래는 그 정도까지는 아니었다. 은수는 그 방에서 육 년을 공부했다. 의자 여섯 개가 다 제자리에 놓여 있고, 학생도 서너 명은 있던 시절부터였다. 공부를 마치고 나서도 매년 대여섯 번은 그곳을 찾았다. 발길이 아주 뜸해진 무렵조차 일 년에 한 번씩은 드나들던 곳이었다. 고고심령학에 입문한 사람이라면 누구나 한 번은 거쳐야 하는 초급 현장실습 워크숍 장소가 바로 천문대였기 때문이다. 금세 흥미를 잃고 고고심령학을 떠나는 사람조차도, 딱 거기까지는 하고 그만둔다는 핵심 과정.

"구경하고 튀는 거면 어때서요. 무례한 게 아니라 예의 바른 거 아닌가요? 이게 진짜 열고 들어가도 되는 문인지 아닌지 한번 두드려 보자는 거니까."

문인지 박사가 진지한 얼굴로 말했다. 웃어주는 사람은 아무도 없었다. 매년 하는 농담이었지만 딱히 기억에 남지는 않는 말이었다. 그러면 문 박사는 매년 처음인 듯 당황스러운 표정을 짓곤 했다.

은수는 그 사실에 화가 난 적이 있었다. 문 박사가 무안해질 정도로 반응하는 학생이 아무도 없다는 사실에. 그런데 그해는 달랐다.

문 박사의 농담을 듣는 학생들의 얼굴에서 은수는 어떤 자부심 같은 것을 읽어냈다. 웃어주지 않았다는 자부심. 별것도 아닌 것에 저항해놓고 별것도 아닌 성취감을 챙겨가는 청춘들.

'저 애들은 뭘 안다고 문 선생님한테 반항하는 걸 자랑스러워하는 걸까? 누가 어디에서 무슨 말을 하고 다니는 거지?'

은수는 그들을 가르친 어른들의 면면을 떠올렸다. 문 박사를 구석으로 몰아내놓고, 있어 보이는 타이틀은 다 차지한 사람들이었다. 은경이 말하듯, 그들은 고고심령학자가 아니라 귀신 이야기를 쫓아다니는 사람들에 가까웠다. 흥행하는 법을 아는 사람들. 인맥을 만들어 지원금을 타내고, 누구나 궁금해할 만한 음산한 표정으로 신문이나 잡지에 사진이 실리는 법을 훤히 꿰고 있는 사람들. 하지만 문 박사는 그런 일에 관심이 없었다. 대신 이런 질문을 던질 따름이었다.

"조은수 선생 생각은 어때요? 고고심령학이 흥행해서 될 학문 같은가요? 좀 더 비밀결사처럼 풀리는 게 낫지 않았을까요?"

지상의 고고심령학계는, 마치 얼굴에 깃든 음산함이야말로 학자로서의 깊이를 보여주는 지표인 것처럼 행동했다. 그 기준에서 보면 문 박사는 거의 문외한처럼 보일 지경이었다. 그만큼 밝고 포근한 사람이었기 때문이다. 수업 시간만 아니라면.

은수는 이미 알고 있었다. 자신보다 늦게 고고심령학에 입문해서 지금은 일종의 업계 스타가 된 사람들의 얼굴에 서린 귀기의 정체를. 사실 그들은 첫인상부터가 험악했다. 어쩌다 출강하고 있던 학교의 신입생 환영회에 끼게 되었던 날, 은수는 대학 고고심령학 협동 과정들이 사람을 영 잘못 뽑고 있는 게 아닌가 하는 생각이 들었다. 외모로 사람을 판단하는 것은 옳은 일이 아니었지만, 사실 외모로 사람을 뽑고 있기는 그들도 마찬가지였던 셈이다.

그 작은 권력 다툼 속에서 문 박사의 위치는 언제나 가장 외진 쪽이었다. 아무도 문 박사의 연구 성과를 후진들에게 가르치려 하지 않았고, 심지어 최근 몇 년간은 문 박사의 이름을 언급하는 일조차 드물었다. 그랬던 그들이, 문 박사의 사망 소식을 전해 듣고는 기다렸다는 듯 고인과의 친분을 과시하는 것을 보고 은수는 영 심사가 뒤틀렸다.

하지만 학계 대표 격인 이한철 선생이 제안한 프로젝트만큼은 거부할 수가 없었다. 공학자 출신인 이한철 박사는 고고심령학 측정 장비 개발 분야에서 주로 경력을 쌓은 사람이었다. 문 박사는 거의 인정하지 않다시피 한 방법론이었지만, 고고심령학에서도 발굴 분야, 즉 '랩Lab'이라고 부르는 현장 연구팀의 존재는 무시할 수 있는 영역이 아니었다. 돈이 되는 혹은 흥행이 되는 쪽은 책 산을 쌓아두는 쪽이 아니라 혼령의 흔적을 과학적인 장비로 검출해내는 쪽이었다.

사실 이 박사의 재능은 바로 이 흥행 부문에서 꽃을 피웠다. 몇 해 전 연구실 창업이 꽤 성공을 거두면서 요즘은 그를 "이 박사"나 "이 선생"보다는 "이 대표"로 부르는 게 더 자연스러워진 모양이었다.

"그래 봐야 한철 장사예요."

은수는 천진난만하게 말하던 문 박사의 얼굴을 떠올렸다. 은수는 무조건 대꾸를 해드리는 게 제자의 도리라는 점을 새삼 떠올렸다.

"선생님, 요즘 무슨 17세기 위구르 개그 연구하세요?"

"이봐요, 조 선생. 그건 좀 너무 나가셨네요. 내가 다 민망하게. 선생이 실패한 농담 좀 했다고 그렇게까지."

이 대표의 제안은 문 박사의 서재를 정리하자는 것이었다.

"그냥 책을 치우라는 게 아니고 발굴하듯 조심스럽게 정리하라는 거야. 현재 상태 그대로 지도를 만들자는 거지. 책이나 자료가 십오 년간 차곡차곡 쌓여간 순서대로."

은수는 듣자마자 그 말이 무슨 의미인지 깨달았다. 뇌 지도를 그리듯 그 방에 들어차 있는 책들의 관계를 정리한 삼차원 디지털 지도를 그리자는 말이었다. 공학자 출신다운 발상이었다. 발굴 자체보다는 디스플레이가 더 화려하게 보일 테니 그 또한 이 대표가 생각해낼 법한 아이디어였다.

은수에게도, 그리고 다른 모두에게도 큰 도움이 될 게 틀림없었다. 문 박사의 관심사가 어디에서 어디로 흘러갔는지, 어떤 자료를 보고 어떤 연구를 참고했는지, 그리고 어떤 경로를 거쳐 어디까지 간 다음, 정확히 어느 방향을 바라보고 있다가 시간이 다 되고 말았는지, 그런 것들을 알아낼 수 있다면 누군가 그 뒤를 이을 수 있을지도 모른다. 아니, 분명히 그럴 수 있을 것이다.

하지만 받아들이고 싶지 않은 부분도 있었다. 결국 이 대표 일당은 진짜 대가가 누구인지 알고 있었다는 말이 아닌가. 지난 십오 년간 거의 인용조차 되지 않던 변두리 학자를 전면에 내세워야만 고고심령학이 얄팍한 학문이라는 소리를 듣지 않을 수 있다는 사실을 그들은, 적어도 이 대표는, 은수만큼이나 분명히 인지하고 있었던 것이다.

"이 일은 아무래도 조은수 선생이 맡아줬으면 좋겠는데. 펀딩은 내가 맡아서 해볼게. 장비도 제공하고."

구두닦이에 비유하자면, 자기가 찍새를 맡을 테니 딱새가 돼달라는 말이었다. 화가 났다. 누군가 문 박사의 죽음을 기다리고 있었다는 사실에.

"알겠습니다."

그러나 은수는 그 제안을 받아들이고 말았다. 결국 그 길이 맞는 길이었다. 생각해보면 잘된 일이기도 했다. 스승을 그보다 더 잘 기릴 수 있는 방법이 어디에 있단 말인가.

'선생님도 참. 그러게 미리미리 손 좀 써두시지.'

은수는 출입금지 표지를 여섯 개나 만들어 천문대 2층 회의실 문에 갖다붙였다. 무슨 공연 포스터처럼 요란한 안내문이었다. 고故 문인지 선생 기념사업회. 은수는 그 글귀를 가만히 바라보다가 문을 열고 방 안으로 들어섰다.

일의 기본 개념은 단순했다. 서재에 만들어진 책 언덕을 정리하는 작업이었다. 문 밖 복도에는 서재에서 들어낸 책을 담기 위한 박스가 길게 늘어서 있었다. 이삿짐을 옮기는 것과 차이가 있다면 책 한 권 혹은 자료 한 건을 들어낼 때마다 책의 서지사항과 놓여 있던 위치를 하나하나 정확히 기록으로 남겨야 한다는 것 정도였다.

바닥에서 천장까지 닿는 네 개의 길쭉한 센서를 서재 모서리 네 군데에 고정한 다음, 사각지대 없이 서재 안의 모든 곳을 촬영할 수 있도록 카메라 여러 대를 세워둔다. 그 카메라로 사진을 찍으면 컴퓨터가 삼차원 이미지를 만들어낸다. 그리고 책을 한 권 들어낸 다음, 다시 전체 공간을 촬영한다. 그러면 컴퓨터가 두 사진을 비교해서 책이 빠져나간 공간의 정보를 자동으로 기록한다. 물론 설명서대로 알아서 처리되지 않는 경우에는 관측자가 수작업으로 보정을 해줘야 한다. 전자태그가 달린 소형 측정기를 이용해 책의 삼차원 좌표를 센서에 직접 입력하는 것이다.

그런 과정을 거쳐서 빠져나간 책의 위치가 기록된다. '고 문인지 선생의 서재'라는 이름의 가상공간 한가운데에는 부재하게 된 그 책 한 권의 윤곽선이 허공에 덩그러니 떠 있는 모습으로 표시된다. 그 다음 복도에 갖다놓은 스캐너에 책을 넣어 책의 표면 이미지를 여섯 면 전부 입력하면 비로소 책 한 권이 가상공간으로 옮겨진다. 서지 사항을 입력하는 것은 전적으로 수작업에 의존해야 하는 일이었다.

그렇게 한 권 한 권 책을 캐냈다. 발굴이라고 불러도 좋을 만큼 더딘 작업이었다. 혹시 책갈피나 메모가 끼워져 있지 않은지 일일이 확인하면서 박스 안에 차곡차곡 책을 쌓아갔다. 창밖에서는 잔잔해질 줄 모르는 거센 바람이 구름을 빠르게 날려 보내고 있었다. 지상에서는 한나절 내내 들여다봐도 열 페이지밖에 넘어가지 않는 하늘이 오십 페이지씩 백 페이지씩 빠르게 넘어갔다.

누군가의 도움을 받으면 일이 훨씬 빨라지기는 하겠지만, 은수는 누구에게도 도움을 청하지 않았다. 빨리하는 것만이 능사가 아니었던 것이다. 그보다는 캐낸 책들 사이에서 줄기라고 할 만한 것들을 찾아내는 일이 더 중요했다. 비슷한 시기에 퇴적된 책들, 책과 책 사이를 잇는 크고 작은 가설들과 뻗어나가는 관심사, 배경지식을 이루는 기초 자료들과 돌파구가 되어줄 핵심 문건.

정리하기에는 책이 훨씬 편했지만 자료로서의 가치는 묶여 있지 않은 낱장 메모 쪽이 오히려 더 높을 게 분명했다. 그런데 그 차이를 알아보려면 숙련된 전문가의 안목이 필요했다. 다른 일을 하다 불려온 대학원생의 눈에는 무게가 더 나가는 옛날 단행본 쪽이 보다 가치 있는 물건으로 보일 게 당연했다.

사실 단행본 한 권을 단일한 지식 덩어리로 보는 것도 무리가 있었다. 그 책을 집어든 사람이 정확히 어느 챕터를 눈여겨봤을지 가늠하지 못한다면 책 사이의 연결고리도 잘못 짚어낼 가능성이 높았다. 그 점을 생각하면 꽤 숙련된 전문가라고 해도 정말로 도움이 될지 의문이 들 수밖에 없었다.

"뭘 그렇게까지. 그러니까 고생을 사서 하지."

은수의 설명을 듣고 은경이 말했다. 그리고 이런 말을 덧붙였다.

"그래서 그쪽 랩이 굉장한 거긴 하지만."

하늘이 오후 편 마지막 장에 다다라 있었다. 하지만 천문대의 밤은 서서히 찾아오지 않았다. 날이 완전히 어두워지기도 전에 천문대 직원이 돌아다니며 창문마다 달려 있는 커튼을 쳤다. 이중 암막 커튼이었다. 그러자 갑자기 밤 편 첫 장이 시작됐다. 복도마다 전등 스위치가 올라가고, 시간을 가늠할 수 없게 만드는 균일한 조명이 천문대 내부를 단조롭게 만들었다. 저녁 편이 모조리 생략됐다는 뜻이었다.

무슨 특별한 일이 있어서 그러는 것은 아니었다. 천문대가 천문대였던 시절부터 이어져온 루틴일 뿐이었다. 습관적으로 반복되는 지루한 절차라기보다는, 타석에 오른 야구 선수가 늘 하던 호흡으로 방망이를 휘두르며 자세를 잡듯, 자유투 라인에 선 농구 선수가 자기만의 리듬으로 발 앞에 공을 두어 번 팅기듯, 중요한 순간을 앞두고 스스로를 가장 좋았던 흐름에 자연스럽게 올려놓기 위한 준비 동작에 가까운 일이었다. 그래서 그 일은 의례처럼 보일 때가 있었다. 천문대가 천문대로 사용되지 않는 지금까지도 중단되지 않고 이어져온 관습이라는 점을 생각하면 더 그랬다.

커튼을 치는 것은 밤을 재촉하기 위한 것이 아니라, 건물 안쪽에서 나오는 빛으로부터 바깥세상의 어둠을 보호하기 위한 방법이었다. 도서관에서는 침묵이 공공재이듯, 천문대에서는 어둠이 재산이었다. 그래서 천문대는 외딴곳으로 숨어들어갈 수밖에 없었다. 빛이 있는 곳에서 어둠은 너무 쉽게 방해를 받았다. 그 순간 존립 자체가 위태로워지는 것들도 있었다. 천체망원경으로만 볼 수 있는 어두운 별들, 혹은 고고심령학이 찾으려 하는 희미한 존재들처럼.

그래서 그 의례가 남아 있는 것은 고고심령학자들에게도 큰 도움이 되었다. 은수는 고고심령학 현장에서 발굴 전에 치르곤 하는, 제례를 본뜬 각종 의식들을 그다지 좋아하지 않았지만, 천문대에서 하는 커튼 의례를 보면서 생각이 달라졌다. 문 박사도 마찬가지인 것 같았다.

"우리가 저 아이한테 해줄 수 있는 인사 정도는 되겠죠. 그것 때문에 저 아이가 여기에 머무른다고 생각하지는 않지만요. 그렇게라도 하지 않으면 저 아이는 그냥 우리 실험 대상일 뿐이잖아요."

그 아이는 대략 천오백 년 전에 생을 마감한 것으로 추정됐다. 그 외에도 밝혀진 것들이 몇 가지 더 있기는 했지만 아이의 삶이나 살아온 내력에 대해서는 알려진 바가 거의 없었다. 알아낼 방법이 한정된 까닭도 있었지만, 방법이 있었다 해도 더 파고들지는 않았을 것이다. 적어도 문 박사가 관리하는 영역에서는 혼령 자체의 기원을 연구 주제로 삼는 일은 있을 수가 없었다. 발견된 지 수십 년이 지나도록 아이에게는 그 흔한 이름 하나 붙어 있지 않았다.

"이건 심령학이 아니잖아요. 고고학적인 궁금증에 답하기 위해 심령학적인 수단을 활용하는 것이지, 심령학 하려고 고고학 타이틀을 빌려오는 식이어서는 안 돼요."

문 박사는 초급 현장실습 워크숍에 온 학생들에게 그렇게 이르곤 했다. 물론 귀담아듣는 학생은 많지 않았다. 그 얼굴들에서, 귀신을 볼 수 있는데 왜 고고학에 집착해야 하는 거죠, 하는 의문을 읽어낸 건 은수만이 아니었을 것이다. 그래도 문 박사의 태도는 조금도 변하지 않았다. 은수는 학생들의 태도에 어느 정도 공감하는 편이었다. 어쨌거나 문 박사는 순수한 호기심을 평생 추구해도 좋을 만큼 부유한 환경에서 자란 사람이었으니까.

그것은 상류층만의 아마추어리즘 같은 것이었다. 은수는 문 박사의 바로 그런 측면을 동경하고 자랑스러워했지만, 모두가 그러기를 기대할 수는 없었다.

학생들에게는 그 아이를 보는 것 자체가 일생일대의 경험이 될 게 분명했다. 난생처음 망원경으로 토성의 고리나 목성의 위성 네 개를 직접 본 사람이 그 경이로움을 마음속에 고이 간직해두었다가 결국 천문학자가 되어버리듯, 그런 기회에 혼령을 처음 접한 누군가는 분명 진지한 고고심령학자로 자라나게 될 것이다. 문 박사는 바로 그 한두 사람에게 말을 건네고 있었던 셈이었다. 비효율적인 대화였지만, 그 십여 명 중 적어도 한둘은 그 말을 제대로 알아듣고 가슴에 새기기도 했을 것이다. 은수가 그랬듯, 또 은경이 그랬듯.

아이는, 그 고대 혼령은, 초급 실습 과정에 활용할 수 있을 만큼 순하고 안정적이었다. 불쑥 튀어나와 겁을 주지도 않고, 괴성을 지르거나 끔찍한 형상으로 일그러지지도 않으며, 부르지 않을 때 출몰하는 경우도 거의 없고, 무엇보다 누군가 불렀을 때 두 번에 한 번 정도는 모습을 드러내는, 예측 가능하고 안전한 시료였다. 가위에 눌리는 사람도 없고, 다녀간 누군가에게 저주가 붙었다는 뜬소문 한 번 들어보지 못할 만큼 착한 아이.

맨 처음 아이를 찾아낸 것은 고고심령학자가 아니었다. 천문대가 한창 시끌시끌하던 시절, 천문대에 놀러 온 천문연구원 자녀가 교육관 1층 식당 앞 로비에서 텅 빈 공간을 바라보며 이렇게 말했다.

"아빠, 쟤는 누구야?"

모두가 그쪽을 바라보았지만 어른들의 눈에는 아무것도 보이지 않았다. 순간 주위에 있던 모두가 그 자리에 가만히 얼어붙고 말았다. 처음에는 무슨 말인지 이해를 못해서였다. 하지만 생각이 딱 두 단계를 더 건너뛰고 세 번째 단계에 도달하려는 찰나, 온몸에 소름이 번지면서 머리카락이 쭈뼛 곤두섰다.

"얘가 왜 이래? 무슨 소리야?"

꼬마는 어른들이 있는 쪽과 비어 있는 공간을 번갈아 바라보며 어리둥절한 표정을 지었다. 어른들이 다시 물었다.

"너 진짜 뭐가 보여? 여기 있어?"

"아니. 이제 갔어."

천문학자들은 그 이야기를 대수롭지 않게 여겼다. 별다른 이유는 없었다. 과학자이기 때문이었다. 다른 천문대에는 귀신이 출몰하는 것으로 유명한 방이 따로 있기도 했지만 그 천문대에는 흉흉한 소문이 돈 적이 거의 없었다.

그리고 그 이야기는 두 다리를 건너 고고심령학자들의 귀에도 흘러 들어갔다. 흥미로운 것은 아이가 들었다는 혼령의 말이었다. 아무 의미도 없는 말이었고, 정확하게 기억하는 건지도 알 수 없는 말이었다.

그런데 그 이야기를 전해 들은 문 박사가 안경을 고쳐 쓰며 이렇게 말했다. 아직은 문 박사가 산 아래 학계에 남아 있던 시절이었다.

"뭐라고 했죠? 다시 한 번 말해볼래요? 그냥 듣기에는 드라비다어 계통인 것 같은데."

사람들이 다시 그 말을 들려주자 문 박사는 고개를 갸웃거렸다. 그리고 몇 가지 자세한 정황을 더 묻더니, 한참 동안 이런저런 자료에 파묻혔다.

"뭐라고 말했는지 알 것 같은데요."

그날 저녁에 문 박사가 말했다.

"뭔데요?"

"'쟤는 누구야?'라고 말한 것 같네요. '이제 갔어'라고도. 정확하지는 않지만요."

"목격한 애가 한 말이랑 같은 말인데."

"그렇죠. 그런데 이거, 목격한 애가 어른들한테 알리기 전에, 그러니까 혼령이 애한테 먼저 한 말이라고 하지 않았어요?"

교육관 1층 식당에서는 앉은 자리에서 그 드라비다 혼령이 나타났다는 장소를 볼 수 있었다. 하지만 천문대 안쪽은 언제나 밝고 안락하고 떠들썩하기만 했다. 모든 근무자가 일주일 주기로 교대근무를 하고 있기 때문인지도 몰랐다. 고립된 환경이다 보니, 더 오래 머물면 어쩐지 기분이 묵직해지기도 한다는 게 사람들의 한결같은 의견이었다. 단지 고립된 환경 탓만은 아닐지도 몰랐다. 어쨌거나 오래 머무르는 사람이 없었으므로, 문제가 될 만한 상황도 일어나지 않았다. 문 박사 역시 한 번에 열흘 이상은 머무르지 않았던 모양이었다.

"내일 아침이면 제설이 마무리돼 있을 것 같다는데요."

홍 선생이 말했다. 주로 근무자들 출퇴근 픽업을 도맡아 하면서 간단한 시설 관리 일도 겸하는 천문대 직원이었다. 그 외에 시설 관리자 한 사람이, 지금은 없어진 행정 관리자 일을 함께 맡아 보고 있었고, 주방 담당은 두 사람이 더 있었다. 모두가 교대근무를 하고 있었으므로, 전체 직원은 그 두 배였다.

산을 내려갈 수 있다는 말에 은수는 어쩐지 마음이 무거워졌다.

"그럼 오전에 내려갈게요. 열 시쯤."

식사를 마치고, 두 건물 사이를 잇는 통로를 지나 방으로 돌아왔다. 위아래 양옆, 네 면이 허공에 닿아 있는 통로 주위를 기괴한 바람 소리가 훑고 지나갔다.

커튼이 쳐져 있는 방은 한밤중처럼 어두웠다. 은경에게서 연락이 와 있었으면 좋겠다는 생각을 했지만 예상대로 그 기대는 실현되지 않았다.

'모르지는 않을 텐데. 한국에 있기만 하다면.'

외국에 있어도 모를 것 같지는 않았다. 듣지 않을 방법이 없는 소식이었다. 고고심령학계와 완전히 차단된 상태만 아니라면 어떻게든 한 번은 전해 들었을 뉴스였다.

그 일은 그만큼 기이한 일이었다. 늘 이상한 것들을 보고 다니는 게 일인 고고심령학자들조차 기이하다고 표현할 정도로 희귀하고 비현실적인 현상이었다. 은수는 학회에서 온 이메일을 떠올렸다. 이한철 대표 쪽 라인에 있는 누군가가 작성한 문건이었다. 거기에는 이런 표현이 들어 있었다.

"어디에도 기록된 적 없고 누구에게도 목격된 바 없는 완전히 새로운 유형의 혼령."

그 짧은 표현 안에는 조은수가 이한철을 신뢰할 수 없는 이유가 그대로 담겨 있었다. 그는 단정 짓기를 좋아하는 사람이었다. 무언가를 어떤 이름으로 규정하고 단정 지을 수 있는 권위를 얻기 위해 평생을 바친 사람이라고 해도 과언이 아니었다. 어디에도 기록된 적이 없다니. 이한철 따위가 어떻게 그런 말을 할 수 있을까. 세상에 존재하는 고고심령학 문건의 100분의 1도 들여다보지 않은 사람이.

그는 귀납적인 지식을 통해 무언가가 없다는 것을 증명해낼 수 있는 사람이 아니었다. 그가 하는 일은 그보다 훨씬 쉬운 쪽이었다. 즉 귀납적인 지식을 통해 무언가가 있다는 사실을 밝혀내는 쪽이었다. 무언가가 '있다'는 것을 밝혀내는 데에는 단 하나의 사례로도 충분하지만, 무언가가 '없다'는 것을 밝혀내는 데에는 훨씬 더 집요한 노력과 안목이 필요했다.

게다가 그는 혼령을 너무 만만하게 여겼다. 척 보면 다 파악할 수 있다는 식이었다. 위험한 일이 아닐 수 없었다. 그의 랩이, 그가 이끄는 발굴팀이 아무리 경험 많고 노련한 팀이라 해도 마찬가지였다. 은수에게 혼령은 사냥감이 아니었다.

은수는 마음을 가라앉히고 방을 나와 문 박사의 서재로 갔다. 관심 둘 데가 많지 않은 곳이다 보니 천문대에서는 마음이 단순해지는 경우가 많았다. 저절로 사람이 소박해진다는 뜻은 아니었다. 근심이 생겨나면 그 근심 하나에 붙들려 사나흘을 전전긍긍하는 일도 드물지 않았다. 혼령의 마음이 되어버리는 셈이었다. 은수는 모처럼 단순해진 정신을 가능하면 생산적인 일에 사용하고 싶었다. 스승의 서재를 들여다보는 일 같은.

관측자들에게는 일과가 시작되는 시간이었다. 그때부터 다음 날 해가 뜰 때까지, 중간에 잠깐이라도 구름이 걷히기를 기다리며, 초과된 시간이 아닌 정상적인 일과로 밤을 기다리는 천문학자들이 아직도 세상에는 수도 없이 많았다.

밤은 그저 행성의 어떤 면이 항성을 마주하고 있지 않은 기간일 뿐, 그 자체가 특별하거나 신비로울 이유는 별로 없었다. 그래도 커튼이 쳐져 있는 천문대 안은 밤이 되자 훨씬 수월하게 단순한 공간으로 변해갔다. 독기를 품은 듯 괴이한 바람 소리가 자주 솔깃한 도 발이나 유혹을 걸어오기는 했지만, 그마저도 곧 단순해져버렸다.

은수는 이내 책 무더기에 빠져들었다. 트로이나 하스티나푸라 같은 발굴 현장. 십오 년간 문 박사는 학기가 끝날 때마다 세미나에 참여한 학생들과 함께 그 서재에서 기념사진을 찍었다. 주로 학기말 과제를 발표하는 날이었다. 문 박사의 유적이 트로이나 하스티나푸라보다 발굴에 유리한 점이 있다면 바로 그런 것들이었다. 은수는 오래된 기념사진을 통해 문 박사의 책 산이 어떤 식으로 쌓여갔는지 확인할 수 있었다. 말끔히 정리되어 있던 6인용 테이블 위에 가장 먼저 어떤 책들이 놓이기 시작했는지, 또 그 책들이 만들어낸 능선 사이사이로 어떤 자료들이 퇴적되어갔는지.

막연히 추측에만 의존해야 하는 일도 아니었다. 은수는 엄연히 그 책 산의 일부였다. 문 박사가 이루어낸 지적 성취의 과정에는 은수의 역할도 분명히 포함되어 있었다.

그 기억이 은수를 이끌었다. 단순해진 천문대의 밤이 은수를 기억 속으로 밀어넣었다. 그곳에서 은수는 초저녁에 깃든 번뇌의 답을 어렵지 않게 찾아낼 수 있었다. 답해야 할 문제가 세상에 던져졌다. 좀처럼 답을 찾기 힘든 낯선 질문이었다. 하지만 "패스"를 외칠 수는 없었다. 전문가가 된다는 것은 그런 것이었다.

아무리 작은 천체망원경을 들여다보는 천문학자라도 어느 밤 권태에 지쳐 그 일을 함부로 내팽개쳐서는 안 됐다. 그가 보지 않으면 인류 전체를 통틀어 그 별을 들여다보는 사람이 단 한 사람도 없을지 모른다. 하필 그 순간 그 천체가 무슨 특별한 신호를 발산하기라도 한다면, 불운하게도 인류는 그 신호를 놓치고 마는 셈이다.

고고심령학자가 된다는 것은 그런 의무를 지는 일이었다. 남들은 있는지도 모르는 의무였지만, 그만큼 책임감이 큰 임무였다. 그래서 조바심이 났다. 문 박사가 있었다면 당연히 찾아냈을 힌트를 조은수이기 때문에 찾아내지 못할까봐.

다행히 그런 일은 일어나지 않았다. 대학원 4년 차 어느 세미나에서 모두 함께 읽었던, 한나 파키노티라는 스위스 건축사학자가 쓴 논문의 핵심 개념, 그 단어가 거기에 놓여 있었다. 모서리가 깎이고 표면이 반들반들해진 조약돌 모양으로.

바로 그 말을 찾아내면 되는 거였다. 일단은 그게 출발점이었다. 그것은 요새빙의要塞憑依라는 말이었다.

요새빙의

날이 새자마자 식당에서 간단히 아침식사를 한 다음, 짐을 챙기고 잠시 눈을 붙였다. 홍 선생이 운전하는 차에 앉아 삼십 분쯤 눈길을 달려 산을 내려갔다. 스노 체인을 제거하고 이십 분을 더 가면 기차역이었다. 늘 그렇듯 기차가 연착했다. 은수는 자리에 앉자마자 그대로 잠이 들었다. 햇살이 가끔 꿈속으로 넘어 들어왔다.

청량리역에서 내려 다시 지하철을 타고 시청으로 갔다. 회의실은 신청사 안이었다. 시간에 맞춰 왔는데도 은수는 지각한 느낌이 들었다. 전날 모임에서 이어지는 회의이다 보니 다른 참석자들이 서로 눈인사를 교환하는 모습이 보였다. 은수 또한 낯익은 얼굴이 드물지 않았지만, 아마도 공무원일 게 분명한 낯선 사람들과 그들 사이에 형성되어 있는 희미한 네트워크 같은 것이 눈에 띄자 도저히 가운데 자리를 차지할 수 없었다.

은수는 햇볕이 잘 드는 구석 자리에 앉아 책상 위에 외투를 올려놓았다. 산에서 입던 두꺼운 옷이 은수의 시야를 반쯤이나 가려버렸다.

회의는 믿을 수 없을 만큼 한가하고 단조로웠다. 토론이 오갔지만 언성을 높이는 사람이 아무도 없었다. 한쪽 벽에는 '비상대책회의'라고 적힌 플래카드가, 맞은편 벽에는 시계가 걸려 있었다.

당초 시작 시간에서 십 분이 경과하자 시청 공무원 한 사람이 자기소개를 하고는 그날 일정에 관해 짧게 이야기했다. 첫 순서는 전날 회의의 요약이었다. 전날 참석하지 못한 사람들을 위한 배려이기도 했고, 늦게 도착할 예정인 사람들을 고려한 일정이기도 했다. 발표자는 이한철 대표 쪽 사람이었다. 은수도 아는 얼굴이었지만 이야기를 나눠본 적은 없는 사람이었다.

은수는 컴퓨터를 꺼내 책상 위에 펼쳐놓았다. 굳이 전원 코드를 연결하지는 않았다. 두 번째 듣는 사람들에게는 그다지 놀라울 게 없는 브리핑인 듯했지만, 거기에 담긴 내용은 여전히 새롭고 중대한 것이었다. 아직 그 누구도 전말을 이해할 수 없는 현상이라는 점에서 더 그랬다.

어느 안개 낀 밤이었다. 서울 도심 곳곳에 벽이 나타났다. 안개에 덮여 있어서 벽의 끝부분이 어떤 모습인지를 목격한 사람은 아무도 없었다. 어쩌면 그 안개는 사람들의 인지능력이나 기억력의 한계가 은유적으로 표현된 것인지도 몰랐다.

그 브리핑이 새로울 게 없었던 것은, 그 벽을 포착한 새로운 시각 자료가 제시되지 않았기 때문이었다. 벽은 카메라에 찍히지 않았다.

도심 곳곳에 설치된 고정식 카메라에도, 사람들 손에 들린 그 수많은 휴대전화 렌즈에도, 단 한 장면도 제대로 포착된 바가 없었다. 하지만 그 현상은 분명히 존재했다. 그날 밤, 새벽 네 시부터 대략 네 시 반에 이르는 시간 동안, 적어도 수천 명의 사람이 그 벽을 목격했다. 그리고 반응했다.

"여기서 반응을 했다는 건 우회했다는 뜻입니다. 벽으로 인지했기 때문에 자연스럽게 뚫고 나갈 생각을 하지 않았다는 말입니다."

목격자들의 대답은 한결같았다. 높이 삼십 미터 이상에 달하는 검은 벽이 안개에 둘러싸인 채 길을 가로막고 서 있었다는 것이다. 반드시 도로 위에서만 목격된 것은 아니니, 길을 막았다기보다는 시야를 가리고 서 있었다고 하는 게 더 정확한 표현이었을 것이다.

재질을 알 수 없는, 암흑처럼 캄캄한 벽. 위쪽에서 넘어오는 희미한 불빛만이 벽의 윤곽을 짐작하게 해주었다. 벽의 위쪽 테두리는 매끈한 직선이었다. 직관적으로 인공 구조물이라는 생각이 드는 실루엣이었다는 것이 목격자들의 공통적인 증언이었다.

특이한 점이라면, 없던 벽이 갑자기 나타났는데도 이상하다는 생각이 전혀 들지 않더라는 것이었다. 운전 중에 벽을 만난 운전자들은, 원래 그랬던 것처럼, 벽이 나타나기 직전 교차로에서 자연스럽게 우회를 시도했다. 아무도 벽 바로 앞까지 다가가지 않았다는 뜻이다. 그렇게 반응한 이유에 대해 운전자들은 이렇게 대답했다.

"길이 없었으니까요. 그래서 그냥 돌아갔죠. 내비게이션이 켜져 있었는데, 직진을 하라고 했던 것 같아요. '그게 무슨 소리야' 하면서 그 앞 사거리에서 우회전을 했는데, 나중에 생각해보니까 이상

하더라고요. 왜 그때는 이상하다는 생각을 하지 않았는지 모르겠어
요."

은수는 발표자가 흘끔흘끔 자기 쪽으로 시선을 던지곤 한다는 사
실을 눈치챘다. 확인을 구하는 듯한 눈빛이었다. 하지만 굳이 시선
을 마주하지는 않았다. 브리핑이 이어졌다.

"저희 연구팀은 바로 이 특성에 주목해서 이 벽이 심령현상일 가
능성을 추적하고 있습니다."

그다음부터는 이미 다 알려진 이야기였다. 새로 알아낸 것은 전혀
없는 눈치였다. 발표자가 은수를 쳐다본 것은 은수가 새로운 가설을
제시해주기를 기대한다는 뜻이었다.

'그랬다가는 그것까지 전부 저쪽 랩에서 알아낸 게 돼버리겠지.'

그래도 방향은 나쁘지 않았다. 이 대표 또한 뭔가를 들은 기억이
나기는 하는 모양이었다. 아주 오래전 어느 날, 문 박사의 입에서
나왔을 어떤 말을. 그것은 인간이 경험할 수 없는 긴 시간대에 걸쳐
존재했던 혼령이 현실 세계에 출현하는 양상에 관한 이야기였을 것
이다.

오래된 나무나 구조물은, 그러니까 건물이나 성벽처럼 오랫동안
한자리를 차지하고 서 있던 것과 관련된 심령현상은, 갑자기 발생해
도 사람을 깜짝 놀라게 하지 않는다. 깜짝 놀란다는 것은 대단히 짧
은 시간 동안 일어나는 변화에 관한 반응이다. 성벽과는 좀처럼 어
울리지 않는 시공간이라는 뜻이다.

성벽은 나타나는 순간 이미 그에 어울리는 규모의 시간을 동반한
다. 백 년, 오백 년, 때로는 천 년 이상. 그리고 그 상태로 공간 자체

를 점유해버린다. 따라서 이 시공간 안에 들어간 사람은 그 기나긴 시간을 통째로 받아들인다. 즉 깜짝 놀라기보다는 오백 년 전쯤부터 늘 그래 왔던 것처럼 자연스러운 것으로 여겨버린다는 뜻이다. 브리핑에서 소개된 목격담들은 한나 파키노티의 사례연구와 부합되는 부분이 많았다. 일단 방향은 제대로 잡은 셈이었다.

복습 브리핑이 진행되는 사이 회의실에는 사람들이 가득 들어찼다. 먼저 의자 몇 개가 들어오더니 사람 몇이 더 들어와 그 자리를 채웠다. 은수는 바로 뒤의 비어 있던 공간에 사람들이 들어차자 신경이 은근히 분산되고 말았다.

몇 가지 의미 없는 발표가 더 이어졌다. 앞으로의 대응 방안에 관한 토론이었다. 시에서는 성벽이 재차 출현할지, 그렇다면 주간에 출현할 가능성도 있는지에 관심을 보였다. 요점은 교통대란이 일어날 수도 있겠느냐는 것이었다. 벽이 출현한 곳은 대략 마흔 군데에 이르렀는데, 그중 절반이 심야가 아닌 시간대에 나타나 주요 도로를 막아선다면 충분히 교통대란이 발생할 수 있는 상황이었다.

하지만 그 순간 은수는 빠른 속도로 흥미를 잃고 말았다. 말하자면 그 비상대책회의는 고고심령학을 위한 세미나가 아니었다. 그것은 결국 이한철 대표의 영리사업에 지나지 않았다. 고고심령학을 이용해 시나 정부 측과의 협력관계를 공고히 하는 프로젝트.

이한철 박사는 지난 몇 년 내내 그런 일을 해오고 있었다. 심지어 개별 프로젝트의 성공 여부는 중요하게 다뤄지지도 않았다. 그의 목표는 공공영역에 뻗어 있는 자신의 인맥을 보다 탄탄하게 하는 일, 그 자체인 것 같았다.

'이 모임도 마찬가지일 거야. 문제를 진짜로 해결할 생각이 없어. 여기 와서 앉아 있는 게 아니었는데.'

은수는 노트북에 들어 있는 장기將棋 프로그램을 열었다. 그것도 문 박사의 습관이었다. 주로 대학원 세미나에서, 학생들이 들으나 마나 한 발표를 한다 싶을 때면 문 박사는 어김없이 장기 프로그램을 열곤 했다. 딱딱 기물 놓는 소리가 만들어내는 당혹감. 학생들은 물론 그 소리가 뜻하는 바를 잘 알고 있었다. 제일 먼저 퍼지는 문 박사에 관한 소문이었다.

"문인지 박사 종말론 수업? 그거 장기판 뜨면 성적 종말인데."

누구는 울음을 터뜨리기도 했고, 누구는 아랑곳하지 않고 자기 시간을 다 썼다. 살아남는 쪽은 시간을 다 쓰는 쪽이었다.

'종말론이 아니고 종말징후론 수업이었지. 명강의였는데, 재현할 수 있을까. 강의 노트가 서재에 남아 있으려나.'

은수는 속으로 그렇게 생각했다. 물론 은수의 컴퓨터에서는 기물 놓는 소리가 나지 않았다.

대놓고 말은 하지 않았지만 미군 관계자가 분명한 누군가가, 미국말 같은 한국말로 관심사를 피력했다. 벽이 출현한 지점들이 왜 유독 미군기지 주변에 집중적으로 분포하고 있는지 묻는 질문이었다. 그 말에 은수도 잠시 고개를 들었다. 해명을 요구하는 질문이었겠지만, 오히려 그곳에 모인 모두가 미군 측의 해명을 기대하는 눈치였다.

'미군이라고 그걸 알 리가 있나.'

평온하고 정돈된 비상대책회의였다. 햇살이 나른하게 테이블 위에 드리워 있었다. 테이블 위에 놓여 있는 장기판 안쪽도 마찬가지였다. 장기판 화면이 너무 밝아 은수는 기물을 잘못 보고 말았다. 한수를 잘못 두자 컴퓨터가 그 틈을 집요하게 파고들어 네 수 만에 판세를 뒤집어버렸다. 그러자 은수는 반사적으로 판을 엎었다. '새 대국' 아이콘을 클릭했다는 뜻이다. 어쩌면 문 박사도 그 맛에 혼자 장기를 뒀을지 모른다. 사람들은 잘 알지 못하는 눈치였지만 문 박사는 사실 그런 사람이었다.

판을 엎은 순간, 등 뒤에서 안타까운 한숨 소리가 들려왔다. 뒤를 돌아보았다. 누군가 컴퓨터 화면을 바라보고 있다가 은수와 눈이 마주치자 원망스러운 눈길을 보내왔다. 은수는 기억을 더듬었다. 모르는 사람이 분명했다.

'장기판을 들여다보고 계셨어요?'

은수가 말없이 오른쪽 어깨로 물었다.

'에이, 되돌릴 수도 없게 됐잖아. 왜 그랬어?'

턱으로 하는 대답이었는데, 분명 반말이었다. 문 박사 나이쯤 돼보이는 여자. 공무원 타입은 아니었다. 관광객 같은 옷차림이었다. 은수는 어깨를 으쓱하고는 다시 앞을 보고 앉았다.

회의는 슬슬 일어나 도망치고 싶을 만큼 지루해져갔다. 두 부류의 사람이 빠져 있는 회의였다. 솔깃한 질문을 준비해온 사람과 그럴 듯한 답을 갖고 있는 사람.

그대로 가다가는 남의 사기 행각에 들러리나 서주게 생긴 형세였다. 짐은 그대로 두고 자리에서 슬쩍 일어나려는 순간, 사회자가 다시 마이크를 들었다.

"이번 사태는 해외에서도 관심들이 많다는 점 잘 아시리라 생각됩니다. 소식이 전해지자마자 곧바로 서울로 날아오신 분들도 계시는 것으로 알고 있었는데요. 그중 한 분이 자청해서 직접 오늘 이 자리에 참석해주셨습니다. 저기 뒤쪽에, 아. 네. 한나 파키노티 박사님을 소개하겠습니다."

그 말에 눈이 번쩍 뜨였다. 은수는 고개를 들어 회의장을 둘러보았다. 사람들의 시선이 은수를 향하고 있었다. 하지만 조은수가 파키노티 박사로 오인받을 리는 없었다. 고고심령학계는 사람을 못 알아볼 정도로 큰 동네가 아니었다.

고개를 돌려 뒤를 돌아보았다. 조금 전 턱으로 말하던 그 사람이 자리에 앉은 채 왼손을 살짝 흔들어 보였다.

은수는 재빨리 당혹감을 감추었다. 파키노티가 동양계일 줄은 상상도 못했다. 그보다, 아직 살아 있는 학자일 것이라는 생각조차 해본 적이 없었다. 은수에게 파키노티는 한 오십 년 전 사람처럼 아득해 보이는 존재였다.

한나 파키노티는 첫돌이 되기 전 부유한 스위스인 부부에게 입양되었다. 태어나 평생을 스위스인으로 살았으므로 뿌리 같은 데는 관심이 없었다. 그러나 부모의 배려로, 혹은 권유로, 열다섯 살부터 한국어를 배웠다.

한국어를 마스터하는 데는 팔 년이 걸렸다. 한 선생님이 한국으로 돌아가고 나면 그다음 선생님을 구하기가 어려울 때도 많았다. 마침내 꽤 능숙하게 한국말을 하게 되었을 때, 파키노티는 언어에 재능을 보였던 다른 많은 친구들을 우습게 여기게 되었다.

자란 곳이 스위스였으니 주변에는 온통 서너 개 언어로 말하는 사람 천지였다. 하지만 이탈리아어를 모국어로 말하다가 한국어를 배우고 보니, 그 지역 언어들은 사실 거기서 거기였다. 조금 과장해서 말하면, 본질적으로 동일한 언어의 좀 심한 사투리 정도로 보일 지경이었다.

엄마 파키노티 씨는 건축가였다. 실제로 건물을 짓지는 않고 디자인까지만 하는 사무실을 운영했다. 아빠 파키노티 씨는 금융업에 종사했으며 등산과 스키를 좋아했다. 등에 스키를 메고 말도 못하게 높은 산을 걸어 올라간 다음, 스키를 타고 내려오는 게 삶의 기쁨인 사람이었다. 그러나 본질적으로 둘은 일할 필요가 별로 없는 부잣집 자손들이었다.

그런데 왜 그렇게 열심히들 일하셨을까. 파키노티는 늘 그게 궁금했다. 그래서 두 분 대신 인생을 즐겼다. 파키노티 부부는 크게 걱정하지 않는 눈치였다. 파키노티의 즐거운 인생에는 언제나 책이 끼어 있었기 때문이다. 누가 읽으라고 가져다준 책이 아니라 스스로 구해서 넋을 잃고 들여다보는 책들. 파키노티 부부는 그 책들이 아이를 옳은 길로 인도해줄 것이라 믿었다. 그 길이 아무리 이상해 보여도, 아니 특이해 보일수록 더욱더, 아이 파키노티는 남들은 가지 못할 빛나는 삶의 여정을 터벅터벅 걸어가고 있는 것이었다. 몸이 그렇게 건강해 보이지는 않았지만.

파키노티는 그런 부모의 걱정이 어이가 없었다. 몸이 건강하지 않다니. 열여섯 살에 파키노티는 깨달았다. 자기가 허약한 것이 아니라 부모나 주변 사람들이 지나치게 건강한 것이라는 사실을. 스위스였으니까.

스위스인들은 왜 그렇게 산을 좋아할까. 옛날 스위스 용병이 등에 대포를 짊어지고 절벽을 기어올라 마침내 함락시켰다는 성벽을 올려다볼 때마다 파키노티는 숨이 턱 막히곤 했다. 멀쩡한 길로 걸어올라가도 쓰러질 것 같은 성을, 길도 아닌 거의 절벽에 가까운 통로로, 그것도 갑옷을 입고 등에 대포를 짊어진 채, 네 발로 기어서 정복해버린 사람들.

그런 성이 유럽 전역에 퍼져 있었다. 파키노티는 그 성들을 하나하나 둘러보았다. 차가 진입할 수 있는 곳이면 되도록 차편을 이용했다. 언덕 위의 요새를, 그곳으로 통하는 영주의 길을, 그리고 그 아래 자리 잡은 마을을 수도 없이 들여다보다가, 어느 날 평생을 바쳐 연구해도 좋을 만큼 좋아하는 주제를 찾아냈다. 벽이었다. 마을을 돌아 언덕을 넘어 요새의 방어탑까지, 그리고 영주의 집까지 뻗어 있는 성벽.

벽은 세상에서 가장 아름다운 구조물이었다. 그것은 자연이 제시한 공간에 대한 인간의 답이었다. 출입문이 나 있는 벽이라면 더 말할 것도 없었다.

그래서 넋을 잃고 벽을 관찰했다. 근처 몇 개 나라를 돌며 벽 근처에 사는 사람들의 삶을 들여다보았다. 벽 이쪽 편에 사는 사람들과 반대편에 사는 사람들. 그러다 한국에서 온 유학생 하나를 만났다. 프랑스 에피날의 옛 성터에서였다. 19세기 말에 만들어진 근대적인 요새가 아니라, 도심 언덕 위에 서 있던 무너진 옛 요새 유적이었다.

유적 아래에는 공원이 있었고, 작은 동물원도 만들어져 있었다. 그날은 아침부터 추적추적 비가 내려서 키 작은 말과 오리가 난민처럼 처량해 보였다. 우산도 없이 후드만 덮어쓴 채 비를 맞고 서 있는데 머리 위에 갑자기 우산이 씌워졌다. 또래로 보이는 젊은 여자였다. 동양 사람 나이는 전혀 가늠이 안 됐지만 아무튼 그런 느낌이었다. 사양을 해도 아랑곳하지 않고 가는 곳까지 데려다주겠다던 여자에게 한국말로 인사를 건넸다. 그런 상황이라면, 인사를 건네는 순간 영원히 친구가 되어버릴 수도 있다는 사실 정도는 이미 직감하고 있었다. 두 사람 모두에게 그 일은 잊지 못할 대발견이 될 게 분명했으니까.

문인지. 그런 이름이었다.

"새벽에 다시 오려고요. 이 무렵에 유령이 나온다면서요?"

문인지가 그렇게 말했다.

"여기에요? 밤에 여기를 왜요?"

"이맘때 나폴레옹 유령이 나온다던데요. 목격자도 있고."

"네? 나폴레옹이요?"

파키노티의 삶이 고고심령학이라는 이상한 영역으로 향하는 길에 들어선 순간이었다. 그게 벌써 수십 년 전의 일이었다.

쉬는 시간이 되자 파키노티는 은수에게 다가가 먼저 말을 건넸다.

"그다음이 어떻게 될지 궁금했는데."

은수가 엎어버린 컴퓨터와의 장기 대국 이야기였다.

"제가 졌겠죠. 초청받아서 오신 게 아니었나요?"

"나 모르던데? 누군가 내 논문을 읽은 것 같기는 하지만. 그건 중국 체스야?"

"고대 중국이 배경인 게임이긴 하지만 중국 건 룰이 다를 걸요? 한국 거예요. 한자 읽으세요?"

"다는 못 읽어. 문 박사 제자?"

"어떻게 아셨어요?"

"내가 누군지 아는 거 같아서. 누구 때문에 알겠어?"

"두 분이 서로 알고 지내셨군요."

"그 이야기는 안 했나? 논문만 읽혔겠구나. 그럴 수도 있지. 부고가 안 온 건 좀 서운했지만. 친하다고 생각했는데."

"죄송합니다. 친분이 있으신지 몰랐어요."

"괜찮아. 미안할 일이 아니고 그냥 슬픈 일이니까. 누가 일일이 챙겨줄 수 있는 일도 아니고. 연락이 뜸해져서 그냥 걱정스러워졌을 뿐이야. 예감대로 돼버렸을 줄은 몰랐지."

"갑자기 돌아가셔서요."

"고통스러웠을까?"

"한동안은요."

"한동안. 그래. 그랬겠지."

"사인은?"

"심장이요. 안 좋으셨으니까요."

"그래, 심장. 심장이겠지. 다른 건 없고?"

은수는 파키노티의 얼굴을 가만히 들여다보았다. 다른 이유가 있을 수도 있었던가. 꽤 자연스러운 죽음이었는데. 문 박사라면 딱 그렇게 생을 마감할 거라는 생각을 늘 하곤 했는데. 그날이 너무 일찍 오기는 했지만.

파키노티가 화제를 바꿨다.

"뭐 그보다 아까 그 체스 말이야."

"장기라고 하는데요."

"그래, 그런 이름 들어본 적 있는 것 같아. 내가 한자를 잘 몰라서 말인데, 거기 코끼리가 있었지?"

"네."

"코끼리가 남아 있었단 말이지. 이 나라에 코끼리가 있었던가?"

"동물원에만요."

"없지? 중국에는 있었나?"

"중국 어딘가에는 있었겠지만, 항우나 유방이 싸우러 갈 때 데려가지는 않았을 거예요. 한국 장기 배경이 그 싸움이거든요. 그런데 어떻게 생각하세요, 이 회의?"

"관심 없었는데 힌트는 얻었지. 그쪽은 어떻게 생각해? 이름이?"

"조은수입니다."

"역시. 의견은?"

"의견이랄 건 없지만, 이렇게 한가한 일은 아닌 것 같아요."

"큰일이지. 무섭지 않으니까 이참에 고고심령학이나 한번 제대로 팔아먹으려는 모양이지만. 팔아먹는 건 나쁘지 않아. 좋은 일이라고 생각해. 팔 수 있을 때 팔아야지. 그런데 지금은……"

"전례가 있는 현상인가요?"

"있긴 있지."

"조언을 해주실 생각이세요?"

"이 팀에? 아니. 안 먹힐 거야. 시에다 팔아먹을 수 있는 만큼만 사 가겠지."

"위험할까요?"

"내 논문 읽었지?"

"요새빙의 논문 말씀이시죠?"

"호, 듣던 대로 훌륭한데? 그 말부터 딱 끄집어내고. 위험한지 아닌지는 빙의해 들어오는 놈이 어떤 놈인가에 달렸지."

"경고하는 게 좋을까요?"

"이 나라에서는 고고심령학자가 경고하는 게 공무원들한테도 먹히는 모양이지?"

"설마요."

"그럼 방해나 하지 않게 뭔가 하나 던져주고 우리는 우리대로 더 알아봐야겠지. 아직 근거도 하나 없고."

"짚이는 게 있으신가 봐요."

"있는데, 좀 먼 데 가서 확인해봐야 돼."

다시 회의가 시작되고 의미 없는 논의들이 삼십 분쯤 이어졌다. 누군가의 발표 자료로, 벽이 출현한 지역을 표시한 지도가 스크린에 걸렸다. 주로 용산구 일대였다. 그 지도를 보고 파키노티 박사가 손을 들더니 발표와 관련 없는 말을 한참이나 늘어놓았다. 벽은 또 나타날 것이고, 지금 표시된 곳과는 다른 곳에 출현하게 될 텐데, 그 추이를 잘 살펴야 한다는 것이었다. 당분간은 지금처럼 불규칙하고 산발적인 형태로 출몰하겠지만 주파수가 서서히 맞아 가면서 결국은 안정된 형태의 선을 이루게 될 거라는 예측이 뒤따랐다.

그다음 이야기는 생략되었지만 은수는 이어질 말을 분명히 알아들었다. 벽이 완전한 형태를 갖추기 전에 빙의되어 들어오는 요새의 정체를 파악해야 한다는 말이었다.

파키노티 박사가 말을 이었다.

"지금 보이는 건 벽이지만 벽 자체에 너무 시선을 뺏기지 않아야 한다는 게 제 생각이에요. 저 점들이 이어져 선이 되고 면이 될 거거든요. 그림이 완성되기 전에 흩어져버릴 수도 있지만, 높이 삼십 미터짜리 벽이면 끝까지 가기는 가리라고 봐요. 보통은 건물 3층 높이 정도니까요. 핵심은, 이게 빙의라는 사실을 잊지 말라는 겁니다. 일상어에 있는 그 의미는 아니고 고고심령학 용어인데요, 이 혼령의 발생 양상이 '출현'이 아니라 '빙의'라는 거예요."

전 세계를 통틀어 몇 명 있지도 않는 요새빙의 전문가 중 한 사람이 한 말이었다. 혼령이 직접 세상에 모습을 드러내는 게 아니라 어떤 매개체를 통해 간접적으로 존재를 주장하리라는 의미였다. 그리고 매개체 역할을 하는 존재에게 빙의는 대체로 위험한 일이었다.

'요새가 빙의한다면 대상은 도시겠지. 몇 사람이 불행해지고 끝날 일이 아니라는 건가.'

하지만 그 말을 귀담아듣는 사람은 많지 않았다. 한국 학계에서는 요새빙의라는 분야 자체가 거의 알려져 있지 않은 데다, 결정적으로 하나 파키노티가 어느 정도로 영향력 있는 권위자인지 아는 사람이 아무도 없었던 탓이었다. 다만 이한철 대표 쪽 연구원 하나가 열심히 회의록을 작성하고 있을 뿐이었다.

파키노티 박사의 말이 끝나자, 아무 일도 없었다는 듯 발표가 이어졌다. 그러자 파키노티가 짐을 챙겨 자리를 뜨며 은수에게 말했다.

"아까 말한 대로 될 거야. 몇 개 던져줬으니까 열심히 거기에 매달리겠지."

"가세요?"

"가야지. 자, 명함. 꼭 연락하고."

"어디로 가세요?"

"공항. 나중에 봐."

"스위스 가시게요? 어젯밤에 오셨다면서."

파키노티는 등 뒤로 손을 흔들며 회의장을 나갔다. 은수는 무표정한 얼굴로 생각에 잠겼다. 이야기를 끝마치지도 않은 것 같은데 저렇게 가버리다니. 어쩌라는 건지 알 수 없었다.

물론 어떻게 하라는 말은 아니었을 것이다. 사실 그럴 입장도 못 됐다. 해당 분야 권위자의 조언이라고는 해도, 일단은 현지 학계가 스스로 판단해서 움직이는 편이 여러모로 타당했다.

그 상황에서 현지 학계란 바로 조은수 자신을 뜻하는 말이었다. 이 대표 쪽 사람들은 그렇게 생각하지 않는 모양이었지만, 은수가 보기에 그쪽은 어디까지나 현장 발굴팀에 가까웠다. 명목상 타이틀 말고 진짜 학계의 역할에 관심이 있는 사람은 회의장 어디에도 없는 것 같았다.

그래도 일단은 발굴팀의 도움이 필요했다. 현장 인력 자체를 폄하

할 이유는 어디에도 없었다. 게다가 이 대표 쪽 팀 분위기를 살펴보니, 문 박사의 서재 정리 작업을 맡은 이후 은수 또한 어느 정도 내부인으로 간주하기로 한 눈치였다. 필드에서 자리를 얻기가 꽤나 수월한 상황이라는 뜻이었다.

이한철 대표가 만든 업체는 시청에서 그리 멀지 않은 곳에 위치해 있었다. 문을 열고 들어가자, 언젠가 은경이 "아, 시스템 냄새"라고 표현했던 분위기가 확 느껴졌다. 고고심령학자로서 이 대표의 접근 방식은 문 박사의 접근법과는 차이가 많았다. 각종 측정 장비를 많이 썼고, 추론 방법도 자연과학에 가까웠다.

"아니, 과학이 싫어서 그러는 게 아니고요."

"싫어하시잖아요."

"과학이 저를 싫어하는 거죠. 그런데 그 문제가 아니고, 이 박사가 하는 건 사이언스가 아니라 사이언스 하는 흉내를 내는 거니까. 그걸 어떻게 받아들여요?"

"분광관측 하는 게 이한철 교수 하나는 아니잖아요. 요즘은 중국 쪽에서도 많이 하던데요."

"그렇게 좋은 거면 계속하든지. 내년 되면 싹 갈아엎고 다른 거 할 거 아니에요?"

문 박사는 그렇게 말하곤 했다. 그래도 지원금 받기에는 장비를 사용하는 쪽이 훨씬 수월했다. 무슨 일을 하는지 평가하기도 좋고 지원이 결정된 경우 예산 산출내역 계산도 단순 명료했다. 장비 얼마에 유지보수 비용 얼마, 운용 인력 몇 명에 단가 얼마, 거기에 소요 시간 혹은 날짜 수를 곱하면 행정적으로 파악하기 딱 좋은 '일'이

됐다.

그런다고 그 일이 진짜 과학적인 발견으로 이어지리라는 보장이 있는 건 아니라는 사실은 기관에서도 이미 알고 있었지만, 크게 개의치 않는 눈치였다. 재미만 있으면, 혹은 시도 자체에 의미만 있으면 연구의 결과와는 별개로 예산 지원의 효과는 이미 달성했다는 입장이었다. 그뿐만이 아니었다. 이 대표가 내놓는 연구 결과물은 포장이나 디지털 기술을 활용한 형상화 수준이 대단히 높았다. 현대미술 비평가가 나서서 의미를 평가할 정도였다.

그래서 이 대표가 받아내는 지원금에는 문화계 예산 비중이 꽤 높았다. 여러 부서의 예산을 함께 끌어다 쓰는 것은 포장하기에 따라 지원해주는 쪽에도 바람직한 일이 되곤 했다. 권력의 흐름에 따라 조금씩 이름은 달라져도, '부처 간 경계를 허무는 일'에는 언제나 할당량이 정해져 있게 마련이었다. 그 할당량을 채워주고 돈을 받는 것은, 따지고 보면 그렇게 나쁜 일도 아니었다.

"존경스러운 분이에요. 요즘은 다행이라고 생각하고 있어요. 이한철 대표님이 있는 곳에서 딱 그 벽이 출현해서요."

은수는 따라나선 연구소 직원의 말을 한 귀로 흘려들었다.

"소문대로 말수가 적으시네요. 제가 막 떠들어서 불편하신 건 아니죠?"

목격담을 긁어모았다. 장비를 들고 다니는 측정팀도 있었지만, 은수가 보기에 가시적인 성과를 얻어낸 쪽은 목격자들을 인터뷰하고 다니는 팀뿐이었다. 은수가 현장을 다니는 것 또한 목격자들의 진술을 확인하기 위해서였다. 이만 원 혹은 삼만 원짜리 상품권이 주어지자 인터뷰를 자처하는 사람들이 쓸데없이 많아졌다. 현장을 잠깐만 들여다봐도 앞뒤가 맞지 않는 증언이 태반이었다. 면접조사원들의 숙련도가 너무 낮았다. 듣는 순간 걸러낼 수 있는 이야기들을 쓸데없이 다 접수해버린 탓이었다.

'축제 분위기군. 공포를 느꼈다는 사람이 거의 없어. 진짜로 무해한 건가. 아니면 그렇게 말해야 할 것 같아서 괜찮은 척한 건가.'

사람들이 자발적으로 인터넷에 올려놓은 글들 중에는 쓸 만한 게 더러 있었다. 요새빙의라는 키워드를 풀어놓자 검색이 한결 편해졌다.

그렇게 며칠이 지났다. 이한철 대표의 고고심령학연구소 대회의실 한가운데에 커다란 용산구 일대 지도가 놓였다. 그 위에는 성벽이 출현한 장소를 나타내는 검은색 플라스틱 조각이 흩뿌려져 있었다. 누군가 세심하게 신경 써서 놓아둔 조각들이었지만 언뜻 보기에는 전혀 그래 보이지 않았다.

"삼차원 지도로 옮길 생각이야. 다음 출현 때 모양이 어떻게 변하는지가 관건이겠지. 패턴이 언제쯤 드러날지 궁금한데, 그 전에 할 수 있는 것들을 이것저것 해보려고."

은수가 아무 대답도 하지 않자 이 대표가 다시 말을 이었다.

"비상대책회의에서 우리 연구원이 낸 아이디어가 있더군. 벽 안쪽과 바깥쪽을 구별해보자는 거야. 그게 성벽이면 성벽 안쪽에서 잰 측정치와 바깥쪽에서 잰 측정치가 다르게 나타나기는 할 거야. 그러면 저 점들이 면이 되기 전에 좀 더 일찍 퍼즐을 맞출 가능성이 높아지겠지."

이 대표 측 연구원의 아이디어가 아니라 한나 파키노티가 준 힌트를 그대로 이어받은 생각이었지만, 적어도 그 연구소에서는 그 둘을 엄밀하게 구별하지 않는 듯했다. 파키노티 박사가 곧바로 자기 나라로 돌아가는 바람에 창안자의 권리를 주장할 사람이 사라져버렸기 때문이었다.

은수는 이 대표가 그 이야기를 꺼내는 이유를 생각했다. 남아서 돕든지 아니면 천문대에 돌아가 맡은 일이나 잘 끝내라는 의미 같았다. 강압은 전혀 느껴지지 않았다. 오히려 배려에 가까운 뉘앙스였다. 지금 당장은 굳이 이쪽 일에 매달려 있을 필요가 없다는 이야기였다. 그는 날을 세우고 있지 않았고, 은수도 전혀 베인 데가 없었다.

'날은 나만 품고 있겠지.'

미안하거나 부끄럽지는 않았다. 날이 필요 없는 사람에게 마음의 빚을 지고 싶지는 않았다.

"다음번 출현은 보고 갔으면 해서요."

"운이 좋으면 가능하겠지."

"네, 운이 좋으면."

"문 선생님 서재를 정리하는 작업도 이것 못지않게 중요한 일이라고 생각하고 있다네. 우선순위를 뒤로 미루지는 않을 거야. 알아줬으면 좋겠어."

은수는 아무 대답도 하지 않았다. 잠시 이 대표의 얼굴을 가만히 바라보았을 뿐이었다. 이한철은 그것만으로도 충분한 대답이 됐다고 생각했다. 왜냐하면 상대가 조은수였으니까.

사실 은수는 다른 생각을 하고 있었다. 출현이 아니라 빙의라던 파키노티 박사의 말이 떠올랐다. 진짜 중요한 징후는 허공에 세워진 삼십 미터짜리 벽이 아니라, 매개체가 되어 요새혼을 담아낼 도시의 풍경에서 읽어내야 한다는 말이었다. 옳은 말이었다. 정말로 빙의라면.

하지만 은수는 언제 다시 나타날지 모르는 벽을 두고 속 편히 밤잠을 이룰 수가 없었다. 그래서 발굴팀에 섞여 벽이 출현했던 곳을, 혹은 다시 출현할 만한 지역을 찾아다녔다. 몇 군데 유력한 지점을 골라 순찰하듯 매일 밤 돌아보는 식이었다.

특이한 혼령이었다. 나타난다는 징후가 전혀 없는 대상이었다. 이미 모습을 드러낸 동안에도 거의 자연물처럼 그게 그 자리에 놓여 있다는 생각을 전혀 하지 못하게 만드는 벽이었다.

오로지 지나간 후에만 목격했다는 사실을 알아챌 수 있는 대상이었으므로 전문적인 발굴팀이 크게 소용이 없었다. 관측 장비로 포착이 가능한 현상이라면 기대해볼 수도 있겠지만, 파장인지 열인지, 어떤 식의 물리적 흔적을 남기는지 알 수도 없는 상황에서 용산구 전체에 장비를 깔아놓는 것은 현실적인 방안으로 보기 어려웠다.

'결국 목격담에 의존하는 수밖에 없겠어. 그쪽에 경력자를 더 배치하면 좋겠는데.'

은수는 적임자를 알고 있었다. 그런데 그 적임자는 이한철 대표를 지나치게 혐오했다.

"고고심령학계를 다 말아먹을 사람이야."

은수는 은경의 말에 적극 동의를 표하지는 않았다.

"뭘 또 그렇게까지. 먹고사는 건 중요해. 좋은 일 하는 곳에 어떤 식으로든 밥줄을 만들어주면 그게 그냥 좋은 일을 하는 거야. 그래야 쭉 이어지잖아."

"그 좋은 일이라는 게 설마 고고심령학을 이야기하는 건가? 너 학생들이 고고심령학 그만두는 이유 1위가 뭔지 알아?"

"돈이겠지 뭐."

"세상 물정 진짜 모르시네. 그건 3위야. 1위는 짠! 귀신이 무서워서. 2위는 귀신 오래 본 교수들 얼굴이 무서워서."

"두 번째는 그럴듯하다."

"어? 농담 아닌데. 진짜 설문 결과가 그래. 좋은 일이 아니라 험한 일이라는."

"진짜? 하긴 문 선생님도 그러셨는데. 이건 흥행해서 될 게 아니고 좀 더 비밀결사처럼 갔어야 되는 거였다고."

"와, 문 선생님 평생 하신 말씀 중에 제일 좋은 말씀이시네."

"야, 장례식장에서."

"원래 그런 이야기 하는 데 아닌가? 아! 비밀결사가 있었으면 나도 들어갔을 텐데. 투잡 뛰어가면서 몰래몰래 끝까지 했을 거야."

"너나 그렇지. 다른 사람들은 일자리가 필요해. 보람 있다고 생각하는 그 일로 존경도 받고 생계도 꾸리고 싶다고. 이한철 교수가 그 숨구멍 내주는 거야."

"그렇게 연명하면 어떻게 되는데?"

"연명 수준이 아니래도. 잘나가는 거 안 보여?"

"그래 봐야 그거 그냥 퇴로 하나 열어둔 거야."

은수는 은경의 얼굴을 빤히 들여다보았다. 계속 이야기하라는 의미였다.

"『손자병법』에서 격언이나 교훈 같은 소리 다 빼고 진짜 병법서 같은 부분만 떼놓고 보면 말이야, 이 책이 참 이상한 책이거든. 그 책에서 말하는 전쟁에서 이기는 법이 뭐냐면, 위험한 데로 기어 들어가는 거야. 아예 사지死地로 들어가라 그래. 클라우제비츠가 봤으면 엄청 실망했겠지.『전쟁론』에 나오는 공격의 공간과 방어의 공간을 완전히 반대로 이해하고 있으니까. 그런데 또 적군한테는 포위할 때도 살길을 하나 열어주라 그런다?"

"『손자병법』이?"

"어. 왜 그런가 이 언니가 가만히 생각해봤는데,『손자병법』이랑 『전쟁론』의 시간 차이 때문인 것 같아."

"시간이 지난다고 병법이 변하면 그게 고전인가?"

"병법이 변했다기보다는 전쟁에 끌려 나오는 사람들이 달라졌거든. 손무 시대 병사들은 농사짓다가 그냥 나온 사람들이고, 나폴레옹전쟁 시대 사람들도 뭐 나름 비슷하기는 한데 그때는 산업화된 군대잖아. 시스템대로 하면 웬만큼 생산량이 나오니까. 생산되는 거라고 해봐야 시체지만. 근데 그것도 산업화 잘된 독일이 영국이나 프랑스보다 생산성이 좋고 그렇다? 아무튼. 손무가 아군을 사지로 몰아넣으라 했던 건 그래야 농민들이 전사가 되기 때문이었을 거야. 딱 그 순간에만."

"우리도 사지로 갔어야 된다고?"

"가고 있었지. 오합지졸에, 학자 집단치고도 딱히 다른 데보다 더 뛰어날 것도 없고. 우왕좌왕."

"그러다 숨구멍이 트였잖아. 시스템도 생기고 일자리도 늘어나고. 이한철 교수 덕분에."

"안 그렇대도. 『손자병법』에서 적을 포위할 때 퇴로 하나를 열어주라는 건, 그게 어쩌다 한시적으로 전사가 되어버린 농민 군대를 다시 오합지졸로 되돌리는 비법이기 때문이야. 퇴로가 하나만 열려 있어도 농민은 금방 농민으로 돌아가거든. 한 이십 년 뒤에 '아, 우리가 어쩌다 이 지경으로 망해버렸나' 하고 돌아봤을 때 지금 내 말을 잘 떠올려봐. 바로 이 지점이야. 한국 고고심령학에 숨구멍 하나가 열려버린 순간."

"뭔가 궤변 느낌인데."

"그럴지도. 어쩌면 아닐지도."

"계속 갔으면 다 죽는 거 아니었나?"

"내 생각은 좀 달라. 축적된 게 꽤 있었다고 봐. 별수 없이 배수진 치고 결사항전 했으면 뭔가 돌파구를 찾아냈을 거야. 이렇게 맥 빠지게 주저앉는 대신."

그 말을 들은 뒤로 은수는 이따금씩 퇴로에 관해 생각해보곤 했다. 만약 문 박사가 말한 것 같은 비밀결사가 만들어졌다면 사는 게 좀 덜 막막했을까. 희망의 빛은 보이지 않더라도 앞쪽 시야만큼은 확보되지 않았을까. 그랬을지도 모른다. 혹은 그렇지 않았을지도 모른다.

하지만 비밀결사 안에서 활동했더라도 문득 옆을 돌아보면, 든든

한 산소통 하나씩을 등에 지고 있는 동료들을 발견하게 되는 순간이 있었을 것이다. 문 박사나 한나 파키노티처럼 산소통 정도가 아니라 호스 끝이 수면 위에 떠 있는 거대한 유람선에 닿아 있는 사람들도 적지 않았을 것이다. 그러다 코앞에 손을 갖다대면 맨몸으로 물속을 헤매는 자신을 발견하게 됐을지도 모른다. 조은수니까 끝내 허우적거리지는 않았겠지만, 차오르는 호흡만큼은 어찌해볼 도리가 없었을 것이다. 다른 이름을 지닌 절박감으로.

그래도 그 옆에는 은경이 있었을 것이다. 궁지에 몰리면 고양이가 아니라 호랑이라도 물어버렸을 용감한 쥐.

서울의 밤은 바람이 꽤 차가웠다. 산에 있을 때는 틈을 주지 않고 꽁꽁 싸매고 있어서 오히려 체온조절은 문제가 없었는데, 산 아래로 내려오자 바람이 파고들 틈이 많아졌다.

눈인지 비인지 알 수 없는 것들이 날리기 시작했다. 새벽은 깊고 고요했다. 인간에게는 왠지 허용되지 않은 것 같지만 막상 일어나 몸을 움직여보면 문제없이 마음껏 활보할 수 있는 시간이었다. 그런 밤이었다.

새벽은 남아도는 시간이었다. 혼령에게도, 고고심령학자에게도 마찬가지였다. 밤마다 커튼을 치는 신성한 의례 같은 것은 아직 개발되지 않았지만, 밤이 깊어지면 자기도 모르게 발소리를 죽이는 습관 정도는 고고심령학자들에게도 꽤 익숙한 일이었다.

발소리가 들리지 않는 밤이었다. 그래서 어쩌다 발소리가 끼어들면 평소보다 유난히 크게 들리는 밤거리였다. 삼각지에서부터 한강대로를 따라 북쪽으로 한참을 걸어갔다. 파키노티 박사가 조언해준 지점이었다. 이촌동이나 한남동 쪽도 출현 가능성이 있지만 제일 확률이 높은 곳은 남영동이나 갈월동, 그리고 어쩌면 청파동 언저리일 거라고. 어차피 무작위로 돌아다닐 거라면 외국인 말을 들어보는 것도 나쁠 건 없지 않겠느냐는 말과 함께였다.

은수는 깊이 생각하지 않고 제안을 받아들였다. 그 일대는, 저명한 외국인 학자의 조언이 아니더라도 서울 도심 같지 않게 유난히 휑한 느낌이 드는 길이었으니까. 교통신호 때문에 차들이 파도처럼 리듬을 타고 달렸다. 어디선가 갑자기 멈춰선 차 한 대가 도로 위에 난데없는 비명 소리를 새겨넣었다. 하지만 그뿐이었다. 밤거리가 다시 잠잠해지는 데에는 채 오 초도 걸리지 않았다. 아무 일도 일어나지 않은 길. 두세 번쯤 신호가 바뀌었지만 그 파도에는 단 한 대의 차도 실려 오지 않을 모양이었다.

은수는 남영역 삼거리에서 왼쪽으로 꺾어 남영역 사거리로 접어들었다. 서울역으로 이어지는 철길을 건넌 셈이었다. 거기에서 청파로를 따라 다시 서울역 방향으로 걸어갔다. 그리고 잠시 후 숙대입구 사거리에서 오른쪽 갈월동 지하차도로 접어들었다.

그날도 역시 벽은 나타나지 않을 모양이었다. 애초에 큰 기대는 하지 않은 일이었다. 은수는 언제쯤 다시 천문대로 올라가는 게 좋을지 날짜를 꼽아보았다. 서재를 정리하는 일도 연속성이 중요한 작업이었다. 단순히 물리적으로 책을 치우는 것만은 아니었으니까. 문박사의 머릿속을 읽어내려면 충분히 긴 시간을 할애해서 집중적으로 일을 마무리할 필요가 있었다.

그런데 그뿐만이 아니었다. 지난 며칠간 계속해서 마음에 걸리는 일이 하나 더 있었다. 바로 문 박사의 죽음에 관한 누군가의 궁금증이었다.

'파키노티 박사님은 왜 그렇게 물으신 걸까. 다른 사인이라니. 뭐가 더 있을 수 있다는 거지? 이상한 건 없었는데. 현장에 가보지도 않은 사람이, 아니 아예 그 순간에 한국에 있지도 않았던 분이 무슨 생각으로 그런 말을 꺼내신 걸까.'

깜빡이는 보행자 신호를 따라 왼편으로 길을 건넜다. 한강대로에는 이제 눈이 내리고 있었다. 강쪽에서 불어오는 바람이 눈을 북쪽으로 날려 보냈다. 떠밀리듯 몸이 앞으로 나아갔다.

'모레쯤 올라가봐야겠다. 산에는 또 눈이 얼마나 쌓이려나.'

주머니에 든 손에 한기가 쥐어졌다. 차 몇 대가 지나가는 소리가 들렸다. 조금만 더 가면 발굴팀이 관측 장비를 가지고 대기하고 있는 지점이었다. 그곳에서 차를 얻어 타고 곧장 집으로 향할 생각이었다. 몸이 으슬으슬한 게 어쩐지 감기에 걸릴 것 같은 밤이었다.

집으로 가는 차 안에서 은수는 문득 그런 생각이 들었다.

'숙대입구 지하차도 위도 철길인데, 왜 철길을 왔다 갔다 두 번이나 건넜지? 아, 한강대로가 중간에 끊어져 있었으니까.'

창밖 풍경이 빠르게 지나쳐 갔다.

'그런데 한강대로가 중간에 왜 끊어져 있었지? 잠깐, 한강대로가 끊어져 있을 리가 없잖아.'

또렷해진 의식이 몸을 빠져나왔다. 차를 타기 한참 전, 눈을 맞으며 걸었던 그 길 위로. 기억 속의 길은 안개로 가득했다. 꼿꼿하게 선 은수의 의식이 눈을 들어 그쪽을 바라보는 순간, 달아나듯 재빨리 양쪽으로 흩어지는 안개였다. 그 자리를 덮고 있었다는 사실을 들킨 것만으로도 존재의 근거가 완전히 부정당한 듯.

그곳에는 벽이 있었다. 벽이 차지할 꽤 넓은 공간과, 그것과는 비교도 되지 않을 어마어마한 길이의 시간도 함께였다. 검고, 견고하고, 존재감 가득한 장벽.

그 시공간이 걷힌 순간, 그러니까 아마도 그 장소에 서 있던 벽이 갑자기 사라진 그때, 어떤 비명 같은 깨달음이 소름이 되어 온몸으로 퍼져나갔다. 마음 깊은 곳에서부터 터져나오는 생각. 희한하게도 그것은 코끼리에 관한 것이었다.

천문대의 혼령

"코끼리? 나한테 들은 말이잖아. 그날 회의에서. 갑자기 그 생각
이 났나 보지. 내가 가라고 한 데서 본 거니까."

파키노티 박사가 별일 아니라는 투로 말했다.

은수는 문 박사의 서재가 된 천문대 2층 회의실로 돌아와 있었다.
창밖에는 안개가 가득했다. 파란 하늘이 잠깐씩 모습을 드러냈다 빠
르게 사라지곤 했다. 어쩌다 햇빛이 들 때면 문득 정신을 차리고 창
밖을 한 번씩 내다보았다. 그리고 시계를 확인했다. 당장 손에 붙들
고 있는 것 말고는 아무것도 중요하게 여겨지지 않는 비현실적인 시
간이었다.

오후 세 시에 파키노티 박사에게서 연락이 왔다. 파키노티 박사에
게서는 이틀에 한 번쯤 전화가 왔다. 머물고 있는 곳의 현지 시각으
로 항상 아침식사를 마친 직후라고 했다. 한국 시간으로는 오후 두

시일 때도 있고 여섯 시일 때도 있었지만 본인 기준으로는 꽤나 규칙적인 생활을 하고 있는 모양이었다.

전화벨 소리를 듣자마자 은수는 파키노티 박사가 어디쯤에 있을지 머릿속으로 계산해보았다. 중앙아시아나 중동 어디쯤, 혹은 러시아일지도 모르는 일이었다. 부자들이 여행을 다닐 때에는 효율적인 동선 같은 것은 전혀 신경 쓰지 않는 듯했다.

파키노티 박사의 용건은 언제나 똑같았다. 같이 장기를 두자는 것이었다.

"나중에 하시죠. 지금은 일이 많아서요."

"좀 쉬면서 해."

"좀 전에 쉬어서요."

"에이, 좀 부지런히 해놓지."

파키노티 박사는 체스 마니아였다. 큰 대회는 아니어도 무슨 동네 대회에서는 몇 차례 우승한 적이 있다고 했다. 은수는 그 '동네'라는 게 어느 정도 규모를 말하는 것인지 짐작할 수 없었다. 진짜로 마을 하나 정도일 수도 있었지만, 유럽 절반쯤 되는 규모일 가능성도 없지 않았다.

한국 장기는 사실 룰도 잘 모르는 상태에서 시작한 셈이었지만, 파키노티가 은수를 따라잡는 것은 시간문제에 불과했다.

"저 이기니까 좋으세요?"

"재밌네."

"이 프로그램으로 다른 사람들하고도 둘 수 있는 거 아세요?"

"알지."

"컴퓨터도 요새는 수준이 높다던데요."

"다 이유가 있어서 그러겠거니 해. 이것도 일종의 세미나니까 같이 하자고."

"이번 일과 관련된 거예요?"

은수는 벽을 목격했다는 사실을 깨닫던 순간을 떠올렸다. 코끼리에 관한 느낌. 그 이야기를 들려주었지만 파키노티 박사는 별 반응이 없었다.

"결국 목격했다는 사실만 기억한다는 거 아니야. 목격한 당시에는 자각이 없었고."

"말하자면 그렇죠."

"그럼 다른 목격자들도 그 모양이겠네?"

일을 잠깐 멈추고 장기에 몰입했다. 파키노티 박사를 상대하는 것은 늘 버거운 일이었다. 씨름 선수는 작은 근육의 움직임만으로도 맞잡은 상대가 무슨 생각을 하는지 읽어낼 수 있다는데, 장기도 마찬가지인 모양이었다. 은수는 초楚를 잡은 파키노티 박사의 머릿속을 들여다보았다. 무슨 내용이 들어 있는지는 알 수 없고 어떤 식으로 작동하는지만 알 수 있었다.

파키노티 박사는 빠르고 공격적인 사람이었다. 첫수부터 공격해 들어올 수야 없었지만, 포진이 갖춰지기 전에라도 기회가 보이면 어김없이 노리고 들어오는 날카로운 스타일이었다. 빈틈을 발견하지 못하고 무난하게 포진을 전개하는 경우에도 한가하게 낭비되는 수가 전혀 없었다. 그러니 그 시간에 은수를 불러 장기를 두는 것도 본인 말마따나 다 생각이 있어서 하는 일일 가능성이 높았다. 은수에게 문 박사의 사인에 관한 이야기를 슬쩍 꺼냈다가 도로 집어넣은 것도.

무엇보다 코끼리 이야기에 별 관심을 보이지 않은 것은 아무래도 진심이 아닌 것 같았다. 파키노티 박사가 제일 잘 다루는 기물이 바로 상象이었기 때문이다.

체스나 중국의 샹치象棋와 달리 장기의 병兵이나 졸卒은 처음부터 옆으로 움직일 수 있어서 두세 개 만으로도 견고한 보병밀집방진대형을 꾸릴 수가 있었다. 코끼리는 그 대열을 부수는 역할로 소모되기 일쑤였다. 초심자일수록 더 그랬다. 움직이는 거리가 길고 이동 경로가 복잡한 편인 데다 그중 단 한 칸이라도 먹이 막혀 있으면 그 길로는 움직일 수가 없어서, 마馬와 비교해도 쓰기가 훨씬 까다로운 탓이었다.

그런데 파키노티 박사의 코끼리들은 처음부터 은수의 진영으로 뛰어들어 희생되는 일이 결코 없었다. 대신 오래오래 살아남아서 장애물이 없어진 전장을 빠르고 영리하게 휘젓고 다니곤 했다. 파키노티 박사는 코끼리라는 캐릭터를 즐기고 있는 게 분명했다. 왕이 아니라 코끼리에 감정을 이입한 것도 같았다.

그것은 묘한 일이었다. 체스에서, 누가 봐도 말머리 모양을 한 기물을 나이트knight라고 부르듯, 말이라는 기물에 감정을 이입을 하는 것은 말 자체가 아니라 말 등에 탄 기병의 마음을 이해하는 일이다. 차車는 말할 것도 없었다. 수레에 자아를 투영할 수는 없는 노릇이니까. 그런데 코끼리는 조금 달랐다. 은수는 '상'이라는 기물을 보면서 코끼리 등에 탄 사람을 상상해본 적이 한 번도 없었다. 매번 코끼리를 떠올린 것도 아니었지만, 둘 중 하나를 고르라면 역시 코끼리 자체를 떠올리게 될 것 같았다.

"중국 거에는 코끼리가 반만 남아 있던데."

"그런가요?"

"파란 쪽은 코끼리고 빨간 쪽은 재상宰相 할 때 그 상相이니까, 체스의 주교 같은 거겠지. 코끼리가 고위 관리로 바뀌는 중간 과정이 남아 있는 모양이야. 원래는 코끼리 맞거든."

"인도 거니까요."

코끼리 두 마리를 다 살린 채로, 한漢의 궁성에 졸을 밀어넣으면서 파키노티 박사가 말했다.

"연습 좀 해."

"주로 재미없는 회의 들어갔을 때만 두는 거여서요."

"요즘은 재미있나봐. 그럼 나도 슬슬 일어나서 움직여볼까. 다음에 또 봐."

산 아래에서는 흥미로운 일들이 많이 일어나고 있었다. 벽이 세 번째로 출현했는데, 출현 지역은 역시나 용산구 일대였다. 한남동이나 강 건너 흑석동 일대에 산발적으로 퍼져 있던 지점들은 3차까지 출현이 반복되면서 대부분 자취를 감추었다. 요새의 윤곽이 드러나려면 아직 멀었지만, 적어도 예상 빙의 지점만큼은 가닥이 잡힌 셈이었다. 용산에서 서울역 사이 어딘가.

은수를 그곳으로 보낸 것은 파키노티 박사가 둔 수手나 다름없었다. 그래서 더는 서울에 머물 수가 없었다. 어떤 수읽기를 하고 있는 건지는 몰라도, 파키노티 박사의 코끼리가 되고 싶지는 않았다. 은수에게 그 일은 게임이 아니었다.

그날, 두 번째 벽이 나타난 날 아침에, 서울에서만 스물두 명이 건물 옥상에서 몸을 던졌다. 관련성을 밝혀내기가 쉽지 않은 사건들이었지만, 어쨌든 재미있다고는 할 수 없는 전개였다.

그러자 이한철 대표의 사업에도 다소 지장이 생겼다. 그럴듯하게 들리도록 잘 포장된 답이 아니라 진짜 답이 궁금한 사람이 생겨날 기미가 보였다. 물론 그런 멀쩡한 사람들이 고고심령학자에게 답을 구할 리는 없었지만, 흥행을 계속 유지하려면 적어도 언젠가 한 번은 스스로 답을 내놓아야 하는 순간이 오고야 말 것 같은 모양새였다.

'문 선생님 수업 자료가 모여 있는 데가 있으면 좋을 텐데. 예상대로 다 흩어져 있군.'

문 박사는 대학원 수업을 본인 연구와 동떨어진 별개의 일로 생각하지 않은 듯했다. 뜻하지 않은 곳에서 강의 노트가 발견되곤 했던 것이다. 학기별로 차곡차곡 정리해놓은 것도 아니고, 그냥 본인의 연구 주제와 관련된 자료 사이에 끼워놓은 것을 보면, 대학원 세미나 자체가 연구의 일부였던 셈이었다.

문 박사의 수업에는 교과서적인 체계라는 게 없었다. 사실 교과서와는 거리가 멀어도 한참이나 멀었다. 정리되지 않은 개념들이다보니 받아들이는 입장에서는 버거울 수밖에 없었다. 그래서 학생들은 문 박사의 수업을 좋아하지 않았다. 재료가 온통 날것인 탓이었다.

물론 그것은 단점이 아니었다. 전혀 단점일 수가 없었다. 스스로 연구자라고 생각하는 사람이라면 눈에 불을 켜고 달려들 것 같은 수업 방식이었다. 대가의 아이디어가 만들어지는 과정을 바로 옆에서 지켜볼 수 있었으니까.

어느 해의 강의록이 모습을 드러냈다. 은수에게도 익숙한 수업이었다. 발굴 절차에 따라 문서의 내용과 위치를 기록하면서 은수는 그해 기말에 썼던 소논문을 떠올렸다. 기억의 일부가 뭉툭해져 있었다.

'종말징후론'은 문 박사의 수업 중에서도 특별히 보존 가치가 있는 수업이었다. 역사나 개론은 생략되어 있었고, 사례연구로 직접 들어가야 하는 수업이었다. 우선은 국지적 종말이라고 할 만한 대재앙을 겪은 마을 세 군데와 관련된 자료들을 읽어야 했다. 그리고 그 안에서 의미 있는 것들을 발견해내는 동시에, 세 가지 사례에 대한 비교연구를 통해 이론적 배경을 직접 끌어내야 하는 수업이었다.

손에 든 강의록에 이런 말이 손글씨로 적혀 있었다.

– 징후는 적기에 채택되지 않는다.

– 사후에 재검토해보면 꽤 분명해 보이는 징후도 당시에는 늘 신뢰의 문제를 겪는다.

– 징후가 얼마나 명확한지에 관한 판단은 사회적인 맥락과 '대단히' 깊은 관련이 있다.

– 징후를 맹신해서는 안 된다. 반대의 결과를 지지하는 징후는 얼마든지 찾아낼 수 있다.

– 종말징후론의 근원적인 문제: 가장 정확한 징후를 남긴 사례는 이미 세상에 존재할 수 없게 된 사례다.

은수는 벽을 떠올렸다. 다른 사람들의 증언과 마찬가지로 은수가 기억하는 벽 역시 윤곽이 선명하지 않았다. 표면이 검다는 것은 어쩌면 색깔을 제대로 기억하지 못한다는 말과 같은 의미일 수도 있었다. 주변이 안개로 덮여 있다는 것은 벽의 양쪽 경계면이 정확히 어떤 식으로 이어져 있는지 혹은 끊어져 있는지조차 파악하지 못한 뇌가 마음대로 채워넣은 것일 가능성도 높았다.

그것은 뇌가 하루 종일 하고 있는 일상적인 작용 중 하나였다. 한쪽 눈만 뜨고 있으면, 시신경이 모여 있는 부분에 맺히는 상, 즉 맹점에 해당하는 부분의 시야에 구멍이 뚫려 있어야 하지만 뇌가 스스로 판단해서 주변 상황과 비슷한 그림을 채워넣어버리기 때문에 사람들은 자기 눈의 불완전함을 깨닫지 못하고 살아가는 것이다. 그 벽의 경우에는, 기억나지 않는 양쪽 끝부분이 안개라는 이미지로 채워진 셈이었다.

사실 은수는 천문대 전체가 어떻게 생겼는지도 정확히 알지 못했다. 은수의 머릿속에 들어 있는 천문대의 일부는 언제나 기억의 안개에 덮여 있었다. 산 아래 도심에서도 그랬다. 늘 가던 길에서 한 블록만 더 들어가도 안개로 덮여 있는 구역이 가득했다. 사람은 누구나 안개에 덮인 세상을 살아가게 마련이었다. 그리고 그 인지의 안개가 분포하는 방식은 사람마다 전부 다르게 나타났다. 심지어 한 집에 사는 두 사람도 서로 다르게 생긴 안개를 보고 살 수밖에 없었다.

하지만 모두의 증언이 일치하는 부분도 있었다. 벽 위쪽이 매끈

한 직선 모양이었다는 것과, 색깔이 뭐였든지 간에 벽 뒤쪽 시야는 확실히 차단되어 있었다는 점이었다. 그 두 가지만 확인되면 벽을 벽으로 부르는 데에는 별 지장이 없었다. 그 부분만큼은 전혀 안개가 끼어 있지 않았던 셈이다. 기억의 안개든 인지의 안개든 그 어느 쪽도.

은수는 벽을 넘어 날아오던 눈을 떠올렸다. 밤하늘과 검은색 벽의 윤곽을 가르는 쭉 뻗은 선. 벽 너머를 상상하게 만드는 광경이었다. 무섭다는 생각은 들지 않았지만 압도적인 크기에서 오는 위압감만큼은 분명히 인식하고 있었다. 거대한 존재 앞에 놓인 작고 위태로운 존재. 그 막막함 뒤에 찾아오는 뜻밖의 위안 같은.

이 대표 쪽에서는 벽의 안쪽과 바깥쪽을 구별하는 작업에 들어간 모양이었다. 여러 가지 경로로 진행 중인 작업에 관한 이야기가 흘러나왔고, 작업 중인 삼차원 디지털 이미지도 어렵지 않게 받아볼 수 있었다. 그런데 은수는 벽 안쪽과 바깥을 가르는 기준을 이해할 수가 없었다.

마침 벽이 출현한 장소 중 한 군데에 설치되어 있던 기록 장치에 벽면 양쪽의 온도 차이를 보여주는 적외선 영상이 잡혔다고는 하지만, 일단 사례 자체가 너무 적은 데다 사례가 충분하다 해도 온도가 높은 쪽과 낮은 쪽 중 어느 쪽이 벽의 안쪽 혹은 바깥쪽인지 정할 수 있는 이론이나 가설이 전혀 마련되어 있지 않았다. 성벽은 차단하는 기능을 가진 구조물이니, 아무래도 바깥쪽이 더 차갑지 않을까 하는 별 근거 없는 직관이 이론의 역할을 대신했다. 본인들이 주장하는 것과는 달리, 전혀 '사이언스'가 아닌 셈이었다.

그나마 관측 장비로 커버할 수조차 없는 대부분의 벽 출현 지역은
결국 면접조사에 의존하는 형편이었다. 여기에 적용되는 안팎의 기
준도 역시 과학보다는 미신에 가까웠다. 삭막한 느낌이 포함된 목격
담과 온화하고 포근한 느낌을 받았다는 증언을 각각 바깥쪽과 안쪽
을 나누는 기준으로 삼은 것이다.

그 생각이 은수의 머릿속을 돌아다녔다. 그와 동시에 눈앞에 널려
있는, 문 박사의 머릿속을 그대로 옮겨놓은 천문대 2층 서재에서도
똑같은 화두가 풀려나왔다. 풀려나온 화두는 책의 광맥을 재빠르게
돌아다녔다. 어떤 정보를 찾기 위해서였다.

'여기 어디 그런 책이 묻혀 있을 텐데. 성벽 안팎의 실제 생활상을
연구한 인류학 논문집이.'

언젠가 그런 말을 읽은 기억이 났다. 성벽 바깥이 더 살벌하고 성
벽 안쪽이 더 안락할 이유는 별로 없다. 사람들은 그냥 벽을 좋아한
다. 안쪽도 좋아하고 바깥쪽도 그에 못지않게 좋아한다. 벽이 서 있
는 대부분의 시간 동안 그렇다.

태생은 물론 분리하고 차단하는 일과 밀접한 관련이 있지만, 벽은 그 의
도보다 훨씬 오래 살아남는다. 수십 년이 지나 인간의 의지가 완전히 흩어져
버린 다음에야, 벽은 비로소 본연의 존재감을 갖추기 시작한다. 그리고 세기
단위의 시간에 걸쳐 서서히 무르익어간다. 열, 열다섯, 스물……

다 자란 벽은 증오의 대상이 아니라 애정의 대상이다. 낙서가 생기고, 성
벽을 벽 삼아 집이 지어진다. 해자는 메워져 농지가 되고 이 빠진 벽에는 오
솔길이 생겨난다. 이가 더 빠져서 어금니 하나만 덩그러니 남아도 사람들은

벽을 저버리지 않는다. 조명을 비추고 앞에 테이블을 놓아 아늑한 휴식처로 만들어버리는 것이다. 심지어 벽이 완전히 철거된 자리에조차 성벽의 흔적을 따라 큰 길이 놓인다. 그래서 사라진 이후에도 오랫동안 지도 위에 선명하게 흔적을 남긴다.

저녁이 다 되도록 한쪽 구석을 집중적으로 발굴해 들어간 끝에 마침내 『벽의 생애와 그 이후』라는 책을 찾아냈다. 은수는 책을 손에 들자마자 저자 이름이 있는 곳을 확인했다. 역시나 그 사람이었다. 한나 파키노티. 지금의 은수보다 젊은 나이에 쓴 책이었다.

'결국 부처님 손바닥 위란 말이지, 아직은?'

서지사항을 적어 이한철 대표와 연구팀 책임자에게 내용을 전달했다. 들여다볼지 무시할지는 알 수 없었다. 어느 쪽이든 별 상관은 없었다.

평소보다 조금 일찍 도착한 편인데도 식당에는 이미 커튼이 쳐져 있었다. 바깥에는 안개가 잔뜩 끼어 있다고 했다. 흡연을 하는 누군가의 말이었다.

커튼을 안 쳐도 상관없을 것 같은 밤이었지만 천문대에는 흡연자 한 사람을 빼고는 숨구멍이 필요한 사람이 아무도 없었다. 가끔은 고립감이 엄습하곤 했다. 그래도 천문대는 잠수함처럼 폐쇄된 공간은 아니었다. 그와는 비교할 수 없이 넓은 곳이었고, 공간의 생김새 자체도 일자형이 아니어서 막다른 길이라는 느낌은 전혀 들지 않았다. 두 건물을 잇는 통로가 양쪽 건물 모두에 숨통을 틔워주는 역할을 하기도 했다. 그 정도면 하룻밤 정도는 충분히 버틸 수 있었다.

천문대와는 어울리지 않는, 천장의 화려한 조명이 식탁 유리에 반사상을 남기고 있었다. 테이블이 여덟 개나 있는 큰 식당이었지만 식사에 사용되는 테이블은 보통 두 개뿐이었다. 천문대에서 제일 떠들썩한 시간이 식사시간이기는 했지만 침묵이 끼어드는 것은 막을 수 없었다.

침묵은 밤의 지배자였다. 침묵이 식사시간에 끼어드는 것이 아니라 사람들의 말소리가 이따금 침묵 가운데 끼어들 뿐이었다. 그러니 깔깔거리던 사람들이 별 이유 없이 한꺼번에 침묵에 빠져드는 일은 그다지 이상한 일도 아니었다.

은수는 굳이 말할 거리를 찾아 주위를 두리번거리지 않았다. 대신 식탁에 비친 천장 조명을 한참이나 가만히 들여다보았다. 그때 전화벨이 울렸다. 존재감 없이 식당 한구석을 차지하고 있던 전화기였다. 은수가 그쪽으로 다가가 여덟 번째 전화벨이 울리기 직전에 수화기를 들었다.

"선생님? 조은수 선생님이시죠? 서울에 계신 줄 알았더니 거기에 있으셨네요. 저 임다희예요."

"아, 임 선생."

"안녕하세요. 그런데 선생님 목소리가…… 통화 괜찮으세요?"

별일은 아니었다. 매년 하는 일상적인 대화일 뿐이었다. 식사시간만 아니었으면, 하필 침묵이 지배하던 순간만 아니었으면, 긴장할 이유는 전혀 없는 용건이었다.

"봄 학기 워크숍 말인데요, 예년처럼 진행해도 될까 해서요. 문 선생님도 안 계시고."

은수는 잠깐 말을 멈추고 대답할 말을 머릿속으로 정리했다.

"그건 내가 하면 될 것 같은데. 그보다, 서울에서 실습하는 게 더 좋지 않을까 생각하시는 거죠?"

"네, 아무래도 올해는 그쪽이…… 언제까지 지속될지 모르는 거기도 하고요. 때를 놓치면 하고 싶어도 못하는 거니까."

그래도 상관은 없었다. 어차피 수익 사업도 아니고, 학계에 영향을 미치려는 의도에서 하는 일도 아니었다. 그저, 필요는 하지만 학부 과정에서 직접 해결하기는 어려워서 종종 생략되곤 하는 과정이라 최소한의 경비만 받고 해오던 일일 뿐.

은수가 말했다.

"그래도 가능하면 둘 다 계획하시는 게 좋을 거예요. 그쪽은 출현이 좀 불확실하거든요. 출현 간격이나 지역 같은 게 아직 확정되지 않아서."

"아, 그래도 점차 안정화되고 있지 않나요?"

"그래 봐야 아직 좁은 지역이 아니야. 학생들을 넓은 지역에 분산 배치해야 되는데, 그래 가지고 실습이 되겠어요? 누구는 보고 누구는 못 보는 식이 돼서야."

"하긴, 그렇기는 하네요. 그럼 저희 선생님이랑 좀 더 상의해볼게요."

"그러는 게 좋을 거예요. 결정되면 미리 알려주고."

전화를 끊고 표정을 정리한 다음, 다시 식탁으로 돌아갔다. 은수는 천문대 직원들에게 좀처럼 일 이야기를 하지 않았다. 그래서 전화기가 있는 그 자리에다 일 이야기를 다 털어놓고 가야 했다.

물론 실습이 있는 기간이라고 해서 직원들이 천문대를 떠나는 것은 아니었다. 오히려 직원들이 없으면 실습 자체가 불가능했다. 교통편도, 식사도, 누군가에게 의존하는 것 말고는 방법이 없는 곳이었으니까.

실습이 진행되는 동안 직원들 중 누군가가 현장에 같이 와 있다 해도 막을 생각은 전혀 없었다. 하지만 스스로 원하지 않은 시점에 누군가가 고고심령학과 마주치기를 바라지는 않았다. 그래서 문 박사는 직원들과 고고심령학 사이에 작은 턱을 만들어두곤 했다. 눈에 띄지는 않지만 존재한다는 사실 자체는 금방 알아차릴 수 있는 아주 낮은 장벽. 그것은 천문대에 머무르고 있는 고고심령학자들만의 암묵적인 의례였다. 언젠가 천문대를 비워주기 위해서라도 그런 분리는 반드시 필요했다.

'하지만 천문대를 비운다는 건 무슨 의미일까. 문 선생님 책은 곧 정리가 되겠지만, 그 아이도 우리를 따라나설까? 그러지 않을 텐데.'

문 박사는 그 아이를 키우고 있는 게 아니었다. 애초에 불가능한 일이었다. 아이의 모습을 하고 있기는 하지만 적게 잡아도 천오백 살은 더 됐을 혼령이었다.

은수는 맨 처음 아이를 만나던 날을 떠올렸다. 은수는 남들보다 늦게 고고심령학에 입문했다. 역사학과에서 학부를 마칠 무렵, 다른 대학의 협동 과정에 들어간 선배를 통해 고고심령학에 관한 이야기를 처음 접했다. 그리고 정신없이 빠져들었다. 왜 그렇게까지 빠져들게 되었는지는 알 수 없었다.

"조은수니까."

누군가가 말했다. 처음에 은수는 그 말이 무슨 의미인지 알지 못했다. 내막을 알게 된 것은 대학원 첫 학기 한 달이 지났을 때였다.

"자네가 올해의 조은수였군."

수업 시간에 어느 교수가 그렇게 말했다.

"올해의 조은수라고요?"

은수가 선택한 과에는 조은수가 많았다고 했다. 지난 칠 년간 네 명의 조은수가 고고심령학과를 거쳐갔다는 것이었다. 그렇게까지 흔한 이름은 아니었는데도 심지어 그중 한 명은 남자라는 말도 들려왔다. 은수는 아주 잠깐 운명에 관해 생각했다. 이름이 뭐라고. 그리고 그 일을 곧 기억에서 지워버렸다. 그러나 그 기억은 생각지도 못한 순간에 무의식의 바다 위에 삐죽 솟은 빙산 꼭대기처럼 모습을 드러내곤 했다.

"조은수? 그 유명한 조은수?"

이름표를 본 은경이 물었다. 처음 만난 날이었다. 기본적으로 초급 현장실습 과정은 신청서를 내고 선발만 되면 누구나 참여할 수 있는 공개 수업이었다. 꼭 학과나 협동 과정을 거칠 필요는 없다는 뜻이기도 했고, 전국에 있는 비슷한 또래의 학생들이 서로의 얼굴을 익히는 첫 번째 기회라는 의미도 됐다.

두 사람은 다른 학생들보다 나이가 많았다. 은경은 학부 전공이 인류학이었다. 고고심령학을 인정하지 않는 과를 나왔지만, 은경은 솔직히 인류학이 좀 답답했다.

"이쪽에 정답지가 있다 그래서. 나 스포일러 좋아하거든."

그 말은 사실이었다. 은경은 집에서 혼자 영화를 보다가도 결말이 궁금하면 그냥 내용을 검색해서 봐버리는 유형의 인간이었다. 물론 은수는 그 유형에 속하는 다른 사례에 관한 이야기는 단 한 번도 들어본 적이 없었다.

"정답을 보고 나면 어쩔 건데?"

"글쎄, 하던 걸로 돌아가서 정답으로 가는 느릿느릿한 과정을 지켜보거나."

"그만두거나."

"그럴 가능성이 높겠지. 내 이름이 조은수는 아니니까. 너는? 방황하다 돌아온 조은수로서, 배리 본즈 할 거야?"

"배리 본즈?"

"뼈를 묻을 거냐고."

뒤에 서 있던 누군가가 조그맣게 웃음을 터뜨리는 소리가 들렸다. 문인지 박사였다. 문 박사는 그대로 학생들 앞으로 걸어나왔다. 교육관 입구 바로 안쪽의 로비로 쓰는 넓은 공간이었다.

"자, 이제 정숙해주시고요. 낮에 예고한 대로 실습에 들어갑니다. 침묵을 지켜주셨으면 좋겠네요. 여기도 기본적인 촬영 장비는 있으니까 사진 촬영은 신경 쓰지 마세요. 어차피 안 찍힐 거예요. 기록하고 싶은 게 있으면 수첩에 메모하세요. 상의하지 말고 우선 메모한 다음에 기록한 내용을 서로 비교해볼 거예요. 주의 사항 말씀드렸지요? 다 같이 앉아 있지만 개별 연구자가 될 것. 다른 동료들은 말이 전혀 안 통하는 외국인들이라고 가정할 것. 가능하면 우방국 국민이 아니라 적군 정보국 초급 공무원이라고 생각하세요."

실습에 활용할 만큼 안정적인 혼령이기는 했지만, 아이의 출현 가능성은 당연히 백 퍼센트가 아니었다. 고고심령학자가 발굴 현장에서 하는 일은 거의 대부분이 아무것도 하지 않고 기다리는 일이었다. 그날도 마찬가지였다. 겉으로 보기에 그날 실습의 주요 내용은 교육관 1층 로비 소파에 빙 둘러앉아 문 박사의 이야기를 듣는 것이었다.

"그게, 24층짜리 건물이었는데, 24층이니까 완전 도심에 있는 거였겠죠. 원래 그래요. 꼭 시골에서만 하는 게 아니고. 요즘은 도심 발굴기법이 연구가 잘 돼 있어서 잘만 하면 출퇴근하면서 발굴하는 팀에 들어갈 수도 있으니까. 아무튼 그 현장은, 완공된 건 아니고 짓다 만 건물이었는데, 시공사가 중간에 도산을 했다나. 더 짓지도 못하고 무너뜨릴 수도 없고, 다른 사람이 사서 마저 짓기를 기다리는 수밖에 없는데, 그 예산이 한두 푼 하는 게 아니니까 쉽게 해결될 일은 아니었겠죠. 그렇지 않겠어요? 거기 3층부터 22층까지가 현장이었는데, 거기에 비하면 여기는 진짜 호텔 로비라고 보시면 됩니다."

문 박사가 들려준 이야기는 추락하는 혼령에 관한 것이었다. 아마도 건물 옥상에서부터 아래쪽으로, 머리를 아래로 한 채 추락하는 혼령이었다. 시작과 끝이 어떻게 되는지는 알 수 없고 다만 22층에서 3층까지 계속해서 떨어지기만 반복하던 그 혼령은, 복식을 자세히 관찰하기 위해 조명도 없는 곳에서 눈을 부릅뜨고 있던 연구자들과 눈이 마주칠 때면 감았던 눈을 갑자기 번쩍 뜨곤 했다.

"끌려갈 것 같은 충동을 느꼈다는 사람들이 많았어요. 네 팀이 각기 다른 층에 캠프를 차리고 2주간 독립적으로 관찰한 결과가 일치한 셈이었으니까, 그게 그 혼령의 특징이 되는 거겠죠? 우리야 혼령을 연구하는 사람들은 아니니까 16세기 혼령이 어쩌다 24층 빌딩 위에 가 있었는지 그거야 알 바 아니고, 중요한 건 복식이었어요. 카메라에는 어차피 안 찍히니까 스케치를 한 거예요. 이것도 역시 2주간 완전히 독립된 상태로 네 군데에서 했겠죠? 그게 낮에 이야기한 발굴 디자인이라는 거예요. 현장마다 다 다르게 하는 거니까 오해하지는 마시고. 발굴 기간 끝나고 나서 분석하는 과정은 내일 실습해보기로 하고. 자, 그런데 메모지 꺼내놓은 사람이 없네. 생각나는 대로 메모지에 쓱쓱 그리는 게 얼마나 중요한데. 그 습관을 한번 들여보도록 하세요. 스스로를 위해서는 아니고, 발굴팀에서 한 사람 몫을 하려면 거의 반사적으로 펜이 종이 위를 날고 있어야 되거든요. 그림을 그릴 수 있으면 더 좋고. 알겠죠?"

그 말에 학생들이 저마다 펜을 손에 집어들었다. 공책 넘기는 소리가 잦아들자 문 박사가 말했다.

"그럼 발굴 원칙 숙지하고. 뭐뭐였죠? 개별 연구자가 될 것, 옆 사람은 적국 스파이라고 가정할 것. 자, 이제 오 분 전부터 조은수 학생 옆에 앉아 있던 5세기 혼령에 대해서 기록해보세요. 놀라는 건 상관없지만 손은 멈추지 말고."

그 순간 완전한 침묵이 현장을 감쌌다. 문 박사의 표정이 무겁게 가라앉아 있었다. 학생들은 방금 들은 말을 머릿속으로 처리하느라 아무도 고개를 움직이지 못했다. 손을 움직이는 사람도 아무도 없었다. 아까부터 조은수 옆에 앉아 있던 5세기 혼령이라는 말이 만들어낸 효과였다.

물론 은수도 마찬가지였다. 이름이 언급된 탓에 더 그랬다. 첫 만남은 눈으로 보는 방식이 될 줄 알았는데 그게 아니었다. 소리도 냄새도 촉감도 아니었다. 한기나 소름이나 기이한 예감 같은 것도 아니었다. 그것은 보다 사회적인 감각이었다. 함께 둘러앉아서 이야기를 나누고 있었다는 감각. 그리고 그 사실을 자각하는 순간에 대한 자각.

자각이라고 쓰고 싶었지만 손이 움직이지 않았다. 그렇다. 그것은 자각이었다. 발굴 현장에 혼령이 나타났다는 자각. 아니, 그보다는 혼령이 지배하는 공간에 방금 내가 한 발을 들여놓고 말았다는, 어떤 면에서는 후회에 더 가까운 깨달음.

옆에 누군가가 앉아 있었다. 아까부터 그 사실을 알고 있었다는 생각이 들었다. 키가 작고 똑똑해 보이는 아이 하나가 잠자코 그 자리에 앉아 있었다.

쓱싹거리는 소리가 들렸다. 누군가 연필을 움직이기 시작한 모양이었다. 펜이 종이 위를 달리는 소리가 일제히 뒤따랐다. 그 소리에 떠밀려 은수도 손을 움직였다. '자각'이라고 썼다. '첫 감각'이라고 덧붙였다. 그때 어깨 왼편에서 아이의 머리가 앞으로 쑥 튀어나왔다. 혼령이 고개를 숙여 은수의 수첩을 들여다보는 것이었다.

'보고 있어'라고 쓰고, 잠시 뒤에 다음 문장을 쓰는 대신 물음표 하나를 덧붙였다. '보고 있어?' 그러자 아이가 고개를 끄덕였다. 그리고 고개를 돌려 은수를 바라보았다.

상처반은 눈이었다. 하지만 너무 오래돼서 그 상처가 뭐였는지 기억도 나지 않는 표정이었다. 은수는 아이가 자기를 바라봤다는 사실에 숨이 턱 막혔다. 받아쓰지 못한 수많은 감상이 산꼭대기 구름처럼 빠르게 떠올랐다 사라졌다.

"발굴 계획에 집중하세요. 연구 디자인에요. 얼굴이나 동작에는 너무 신경 쓰지 말고 옷을 더 자세히 보면 좋겠네요."

문 박사가 속삭였다. 하지만 큰 기대는 하지 않는 눈치였다. 공포와 당혹감이 로비를 가득 채웠다. 거대한 고립감이 천문대 주위를 에워쌌다. 달아나고 싶었는데 그럴 수가 없었다. 혼령은 아무 짓도 하고 있지 않았지만, 조금 전까지만 해도 안정감과 평온함을 유지해주던 일상의 지속성이 완전히 무너져 내린 데서 오는 공포가 모두를 사로잡았다.

무언가를 보고 만 셈이었다. 한 번 본 이상 돌이킬 수는 없었다. 그 순간이 단 한 번이라도 존재하는 한, 그것이 존재하지 않던 세계로는 돌아갈 수 없었다. 귀신을 봐서 무서운 게 아니라 잘못 발을 디딘 선택이 더 몸서리치게 두려운 순간.

그것은 공포보다는 겁에 가까운 느낌이었다. 공포보다 몸에 훨씬 더 가까이 밀착되어 있어서 도저히 객관화할 수 없는 감상이었다. 언제 어디서 어떤 일이 일어나고 있다는 식의 서술이 아니라, 당장 내 몸이나 내 존재가 잘못되어버릴 것 같다는, 주관적인 형식의 언어로밖에는 묘사할 도리가 없는 사건.

누군가 비명을 질렀다. 소리에 놀란 다른 누군가가 또 다른 비명을 보탰다. 실습 현장이 아수라장이 되기까지는 십 초도 걸리지 않았다. 오래 세상에 머문 아이에게, 그 소리는 환영歡迎의 의미가 아니었을 것이다. 상상할 수 없을 만큼 기나긴 시간 동안.

아이가 주위를 둘러보더니 은수에게 무슨 말인가를 건넸다. 그러고는 슬그머니 고개를 뒤로 빼 은수의 시야에서 사라져버렸다. 그리고 다시 돌아오지 않았다. 그해 봄 현장실습이 끝날 때까지는.

문 박사가 덤덤한 얼굴로 그 광경을 바라보며 한참 동안이나 수첩에 뭔가를 메모했다.

그날 은경은 공책에 이런 말을 썼다.

'부럽다, 조은수.'

그날 이미 은경은 '배리 본즈'가 되지는 않기로 마음먹었을지도 모른다. 적어도 고고심령학계에서만은.

하지만 조은수라고 해서 저절로 고고심령학계의 적통이 되는 것은 아니었다. 사실 그 많은 조은수들 중 끝까지 남아 있는 사람은 단한 명뿐이었다.

실제로 있는 통계인지 농담인지는 알 수 없지만 사람들이 고고심령학을 그만두는 첫 번째 이유가 "무서워서"라는 은경의 말에는 일리가 있었다. 겁을 집어먹는다는 것은 주관적인 상태가 된다는 말이고, 현장에 나갈 때마다 지나치게 주관적인 입장이 되고 만다는 것은 어떤 분야에 속한 학자든 연구의 객관성을 유지하기가 어렵다는 뜻이기도 했다.

그뿐만이 아니었다. 고고심령학자가 조은수라는 이름을 갖고 있으면 무슨 일을 하든 사람들의 주목을 받게 마련이었다. 거기에 다른 조은수가 어느 날 갑자기 두각을 나타내기라도 한다면, 비교당하는 데서 오는 스트레스 또한 더 커질 수밖에 없었다.

그만둔 조은수들 중 한 사람은 아예 악령 퇴치 사업을 시작하고 말았는데, 은수는 그 선택이 자연스러운 것인지 아이러니인지를 남들처럼 명확히 판단할 수 없었다. 현역에 남아 있는 고고심령학자들이라면 좀처럼 하지 않을 생각이라고는 하지만, 무서우니까 일단 물리쳐야 한다는 발상 자체는 전혀 이상한 게 아니었기 때문이다. 오히려 거기에는 현역에서 물러나야 보이는 어떤 진실이 담겨 있었다. 두려움은 가장 강력한 경고이고, 직감이 그렇게 말하는 데는 그럴 만한 이유가 있게 마련이었다.

'그런데 우리는 화재 경보를 무시하는 훈련을 받는 셈이니까.'

저녁식사를 마치고 식당을 나섰다. 곧장 방으로 돌아가 침대에 드러누웠다. 커튼이 쳐져 있어서 조명을 끄면 몇 시든 상관없이 영화관처럼 캄캄해지는 방이었다.

지난밤에는 잠을 잘 자지 못했다. '낮에 자면 되지 뭐' 하고 미뤄둔 잠을 저녁이 되도록 채워넣지 못했다. 충분히 피곤하고 졸음이 몰려오는데도 이상하게 잠에 들지 못했다. 마치 깨어서 기다려야 할 누군가가 있기라도 한 것처럼 멍한 시간이 계속해서 이어졌다.

가만히 누워서 잠을 청했다. 방에 딸린 화장실 문을 살짝 열어 불빛이 조금 새어 나오게 해두었다. 너무 어두운 것도 수면에 방해가 되는 것 같아서였다. 이불을 턱까지 끌어올리자 금방 잠들 수 있을 것 같은 느낌이 들었다. 좋은 신호였다.

그 좋은 신호가 계속해서 이어졌다. 계속, 또 계속. 어느 순간 은수도 그 사실을 깨달았다. 그런 식으로 잠들지 못하는 수도 있었다.

방으로 들어온 지 한 시간 만에 은수는 그만 잠들기를 포기했다. 그리고 잠시 후, 외투까지는 아니지만 그래도 꽤 두꺼운 실내복을 챙겨 입고 방문을 나섰다. 밤새 형광등이 켜져 있을 복도를 걸어가 교육관으로 향하는 통로로 접어들었다. 실내 공간 중에서는 제일 추운 곳이어서 한기가 스르르 옷 속으로 파고들었다.

통로는 수평으로 나 있지 않았다. 애초에 건물 두 채를 지을 생각을 하고 설계한 건물이 아니다 보니 교육관 1층이 자리 잡고 있는 언덕이 연구동 2층보다 높은 탓에 연결 통로에도 약간의 경사가 생길 수밖에 없었다. 눈에 띄지 않을 만큼의 경사였지만 그 미묘한 차이가 가끔은 어지럼증을 유발하기도 했다.

통로는, 원래 교육관 테라스였던 곳으로 이어져 있었다. 지금은 실내 공간처럼 유리창으로 막혀 있는 공간이지만 좀처럼 사람이 머물 일이 없는 공간이다 보니 실내치고는 꽤 추운 곳이었다. 그 끝에 나 있는 작은 문을 통과하면 하루 종일 온기가 보존되어 있는 진짜 실내 공간이 나타났다.

문 안쪽은 곧바로 로비였다. 초급 현장실습 과정이 열리곤 하는, 소파가 죽 늘어선 로비. 다른 직원들은 모두 뒷정리를 마치고 자기 방으로 돌아간 모양이었다. 조명이 완전히 꺼져 있지는 않았지만, 적어도 식당 쪽은 완전히 어둠이 차지하고 있었다. 서른 명이 들어갈 만큼 넓은 공간이 어둠으로 가득 차 있으면 그 앞에 놓인 빈 공간도 영향을 받기 마련이었다.

은수는 로비에 늘어선 소파 맨 끝 쪽에 칸막이를 세웠다. 식당 쪽 시야가 거의 다 가려졌다. 완전히 가려지지는 않았지만 그럴 필요는 없었다. 그 칸막이는 차단막이라기보다는 표지판에 가까웠다. 작업 중. 관계자 외 출입금지.

은수는 소파에 걸터앉아 2층으로 통하는 계단 쪽을 바라보았다. 언제나 느끼는 바였지만, 크기에 비해 사람이 적은 건물이었다. 동선이 여기저기로 뻗어 있어서 그다지 고립감이 들지 않는다는 장점은 있었지만, 채워야 할 공간의 갈래가 많아진 만큼 비어 있는 복도나 통로도 늘어날 수밖에 없었다. 인기척이 들리지 않고, 적어도 하루에 몇 시간 동안이나 사람의 시선이 머물지 않으며, 누구나 손쉽게 발을 들일 수 있지만 사실상 아무도 걸어 들어갈 생각을 하지 않게 된 길들.

늘 다니는 긴 복도 바로 옆에 그런 갈림길 두 개가 아래위로 뻗어 있었다. 지하 1층과 지상 2층으로 향하는 어두운 계단이었다. 혼령이 사람과 마주친다면 바로 그런 갈림길 위에서일 거라고 은수는 생각했다. 인간의 무의식이, 존재하지 않는 혼령을 환각으로 그려낸다면 바로 그런 길목을 배경으로 할 것이 분명했다. 아직 확인되지 않은 미지의 갈래에서는 늘 무언가가 튀어나올 가능성이 존재하기 때문이다.

"하지만 혼령은 실재이기는 하지. 환각이 아니라. 고고심령학자들은 말이야, 아주 엄밀하지 않은 접근법도 일부 허용하는 편이야. 사람들이 고고심령학을 대충대충 대하기 때문이 아니라 꽤 분명한 증거가 있기 때문이지. 혼령을 목격한 경험을 말하는 거야. 그런 의미에서 여기에서 하는 워크숍은 초급 과정치고는 꽤 의미가 있는 것 같아. 한 번 겪고 나면 혼령의 실재를 따로 입증할 필요가 없어지거든. 가르치는 쪽에서도 배우는 쪽에서도 마찬가지로. 그러고 나면 암묵적인 동의가 생기는 거지. '그거 아시죠?' 하는 부분 말이야. 제삼자가 보기에 방법론적으로 구멍이 뚫려 있는 것처럼 보이는 지점에는 사실 그런 합의가 끼어들어 있는 셈이 아닐까. 방법론이라고 해봐야 어차피 문외한을 포함한 모든 사람에게까지 납득할 만한 설명이 되지는 못하겠지만, 그래도 우리끼리는 이 방법을 통해서 정답을 슬쩍 엿보고 올 수 있다는 합의 같은 게 있으니까, 서로 그냥 넘어가는 거지. 뭐 요즘은 그냥 공부가 부족해서 띄엄띄엄 하고 넘어가는 사람도 많은 것 같긴 해."

혼자서 한참을 중얼거렸다. 속삭이는 소리가 메아리가 되어 돌아오는 것만 같았다.

아이의 혼령을 불러내는 방법은 복잡하지 않았다. 그냥 그 자리에 둘러앉아 고고심령학 이야기를 속삭이기만 하면 됐다. 정작 아이를 만나는 일 자체에는 정해진 절차나 의례 같은 것이 전혀 필요하지 않았다. 그래서 더 실용적인 혼령이었다.

다만 아이에게 말을 건넬 때 반말로 해야 할지 존댓말로 해야 할지에 관해서는 은수로서도 아직 확신이 없었다. 몇 해인가는 존대를 한 적도 있었다. 그러다 또 반말로 돌아갔다. 아이는 전혀 신경 쓰지 않는 눈치였다. 문 선생님 말로는 아이도 내내 반말을 하고 있었다고 했다.

"애니까."

"애 맞을까요?"

아이가 모습을 드러내지 않으면 이야기가 한없이 길어질 때도 있었다.

"초급 현장실습 말고 다른 활용법을 생각해본 적이 있는데 네가 어떻게 생각할지 모르겠네. 사이언스 하는 사람들 있잖아. 어차피 문 선생님이나 나는 그게 별로 사이언스 같지는 않다고 생각하긴 하는데. 왜냐하면 측정 장비가 작동하는 원리는 과학적이지만 그걸 가지고 뭔가를 측정하고 그 측정치를 가지고 이론을 만들고 하는 과정은 하나도 안 과학적이니까. 그렇지 않아? 그건 마치 몸에 붙여놓고 스위치만 누르면 되는 다이어트 기구 같은 거라고. 기계 자체야 과학적인 근거를 가지고 움직이겠지. 그런데 그걸 한다고 살이 빠진다는 근거는 어디에도 없잖아. 그렇게 될 리도 없고 말이야. 그게 되면 운동이라는 게 왜 있겠어? 아, 그러고 보니 나도 운동을 좀 해야 되는데. 여기 있으면 그냥 밥을 조금 먹는 쪽을 택하게 된단 말이야. 특히 겨울에는. 밖에만 안 나가면 따뜻하니까. 나가면 또 너무 춥고. 뭐 이런 이야기는 관심 없겠지?"

아이는 모습을 드러내지 않았다. 너무 오랫동안 불러내지 않은 탓인지도 몰랐다. 게다가 혼자서 아이를 불러내는 것은 처음이기도 했다.

천 년이 넘는 시간 동안 아이가 어느 곳에 얼마만큼 머물렀는지는 알 길이 없었다. 천문대도 마찬가지였다. 인간의 관점에서는 꽤 긴 시간 동안 머무르고 있는 셈이었지만 혼령의 관점에서는 그렇지 않을지도 모른다. 아무도 찾아오지 않고 아무도 불러주지 않으면 아이는 그냥 다른 곳으로 떠나버릴지도 몰랐다.

"무슨 이야기 하고 있었더라. 아, 활용법 이야기 하고 있었지? 그 사이언스 흉내 내는 연구팀 하나가 묘한 제안을 해왔어. 사람들이 혼령을 보면 겁을 먹게 되잖아. 그게 너무 신체 반응에 밀착된 주관적인 경험이다 보니 객관적으로 접근하는 데 문제가 생기고. 그런데 이 팀 이야기는 그 주관적인 경험을 역으로 이용해보겠다는 거야. 공포에 질렸을 때 생기는 신체 변화 있잖아. 동공이 어떻게 된다거나, 심장박동이나 신경계에 나타나는 변화나 그런 거. 그것 자체를 지표로 이용해서 혼령을 객관적으로 검출해보겠다는 거야. 물론 허술한 이야기일 수도 있지. 아까 말한 다이어트 기계 같은 소리니까. 그런데 이 팀 이야기는 그 신체 반응을 좀 더 정교하게 측정해보겠다네. 변수를 엄격하게 통제해서 유의미한 측정치를 얻어보겠다는 거야. 그래서 나한테 연락이 왔더라고. 왜냐하면, 지금껏 발견된 혼령 중에 제일 통제가 잘 되는 샘플이 여기에 있어서 말이야. 어떻게 생각해? 초급 과정 참가자들 몸에 이것저것 센서 같은 거 붙여놓고 동일한 조건에서 너를 출현시켜보면 뭔가 재미있는 게 나올 수도 있지 않을까? 그쪽 생각은 어때?"

정말로 아이는 통제하기 좋은 혼령이 맞을까. 그냥 휴화산 같은 게 아닐까. 아이가 무슨 생각을 하고 있는지, 어떤 의지를 지닐 수 있는지 알고 있는 사람은 아무도 없었다. 천오백 살이나 된 존재가 갑자기 그 의지를 고쳐먹을 가능성이나 혹은 그런 일이 일어나는 이유 같은 것을 짐작할 방법은 어디에도 없었다.

아이는 초월자였다. 아이가 보기에는 가장 노련한 고고심령학자조차도 한 계절 피었다 지는 야생화처럼 어리고 초라하고 연약해 보일지도 모른다.

그래서인지 천문대 직원들은 문 박사에게 경외감 같은 것을 갖고 있었다. 혼자서 혼령을 불러내고 만나고 하는 모습 때문이었을 것이다. 그것은 이제 은수의 일이기도 했다. 그런데 은수는 그 시간에 혼자 그곳에서 아이를 불러내는 일이 조금은 어색하고 두렵기까지 했다. 공포나 겁과는 다른 종류의 무서움이었다.

'정말로 그 아이가 한 짓일까.'

은수는 생각했다. 입 밖으로 꺼내서 말을 한 것은 아니었지만, 말의 형태를 빌려 생각을 떠올리는 것만으로도 비석에 새기듯 분명해지고 마는 선언이었다.

'정말로 혼령이 문 선생님의 죽음에 영향을 미쳤을까.'

무시하려고 했지만 파키노티 박사를 만난 이후로 내내 머릿속을 떠나지 않는 말이었다. 그게 사실이라면 어떻게 대처해야 할까. 은수는 전혀 감을 잡을 수가 없었다. 스스로가 충분히 훈련된 고고심령학자가 맞나 하는 의심마저 들 지경이었다.

파키노티 박사의 말이 아무 근거 없는 넘겨짚기에 불과한 말이었다 해도 은수에게 이 대목은 여전히 중요한 화두였다. 문 박사 없이도 아이의 혼령을 소환해낼 수 있을까. 혼령이 미칠 수 있는 부정적인 잠재력을 평가하고 그런 일이 일어나지 않도록 안정적인 상태로 현장을 꾸려갈 수 있을까. 그리고 만약 파키노티 박사의 말이 사실이라면, 그다음에는 어떤 판단을 내리고 어떤 조치를 취해야 할까.

고개를 돌려 벽에 걸린 시계를 올려다보았다. 한 시간이 지났는데도 아이는 모습을 드러내지 않고 있었다.

별것 아닌 일일 수도 있었다. 부른다고 늘 나타나는 혼령은 아니었으니까. 하지만 좋지 않은 징조일 가능성도 없지는 않았다. 아이는, 고고심령학계에서 가장 가치 있는 자산 중 하나인 그 혼령은, 어쩌면 문인지 박사 때문에 그곳에 머무르고 있었는지도 모른다. 그리고 문인지 박사의 죽음을 기점으로 평화로웠던 천문대 체류를 끝내기로 마음먹은 것일지도 모른다. 선후관계가 어떻게 됐든.

칸막이를 제자리에 갖다놓고 자리에서 일어났다. 언제나 똑같은 불빛이 늘 다니던 길을 비추고 있었다. 은수는 교육관과 연구동을 잇는 통로를 지나 문 박사의 서재로 터덜터덜 걸어갔다.

서재 문 앞에 멈춰 서서 복도에 늘어서 있는, 발굴 완료된 책들이 담긴 박스를 내려다보았다.

'아무도 보고 있지 않은 동안 천문대에서 도대체 무슨 일이 일어나고 있었던 걸까. 칠팔 년에 이르는 긴 시간 동안.'

어쩌면 그 실마리 또한 그 서재 안에서 찾아야 할지도 모른다. 하지만 복도에 늘어선 문 박사의 유물을 바라보는 은수의 마음에는 또 다른 짐이 얹혀 있었다. 아무리 잘 풀려봐야 결국 문 박사를 구경거리로 만드는 데에 기여하는 일이 되지나 않을까 하는 생각 때문이었다.

문득 돌아보니 은수는 사기꾼 쪽에 줄을 서 있었다. 고고심령학과 비슷하지만 엄밀히 말하면 고고심령학은 아닌 이상한 일을 하는 사람들 사이에.

물론 스스로도 잘 알고 있었다. 일방적으로 이용당하고 말 일은 아니라는 사실을. 그 일은 양쪽 모두에게 도움이 되는 일이었다. 이한철 대표 혼자서만 일방적으로 이득을 얻는 일이 아니었다.

'그래서 내가 얻으려고 하는 게 구체적으로 뭐지?'

서재 문에는 손을 대지 않은 채 방 쪽으로 곧장 발걸음을 옮기면서 스스로에게 물었다. 은수는 그저 고고심령학을 제자리에 갖다놓고 싶었을 뿐이었다. 혼령을 돈벌이로 사용하기 전에 먼저 혼령 자체를 유심히 관찰해서 각자 마음에 품은 질문에 대한 답을 얻어내기 위해 노력하는 일.

그러기 위해서는 필요한 것들이 몇 가지 있었다. 일단 문인지 박사의 업적을 정리해야 하고, 아이의 혼령이 오래오래 천문대에 머물도록 자리를 마련해주어야 하며, 초급 현장실습 워크숍을 유치해 꿈 많은 청춘들을 꾸준히 잘못된 길로 이끌어야 했다. 그래서 서울 한가운데에 나타난 벽처럼 눈에 띄는 심령현상들이 모두 제대로 훈련받은 고고심령학자에 의해 관찰되고 기록되게 만들어야 했다. 신기한 구경거리로 만들어 돈을 벌 궁리부터 할 게 아니라.

그것만 하면 될 줄 알았다. 넘어야 할 산은 많았지만 길 자체는 꽤 단순한 편이었다.

'하지만 이건 그렇게 단순한 일이 아니야.'

문 박사가 사라진 그 산길에는 생각지도 못한 동행이 있었을지도 모른다. 그 아이가, 그 초월자가.

문을 열고 방으로 들어갔다. 밤바람이 마치 천체망원경 돔의 멱살을 쥐고 흔들기라도 하듯, 요란한 굉음이 삼중창을 통해 방 안까지 흘러 들어왔다.

그리고 나흘 뒤, 다시 서울에 벽이 나타났다. 그날 새벽에는 마흔

여덟 명의 사람들이 스스로 목숨을 끊었다. 지난번과 마찬가지로 추락사였다.

그런데 그 죽음은 아무런 반향도 이끌어내지 못했다. 그 또한 지난번과 마찬가지였다. 개별 사건들의 관련성을 알아낼 방법이 없었고, 무엇보다 하룻밤에 사오십 명이 스스로 목숨을 끊는 일쯤은 그다지 주목할 만한 일도 아니라는 것이 주된 이유였다. 서울에서는.

고고심령학계에서도 그 일을 문제 삼는 사람은 많지 않았다. 아무리 부정적인 혼령이라도 그렇게까지 직접적이고 광범위한 영향을 미치는 경우는 지금껏 보고된 바가 없었다. 고고심령학을 잘 아는 사람일수록 불가능한 일이라고 단정 짓게 되는 사건인 셈이었다.

그러나 다음 날이 되자 사태가 다소 묘하게 꼬이기 시작했다. 그 일이 뉴스가 되어 사람들의 입에 오르내리기 시작한 것이었다. 어느 대학의 고고심령학과 교수 하나가 라디오에 출연해서 혼령에 관한 일반적인 이야기 몇 가지를 들려주었는데, 내용 자체는 별로 특별할 게 없었으나 그날 내내 가장 많이 언급된 단어 리스트에 그 교수의 직함이 올라가 있었던 것이 사람들의 상상력에 불을 지핀 모양이었다. 고고'심령'학자라는 타이틀이.

그 상상은 곧 공포와 연결되었다. 다른 나라의 사례를 통해 짐작할 수 있듯 꽤 일반적인 전개 양상이었다. 연구에 따르면, 다음 단계에서 고고심령학이 할 일은 바로 장사였다. 관심을 환기할 수 있는 흔치 않은 기회를 잡은 데다. 공포라는 연료가 충분히 주입되기까지 했으니, 마침내 고고심령학이 전면에 나서서 대중의 관심을 폭발시킬 타이밍이라는 것이었다. 그다음은, 모처럼 폭발한 관심이 사라지기 전에 재빨리 돈을 챙기는 단계였다.

저녁이 되자 누구나 볼 수 있을 만한 곳에 이한철 대표의 이름이 등장하기 시작했다. 그리고 금방 사라졌다. 대중의 관심을 끌 정도 는 못 됐지만, 그 정도만 해도 그 사람이 바로 이 분야에서 가장 그 럴듯한 전문가라는 인상을 주기에는 충분했을 것이다.

그의 말이 인용된 신문기사를 보다가 그가 대표로 있는 연구소의 공식 명칭에 시선이 머물렀다. 한국고고심령학연구소. 그게 다였다. 마치 한국에서 활동하는 고고심령학자 전체를 대변하기라도 하듯 고유한 무언가를 나타내는 말이 하나도 포함되어 있지 않은 이름이 었다.

'하여튼 저 인간 참.'

서재 발굴 작업은 진도가 꽤 많이 나가 있었다. 책의 위치를 기록 해서 박스에 넣는 일 자체만 놓고 볼 때 그렇다는 말이었다. 문 앞에 붙여놓은 것처럼 '故 문인지 선생 기념사업'이 되려면 방을 물리적 으로 정리한 뒤에도 공부할 게 한참이나 더 남아 있었다.

물론 그것 자체가 부담스럽거나 고통스럽지는 않았다. 은수에게 문 박사의 머릿속을 들여다보는 일은 잠을 모두 빼앗기고도 과로라 는 생각이 들지 않을 만큼 영감으로 가득한 지적 유희였다.

그날 아침에는 어느 해 대학원 세미나 마지막 날에 찍은 사진을 들여다보다가 사진 속에서 책 산 맨 위에 놓여 있던 메모를 발견했 다. 그 메모가 있는 곳까지 산을 깎아 내려가자 사진에 찍혀 있는 그 모습 그대로 그때의 메모가 놓여 있는 곳이 나타났다. 미라가 된 왕 의 무덤을 발견하는 것처럼 발굴 현장의 희열이 구체적인 형태로 재현되는 사건이었다.

아미타브Amitabh. 발굴된 석실의 이름은 '아미타브의 방'이 되어야 할 것 같았다. 아미타바Amitābha, 아미타유스Amitāyus, 아미타阿彌陀, 무량수無量壽, 무량광無量光.

아미타브는 불교에도 있고 힌두교에도 있는 이름이었는데, 신이라고도 하고 부처가 된 구도자라고도 하지만, 이름 자체가 직접적으로 지칭하는 것은 아마도 '영원히 빛나는 불꽃'인 모양이었다. 그런 내용을 담은 자료와 사진들이 낱장으로 된 종이 위에 수십 장이나 인쇄되어 있었다. 여백에는 문 박사의 메모가 남아 있었고, 연필로 그은 밑줄이 자료 여기저기에 흩어져 있었다.

그런데 그 많은 굵직굵직한 개념들을 제치고 아미타브라는 이름이 그 석실의 표제어가 된 것은 자료 더미 위에 놓여 있는 영화 디브이디 때문이었다. 아미타브 밧찬이라는 배우의 영화 타이틀 몇 장.

수염은 하얗게 셌지만 머리카락은 아직 정정한 갈색인 인도 배우의 사진을 들여다보았다. 그 구역에서 떠오른 아이디어를 총정리하면서 쓴 듯한 한 장짜리 메모에는 아미타브라는 이름에 세 겹이나 동그라미가 쳐져 있기도 했다. 확실히 문 박사의 관심사는 관념 세계보다는 훨씬 더 구체적인 방향으로 뻗어가고 있었다. 석실 주위에 종교철학 관련 참고 자료가 놓여 있지 않은 것만 봐도 알 수 있는 사실이었다.

'그럼 어느 쪽으로 뻗어나간 거지?'

바로 근처에 놓인 책들을 조심스럽게 살폈다. 궁금하다고 아래쪽에 있는 책을 무턱대고 들어낼 수는 없었다. 한 권 한 권 꺼낼 때마다 정해진 절차를 거치느라 시간이 많이 걸렸다. 그러면서 은수는 생각했다.

'죽고 나면 누가 내 물건 뒤져서 평소에 내가 무슨 생각 하고 살았는지 알아낼까봐 걱정이었는데, 직접 해보니까 알겠어. 다 쓸데없는 걱정이라는 걸.'

그렇게까지 꼼꼼하게 자기 유품을 챙겨봐줄 사람도 있을 것 같지는 않았다. 지금 문 박사의 서재에서 하고 있는 작업도, 다른 사람이었다면 아마 특이한 취향이 담긴 물건이나 몇 가지 챙겨두고 말았을 법한 일이었다. 책이나 서류 더미 같은 먼지 나는 것들은 아마 하루이틀이면 정리가 끝났을지도 모른다.

하지만 은수의 손은 빠르지가 않았다. 그래서 한참이나 시간을 들여 다시 한 겹을 들어내야 했다. 그러자 아미타브라는 이름과 관련된 자료의 맥이 어렴풋이 모습을 드러냈다. 삼십 분 정도 더 파내려가다가 은수는 고개를 갸웃했다.

'뭐지, 이건? 또 이거야?'

금맥의 맨 위쪽에는 사진집으로 보이는 커다란 책 한 권이 앞표지를 위로 한 채 가만히 누워 있었다. 은수는 표지 한가운데에 그려진 코끼리의 얼굴을 말없이 바라보았다. 코끼리와 마주친 게 처음은 아니었다. 그 주에만 벌써 세 번째였다.

그 아래도, 또 그 아래도 마찬가지였다. 그 금맥을 따라 뻗어 있는 주제. 자료를 불러 모아 바로 그 자리에 퇴적되게 만든 생각의 흐름.

의심의 여지가 없었다. 그것은 바로 코끼리였다.

'코끼리 아미타브.'

기대 이상으로 구체적인 주제어였다. 몸을 움직이지 않을 도리가
없었다.

2부

고고심령학 특별발굴팀

김은경: 소나무에 유에프오

'얘는 왜 자꾸 혼자래?'

김은경은 조은수가 지난밤에 보낸 이메일을 찬찬히 읽어 내려갔다. 감정이 전혀 드러나지 않는 사무적인 내용이었지만, 은경의 눈에는 지치고 외롭고 삶의 목표마저 잃어버린 사람이 오랜 추종자에게 보내는 구조 신호로 읽혔다.

'드디어 승기가 나한테로 넘어오는군. 후훗, 어리석은 공붓벌레 녀석.'

고고심령학계를 떠나겠다는 선언을 한 직후, 은경은 곧장 영어학원에 등록했다. 그리고 마치 세상에 내던져진 이십대 후반 젊은이처럼 진취적인 자세로 진로 탐색에 나섰다.

하지만 영어는 잘 늘지 않았고, 영국에서 온 선생님들은 희한하게도 매사에 부정적이었다. 대단히 예의 바르고 인상 좋은 사람들임에는 틀림이 없었지만, 수업 내용이 항상 비관적이었다. 불평, 불만, 당황, 좋지 않은 기억.

진취적으로 삶을 돌아보며 예의 바르게 욕하는 일에 재미를 붙일 무렵, 은경은 결국 그 사실을 깨달았다. 고고심령학자가 되는 게 고달픈 게 아니라 학자가 되는 일 자체가 힘겹다는 것. 문제는, 그 사실을 뻔히 알고서도 좀처럼 발을 빼기가 쉽지 않다는 점이었다.

선언 이후 은경이 맨 처음 맡은 일은 전혀 새로운 게 아니었다. 고고심령학 일은 아니었지만 고고심령학계에 공식적으로 발을 들이고 있었을 때에도 아르바이트 삼아 쭉 하고 있던 일이었다.

아는 사람은 누구나 알고 있듯, 은경은 꽤 훌륭한 면접조사관이었다. 이론 공부를 싫어해서, 현장에 나서는 순간 머릿속에 든 학자로서의 선입견을 싹 날려버리는 일에 능통했고, 무엇보다 거짓말하는 사람을 기가 막히게 알아냈다. 이야기를 끌어내려고 비위를 맞추거나, 기관의 권위를 적절히 이용해 대답할 의무가 없는 사람에게 짧은 대답이라도 받아내는 기술은 말할 것도 없었다.

영어학원을 다니면서도 드러난 사실이지만, 은경의 특기는 질문이었다. 질문하고 짧게 반응하고 다시 질문을 던지는 기술. 그 과정이 몇 단계쯤 반복되면 은경의 앞에 앉은 사람은 십중팔구 말을 늘어놓게 마련이었다. 외국어여도 상관없었고, 달변이 아닌 사람도 마찬가지였다. 난생처음 다른 사람 앞에서 술술 말을 풀어내는 쾌감에, 무대에 선 배우처럼 카타르시스를 느끼는 사람도 있었다.

그러나 집에 가서 가만히 돌이켜보면 그런 생각이 들곤 하는 것이었다. 그렇게나 즐거운 대화가 한참 이어졌는데도 은경에 대해서는 알아낸 게 거의 없다는 깨달음. 뭔지는 모르겠지만, 전문가에게 당했다는 느낌.

"그게 내 잘못이냐? 나한테 말할 기회도 안 주고 혼자 신나서 떠든 사람들이 예의가 없는 거지."

사정이 그렇다 보니 은경의 다음 진로 역시 그다지 희한한 일은 될 수가 없었다. 여기저기 부탁은 해놨지만 들어오는 일은 결국 사회학 아니면 인류학과 관련된 일뿐이었다.

은경은 생각했다.

'경력이 발목을 잡는구나.'

표면적으로 드러나는 조건 때문만은 아니었다. 살림살이에 보탬은 안 됐지만, 무언가를 배운다는 것은 분명 닫혀 있는 문 몇 개를 열어주는 일이 틀림없었다. 아니, 그보다는 사방을 둘러싼 수천 개의 유리창 중 몇 개에 묻어 있는 먼지를 닦아주는 일이랄까.

깨끗해진 유리창 너머로 보이는 세상은 먼지로 뒤덮인 쪽보다 훨씬 선명해 보일 수밖에 없었다. 세상의 다른 부분보다 더 많은 것들이 보이는 방향이 존재한다면, 사람의 눈은 다른 곳보다 자주 그쪽을 향하게 마련이었다.

'고개만 살짝 돌린 게 아니라 아예 의자를 그쪽으로 놓고 바닥에 못질을 해놨으니. 아, 망한 인생.'

은경은 지난 이 년간 참여한 프로젝트가 꽤 재미있고 유익한 연구라고 생각했다. 물론 그 대목이 제일 문제이기는 했다. 연구 따위가 재미있다니.

연구 제목은 '몬데그린 현상에 의한 고무줄 노래 전파경로 연구:

진중가요 〈전우야 잘 자라〉를 중심으로'였는데, 연구에 참여한 사람들 중 연구 제목을 정확하게 알고 있는 사람은 아무도 없었다. 눈앞에 보고서 첫 장을 펼쳐놓고 제목을 빤히 들여다보는 순간에도 마찬가지였다. 대신 연구원들은 그 프로젝트를 '전우의 시체를 넘고 넘어 프로젝트' 혹은 '소나무에 유에프오 프로젝트'로 불렀다.

보고서 제목에도 나와 있지만 그 연구의 이론적인 배경은 '몬데그린'이라는 현상이었다. 외국어로 된 노래를 해당 외국어를 잘 모르는 사람들이 듣고 따라 부르는 과정에서 노래 가사가 자국어화 되어버리는 현상인데, 예를 들면 올리비아 뉴튼 존의 〈피지컬Physical〉이라는 노래의 가사 중 'Let me hear your body talk'가 한국어밖에 모르는 아이들의 귀에는 '웬일이니 파리똥' 혹은 '냄비 위에 밥이 타'로 들리는 식이었다.

"나 그거 알아."

예전 인류학과 시절 동기에게서 프로젝트 설명을 듣자마자 은경은 그렇게 외쳤다.

"부추 엄마 백씨!"

"그게 뭔데?"

"〈백 시트Back Seat〉이라는 노래에 나오는 가산데, 원래는 'Put you on my back seat'이거든. 그런데 어느 빠순이가 이게 '부추 엄마 백씨'로 들린다고 한 이후로 계속 그렇게 들려서 고통이야. 그런 거 또 있었는데…… '마누라 뺏긴 고통, 거꾸로 뺏긴 고통, 쓰나미 때 그 고통, 나의 포토메일이.'"

"뭐야, 그게?"

"일본 노래 가사인데 천천히 하면 '마모루베키코토, 호코루베키코토, 쓰라누이테쿠코토, 네버 투 레이트' 이런 가사야. 나 이거 원래 가사대로 알고 있었는데, 그 마누라 뺏긴 고통을 한번 듣고 나니까 원래 가사가 생각이 안 나는 거야. '지켜야 할 것, 자랑스러워해야 할 것, 관철해야 할 것' 이런 가사가 마누라 뺏긴 고통으로 들리다니, 그 고통을 누가 알겠어."

"맞아, 그거. 역시 배운 여성! 다른 연구자들은 한참 설명해야 되는데, 척 하면 딱, 설명이 쉽네."

"완전 쉽지, 하하하. 재밌겠다. 나 그거 할래. 나도 끼워줘."

그렇게 즉흥적으로 참여를 결정한 연구의 소재가 되는 노래는, 외국 가요가 아니고 〈전우야 잘 자라〉라는 한국전쟁 시절 노래였다. 정확히 말하면 군가는 아니고 진중가요로 분류되는 노래였는데, 이런 식으로 흘러가는 장중한 노래였다.

전우의 시체를 넘고 넘어 앞으로 앞으로
낙동강아 잘 있거라 우리는 전진한다
원한이야 피에 맺힌 적군을 무찌르고서
꽃잎처럼 떨어져 간 전우야 잘 자라

문제는 이 노래가 다른 용도로 사용되는 과정에서 발생했다. 아이들의 고무줄놀이 레퍼토리로 채택되면서 가사가 변하기 시작한 것이었다.

핵심은 '원힌이아 피에 맺힌'이라는 구절이었다. 연구를 처음 디자인한 학자들은 이 가사가 지역에 따라 '모나미에 유에프진', '소나무에 유에프진'처럼 다양한 형태로 변화됐다는 점에 착안했다.

원형을 알고 있으니 그 변종들을 쭉 늘어놓으면 어떤 식으로 변형이 일어났는지 추측하는 것은 그리 어려운 일이 아니었다. 예전 음원을 들어보면 '원한이야 피에 맺힌'에서 '원한이야' 부분이 분명히 들리지 않는다는 점을 쉽게 확인할 수 있었다. 딱 듣기에도 '모나니아' 정도로 뭉개져서 들리는 소리였다.

고무줄놀이를 하는 여자아이들은 '모나니아'처럼 불명확하게 들리는 노래 가사에 의미를 부여했을 것이고, 그래서 탄생한 게 당시 가장 흔했던 볼펜 상표명을 딴 '모나미에'라는 말이었을 것이다. 즉 '원한이야'의 변화 과정은 '원한이야' → '모나미에' → '소나무에'의 과정을 거친 것으로 추정됐다. 다만 '모나미에'가 '소나무에'로 변한 것이 먼저인지, '유에프진'이 '유에프오'로 변한 것이 먼저인지는 확실하지 않았다. '소나무에 유에프진'처럼 앞쪽이 먼저 변한 사례가 발견되지 않은 것은 아니지만, 그 사례가 얼마나 보편적인지에 대해서는 의문이 있었다.

따라서, 약간의 중첩은 있지만 '소나무에'가 출현하기 직전에 '유에프진'이 '유에프오'가 되는 과정이 있었으리라는 것이 연구진의 일반적인 관측이었다. '모나미'라는 확고한 의미를 지닌 말이 '소나무'로 대체되려면 그만큼 설득력 있는 근거가 있어야 하는데, 그 근거가 바로 '유에프오'라는 것이었다. 소나무 위에 유에프오가 걸려 있는 장면은 모나미와 유에프오를 연결시키는 것보다 훨씬 강렬한 이미지를 제공하기 때문이다.

그렇다면 가사가 변이해 나아가는 일반적인 방향은 이런 식이라고 할 수 있었다. 원한이야 피에 맺힌 → 모나미에 유에프진 → 모나미에 유에프오 → 소나무에 유에프오. 적어도 초기 가설은 그랬다.

물론 변이 과정이 전국적으로 일관되게 진행된 것은 아니기 때문에 이 가지에서 뻗어나가는 잔가지들이 적지 않았다. 그중 일부는 초기 가설을 위협할 만큼 강력한 반례였다.

이를테면 '소나무에 불붙이고'라는 변이가 그것이었다. 이는 '소나무에'가 반드시 '유에프오'의 출현을 뒷받침하기 위해 나타난 변종은 아닐 수도 있다는 근거로 제시되었다. 그러나 '소나무에 유에프오'라는 말이 이미지 차원에서는 설득력이 있지만 의미상으로는 여전히 어색한 측면이 있기 때문에, 이를 보완하기 위해 나온 최종 형태 이후의 변종이라는 설이 더 널리 인정되었다.

해석이 가장 까다로웠던 것은 '사나이에 피에 묻힌' 변종이었다. '피에 맺힌'의 직접 변형이면서 동시에 '모나미에'보다 '소나무에'에 가까운 형태를 지닌 사례인 이 변종은, 결국 초기 가설의 수정에까지 이르는 원인이 되었다. 그 외에 '천하무적 유에프진'처럼 특정 지역에서만 나타나는 변화 양상들도 지역별 변이 가설을 만드는 근거가 되곤 했다.

하지만 프로젝트는 그런 가설을 세우는 것으로 끝나는 것이 아니었다. 전국을 대상으로 한 광범위한 조사를 통해 어느 시대 어느 지역에서 어떤 가사가 통용되고 있었는지를 밝혀내는 것이 연구의 핵심이었다. 조사는 다양한 연령대의 수많은 여성들에게 〈전우야 잘 자라〉의 앞부분을 들려준 다음, 문제의 '원한이야 피에 맺힌' 소설

직전에 오디오를 멈추고는 다음에 이어질 가사가 무엇인지를 묻는 방식으로 진행되었다. 이 노래가 선택된 이유도 바로 그것이었다. 질문을 최대한 간단하게 던지기 위한 선택이었던 셈이다.

잘 알려진 면담 전문가답게, 은경의 역할은 쓸모없는 사례를 걸러내는 일이었다. 어차피 정답이 존재할 수 없는 질문이었지만, 질문을 받는 사람들은 누구나 정답에 가까운 답을 하려는 경향이 있고, 특히 눈치가 빠르고 공감하는 능력이 뛰어난 사람일수록 자기 대답이 아니라 연구자가 원하는 것으로 보이는 이야기를 대답으로 돌려주는 경우가 많았다. 그래서 질문 순서를 정교하게 다듬고 질문자들을 잘 교육시킬 필요가 있었는데, 그게 바로 은경의 역할이었다. 물론 면담 장면이 담긴 영상을 보고 오염된 사례를 직접 걸러내는 것도 은경의 일이었다.

"적성에는 맞겠다. 그런데 결국 너무 단순한 일 아니야? 인형 눈 붙이기 같은데."

맞는 말이었다. 은수의 의견을 듣는 순간, 은경은 몸이 굳고 말았다. 폼 나는 일은 남들 다 시키고 자기는 또 허드렛일만 맡아 하는 신세가 되고 만 것이었다.

그래도 은경은 그 일이 좋았다. 많지는 않지만 그렇다고 적지도 않은 고정 수입이 들어오는 곳도 오히려 그쪽이었다. 그에 비하면 고고심령학은 정말이지 아무짝에도 쓸모가 없는 학문이었다. 그래서 '소나무에 유에프오' 프로젝트가 중단되었을 때 은경은 그만 삶의 방향을 상실하고 말았다.

그 프로젝트에는 원대한 목표가 있었다. 우선 한국 근현대사가 한 번도 주목한 적 없는 여자아이들의 구전 네트워크를 실제 지도 위에 재현해내겠다는 야심찬 목표가 홈페이지에 떡하니 걸려 있었는데, 그것도 일차적인 목표일 뿐, 그 위대한 프로젝트의 최종 목표는 바로 〈딱따구리 마요네즈〉의 정체를 밝혀내는 것이었다.

딱따구리구리 마요네즈
마요네즈 케키는 맛있어
인도 인도 인도 사이다
사이다 사이다 오 땡큐!

역시나 곳곳에서 구전으로 인한 변이의 흔적이 목격되곤 하는 이 기괴한 가사는, 실제로 아이들이 고무줄놀이를 하면서 불렀던 노래의 노랫말이었다. 의미 불명, 작자 미상, 전파 경로 불명, 해독 불가.
딱따구리 마요네즈란 도대체 무엇일까? 인도 사이다는 어디에서 만들어진 음료인가? 몬데그린 현상이 아니면 이해할 수 없는 가사였고, 기원을 추적할 단서도 거의 없는 노래였다. 하지만 완성된 '소나무에 유에프오' 구전 지도에 이 노래를 대입하면, 그러니까 여자아이 버전 한국 근현대 구전 네트워크의 흐름에 이 노래의 비교적 짧은 변이 과정을 집어넣어 전파 경로를 역추적해 들어가면, 최소한 한 가지 사실은 알게 될 것 같았다. 누가 맨 처음 이 노래를 흘렸는가. 어느 시대 어느 지역에 살던 여자아이들이 맨 처음 이 노래를 고무줄놀이에 도입했는가.
그런데 이제는 그 위대한 여자아이를 추적할 방법이 사라진 것이나 다름없었다. 연구는 재개될 것 같지 않았고, 다른 곳에서 부활할 기미도 별로 없어 보였다.

"한국 근현대사에서 한 번도 주목받아본 적 없는 비주류 네트워크를 연구하는 일이라니까요!"

"그러니까요, 제 말이. 지금껏 아무도 주목을 안 했는데 왜 갑자기 주목을 해야 되냐고요. 다른 데 알아보세요."

그렇게 요약되는 대화가 십여 차례나 오가는 사이, 프로젝트에 참여했던 연구자들도 저마다 살길을 찾아 떠나야만 했다. 김은경 역시 마찬가지였다. 고고심령학계로 돌아가야 할 때였다. 하지만 결국은 그렇게 하지 않았다. 겁에 질린 표정으로, 자기도 귀신을 봤다고 이야기하는 거짓말쟁이들의 얼굴을 더는 보고 싶지 않았던 것이다.

하지만 사람이 가득 들어찬 지하철을 간신히 빠져나와 플랫폼에 두 발을 내딛자마자, 은경은 은수가 보낸 메시지를 다시 열어보았다.

'이 영혼 완전 갈 길을 잃었네. 어쩔까, 한번 구제해볼까?'

그 자리에 선 채로 오랜만에 은수에게 답장을 보냈다. 미안함이 잔뜩 들어간 답장이었지만 전송하고 나서 다시 읽어보니 미안함 따위는 흔적 하나 없이 완전히 휘발되어 있었다.

'아, 내가 썼지만 참 못 썼네. 차라리 영어로 쓰는 게 더 다정해 보였겠다.'

은수는 은경이 보내온 답장을 몇 번이나 반복해서 읽어보았다. 눈이 녹아 바위가 드러나듯 서재 곳곳에는 바닥이 보이는 곳이 더러 있었다. 실로 몇 년 만에 보는 광경이었다. 창문 모양으로 생긴 볕이 바닥에 드리워 있었지만, 서재에 쌓인 책과 자료들을 녹인 것은 햇볕이 아니었다.

은수는 6인용 테이블 앞에 앉아 있었다. 십 년 전쯤에는 거의 자기 자리라고 생각했던 위치였다. 그곳 역시 한참 동안 의자 대신 책 산이 채우고 있던 자리였는데, 그 구역을 차지한 것은 거의 대부분 언어학 관련 참고 서적들이었다.

은경의 답장은 이렇게 끝났다.

좋아, 그렇게까지 간절히 애원한다면 내가 한 번 만나줄 수도 있지.

테이블 위에서는 홍차가 미지근하게 식어가고 있었고, 은수의 얼굴에는 당황한 표정이 떠올랐다.

'뭐지, 이 철없는 책임급 연구원은?'

하지만 이틀 뒤, 구름이 잔뜩 낀 수요일 오후, 은수는 서울로 향하는 기차에 앉아 있었다.

그런데 솔직히 천오백 살밖에 안 된 풋내기 귀신이 문 박사님을 어떻게 했다는 건 못 믿겠다. 이천오백 살은 돼야 명함이라도 내밀지 않을까? 둘이 십오 년은 같이 살았을 텐데 뭐 새삼스럽게 놀랄 일이 있다고 심장마비씩이나.

은경은 사실 혼령을 잘 보지 못했다. 한 번도 못 봤을지 모르는 노릇이었다. 자기가 목격한 것을 스스로도 온전히 믿지 못했으므로 신실을 아는 사람은 아무도 없는 셈이었다.

고고심령학에서 그 점은 단점이라기보다는 오히려 장점으로 여겨졌다. 객관적인 위치에 설 수 있는 보기 드문 경우였으므로. 물론 혼령을 직접 보지 못한다는 사실을 만회할 만큼의 다른 능력이 있는 경우에만 해당되는 말이었다. 그리고 은경은 의심의 여지 없이 그런 특별한 재능을 지닌 사람들 중 하나에 속했다.

처음 은경과 가까워졌을 무렵이었다. 은수는 은경이 다니는 학교 근처로 은경을 찾아갔다. 은수는 얼음이 든 커피를 마셨고, 은경은 우유와 설탕이 든 홍차를 마셨다.

"요즘 고민이 생겼어."

은경이 말했다.

"무슨?"

"내가 요즘 점을 좀 보는데 말이야."

"뭘 본다고?"

"재미로 하는 거야. 심령학에 대해서 이해를 좀 해보려고. 뭐, 금융 쪽 일하는 사람이 공부 삼아 주식 몇 개 사보는 거라고 생각하면 돼. 그런데 있잖아, 뭔가 큰일이 일어나고 있는 것 같아."

"왜?"

"내가 요즘 연습 삼아 이 사람 저 사람 점을 봐주는데, 이상하게 내년 이후 점괘가 안 나와."

"내년? 두 달 뒤?"

"어, 완전 깜깜해. 이게 한두 명이 그런 게 아니라 벌써 열두 명째 그래. 숫자가 늘수록 불안해지는 거 있지."

"뭐가?"

"이런 말 어떻게 들릴지 모르겠는데, 점 보는 사람마다 미래가 안 보인다는 건……"

"설마 그 사람들 다 미래 자체가 존재하지 않는 거라는 말을 하려는 거야?"

"그렇지 않을까?"

"저기, 그것보다는 말이지…… 음, 아무튼 다른 가설이 있지 않을까?"

"아니야, 틀림없어. 이렇게까지 깜깜할 리가 없어. 그쪽 선생님이 종말론 강의하신댔지?"

"종말징후론이라니까. 다다음 학기에나 하실 것 같던데."

"그래? 계획에 차질이 생겼군. 아무튼, 이건 뭔가 문제가 있는 거야. 그래서 말인데, 너 어쩌면 두 달 뒤에 여기 없을 수도 있지? 천문대에 올라가지 않아?"

"아마도."

"그렇다면 네 미래가 어떤지 확인해봤으면 좋겠는데. 서울에만 닥칠 재앙인지 더 넓은 지역에 해당되는 문제인지 확인해보려면 말이야."

은수는 눈을 동그랗게 뜨고 은경의 표정을 찬찬히 뜯어보았다.

"진심이구나, 너."

"뭐가?"

은경의 종말론은 그 후에도 몇 번이나 주로 학부 저학년 학생들 사이에서 유행처럼 번지곤 했다. 은수는 은경이 일부러 종말론을 퍼뜨린다고 생각했다. 누가 진짜 바보인지 알아내기 위해서. 적어도 은수는 그렇게 믿었다. 물론 좀처럼 진위 여부를 확인할 수 없는 가설이기는 했다. 그런 말을 하는 은경의 표정이 장난기 하나 없이 진지하기만 한 것을 보면 더 그랬다.

눈을 뜨자 청량리역이었다. 은수는 짐을 챙겨 들고 기차에서 내렸다. 그리고 곧장 지하철로 향했다. 은경은 현장 조사를 나가 있었다. 무슨 일을 하는지 알 수 없었지만, 아무튼 여전히 바쁘기는 한 모양이었다.

몇 번 더 연락을 주고받으며, 은경이 있는 곳 바로 근처까지 찾아갔다. 멀리서 은경의 모습이 보였다. 은경은 키가 크고 자세가 우아해서 멀리서도 쉽게 알아볼 수 있었다. 그 우아한 폼으로 이상한 짓을 하고 있는 경우도 드물지 않았지만.

은수는 근처 벤치에 가방을 놓고 은경이 일을 끝마치기를 기다렸다.

'쟤는 또 왜 저러고 있는 걸까? 운동 삼아 하는 걸까, 일로 하는 걸까?'

폴짝폴짝 뛰어오르는 은경을 바라보며 은수는 자기도 모르게 한숨을 내쉬었다.

'그런데 요즘도 저런 거 하는 애들이 있었나?'

아이들 몇 명이 은경이 있는 곳 근처에서 그 광경을 바라보고 있었다. 구경하고 있는 게 틀림없었다. 그중 두 명의 허리께에는 검은색 고무줄이 걸려 있었다. 은경이 넘어 다니는 바로 그 고무줄이었다.

비교적 따뜻한 겨울날이었다. 이따금 바람이 불어오기는 했지만 매서운 기운은 느껴지지 않았다. 골목길을 둘러싼 붉은 벽돌 벽에도 볕이 잔뜩 스며들어 있었다. 산을 내려올 때만 해도 구름이 가득했는데, 산 아래는 거의 봄 날씨 같았다. 각주 가득한 700쪽짜리 학술 서적 사이에 낀 삽화 세 장처럼 귀한 날이었다.

은수는 벤치 등받이에 등을 기고 앉았다. 아이들이 부르는 노랫소리가 골목을 울리며 은수가 있는 곳까지 전해졌다. 어쩐지 구슬프게 들리는 노래였다. 처음 듣는 곡이었고, 간혹 몇 마디가 들리기는 했지만 가사를 알아들을 수 있을 만큼 크게 들리지는 않았다.

드문드문, 오후의 느긋함을 깨뜨리는 것을 두려워해본 적 없는 아이들의 목소리가 쨍하게 멀리까지 울려 퍼졌다. 가사를 모르는 듯, 그보다는 마치 가사에 대한 합의가 끝나지 않은 듯 커졌다 작아졌다를 반복하는 소리였다.

은수는 풍경 속으로 빨려 들어갔다. 그쪽으로 달려간 은수의 마음은 이내 풍경 속에 든 아이들 중 하나가 되어 있었다. 고무줄을 넘는 은경의 바로 옆에 붙어 서서 자기 차례가 오기를 기다리며 다른 아이들이 부르는 노래를 흥얼흥얼 따라 부르는.

좀 더 잘 불러보고 싶었지만 가사가 또렷하게 들리지 않았다. 은수는 눈을 감고 가만히 귀를 기울였다.

'좀 더 크게 불러봐.'

그렇게 노래에 빠져들었다. 주술처럼. 마치 최면에 걸리듯.

그리고 은경이 벤치 앞까지 다가왔을 때 은수는 눈물을 흘리고 있었다.

"왜? 어렸을 때 왕따당했던 기억이라도 떠올랐어?"

은경이 인사 대신 그렇게 물었다. 은수는 눈물을 해명할 방법이 없었다. 몸이 한 일이었고, 정신이 몸에 완전히 밀착되어 있었다고 할 만큼 지극히 주관적인 거리에서 일어난 일이었다. 하지만 은수가 한 일은 아니었다. 말하자면 고고심령학의 인식론과 정확히 맞닿아 있는 감각이라는 의미였다.

"그렇게 반가워?"

은경이 물었다. 은수는 고개를 끄덕였다. 그 모습을 보고는 은경이 말했다.

"거짓말이네. 나 보고 우는 거 아니네. 뭐야, 괜히 설레게."

어느새 구름이 몰려오고 있었다. 날카로운 한기가 날아들어 담벼락에 쌓여 있던 온기를 한칼에 깎아내버렸다. 눈금이 되어줄 만큼 높은 봉우리가 있었다면 천문대가 있는 산꼭대기에서처럼 빠르게 흘러가는 구름의 모습을 볼 수 있었을지도 모르는 일이었다.

"이 대표 재밌는 거 한다더라."

은경이 말했다. 은수는 은경을 따라 걸었다. 다음 '채집 현장'으로 가는 길이었다. 짐 가방이 꽤 무거웠지만 은경은 거들어주겠다는 소리를 하지 않았다.

은수가 물었다.

"재미있대?"

"뭔가 '엉뚱하고 신기하고 상상력을 자극하는 것'으로 팔 생각인가봐."

"옛날 팀원들이 그래?"

"어. 여기저기 심어져 있거든. 들리는 이야기가 많아."

"나보다 많네. 나는 처음 듣는 이야긴데."

"너한테만 안 하는 이야기겠지. 그런데 이 대표는 어쩌다가 그런 발상을 하게 됐대? 이건 뭐 거의 '귀신의 집'이잖아."

"아, 그거. 흉흉한 소문이 돌아서."

"벽 때문에 자살 늘어난다는 이야기? 분위기 이상해진다고?"

"그런 거지. 공무원들이 전화 몇 통 넣은 것 같던데. 협조니 뭐니 공무원 용어가 섞여 들어간 거 보면. 할로윈처럼 가자고 했다나 뭐라나."

"와, 천재다. 내 머리에서는 귀신의 집밖에 안 나오던데."

"괜히 겁줘서 좋을 것도 없잖아. 현장은 좀 통제되는 편이 낫지."

"뭐, 겁을 좀 줘야 현장이 정리되는 거긴 하지만."

은수는 은경이 참여했던 프로젝트 하나를 떠올렸다. 소풍날이면 꼭 비가 내리게 만든다는 학교 귀신에 관한 연구였다. "우리 학교 있던 데가 옛날에는 원래 공동묘지였거든. 무덤을 다 파내고 그 자리에 학교를 지어서 그 귀신들 때문에 소풍 가는 날마다 비가 온대." 더할 것도 없고 뺄 것도 없이 꼭 그런 식으로 진행되는 이야기였다. 그런 이야기가 전국에 있는 초등학교마다 전해 내려오고 있었던 것이다.

연구의 핵심 가설은 이런 것이었다. 그런 소문이 남아 있는 학교가 들어선 자리에는 정말로 공동묘지가 있었다는 것.

이유는 이랬다. 일본이 조선을 점령하고, 근대적인 형태의 학교를 건설하게 되는데, 허허벌판에 새로 도시를 짓는 상황도 아니고 원래 있던 도시에 비집고 들어가는 상황이다 보니 동네마다 학교 지을 공간이 마땅치 않았다. 그래서 주거지 근처에 있는 빈 땅을 찾아보니 우선 눈에 들어온 곳이 바로 무덤이 차지한 공간이었다. 죽음을 치운 자리에 학교를 갖다놓은 셈이었다.

이 이야기의 하이라이트는 공동묘지 귀신 이야기가 전혀 남아 있지 않은 소수의 예외적인 학교들이었다. 무덤 자리로 쓰는 것이 국법으로 금지되어 있던, 예를 들면 도성 사대문 안 같은 지역에 만들어진 학교들. 그런 곳들에는 거짓말처럼 공동묘지 귀신 이야기가 전해지지 않았다. 그런 소문이 아예 없는 것은 아니었지만, 발굴팀이 가서 직접 확인해보면 다른 공동묘지 귀신과는 다른 유형의 혼령으로 확인되는 경우가 거의 다였다.

은경의 팀은 바로 이 일을 하기 위해 현장에 투입되었다. 연구의 초점이 공동묘지 귀신으로 알려진 혼령과 기상 변화의 상관관계 쪽에 맞춰져 있는 연구였으므로, 사실 은경의 팀은 전체 프로젝트 차원에서 보면 그다지 중요한 위치를 차지하고 있지도 않았다. 하지만 다수의 면접조사원으로 구성된 고고심령학 현장 발굴팀이 초등학교 몇 군데를 들쑤시고 다니자, 첨단 네트워크로 무장한 십대 초중반 청소년들 사이에서는 일대 혼란이 일어나기 시작했다. 고작 서너 군데에서 시작된 학교 귀신 광풍이 채 보름이 되기 전에 거의 전국 규모로 확대되고 만 것이었다.

은수는 그때 일을 생각하며 은경의 얼굴을 빤히 쳐다보았다. 겁을 좀 줘야 현장이 정리가 된다니. 어떻게 그런 말을 할 수 있을까. 다른 사람도 아닌 김은경이.

다음 채집 장소는 아파트 단지에 둘러싸인 초등학교 근처의 공터였다. 시간이 맞지 않았는지, 갑자기 추워진 날씨 때문인지, 그것도 아니면 원래 고무줄놀이가 흥행과는 거리가 먼 놀이여서인지, 은경이 찾는 아이들은 아직 모습을 드러내지 않고 있었다.

둘은 공터 옆 벤치에 앉아 아이들을 기다렸다. 바람이 꽤 차가워서 오래 기다리지는 못할 것 같았다.

은수가 물었다.

"딱따구리 마요네즈는 발견했어?"

"하아, 아니. 프로젝트 다 엎어져서 딱따구리 마요네즈 프로젝트는 시작도 못했어."

"그럼 연구비는 나오는 거야? 엎어졌다면서 계속하고 있네."

"아, 이거? 공식적인 연구도 아니야. 그냥 혼자 하는 거지."

"김은경이 무급으로 연구를 한다고?"

은경이 은수 쪽을 돌아보더니 무슨 말인가를 하려다 말았다. 그러다 잠시 후에 이렇게 대답했다.

"프로젝트 자체는 완전히 중단됐지. 끝난 프로젝트 혼자 끌고 가는 게 아니고, 엎어지기 직전에 뭔가를 찾아냈는데 그냥 덮어버리면 안 될 것 같아서 들여다보고 있는 거야."

신기한 일이었다. 은수가 아는 은경은 그런 일을 할 사람이 아니었다. 은경이 말을 이었다.

"우리 메인 프로젝트가 물론 결론을 못 낸 일이기는 한데, 구조적인 수준에서는 축적된 지식들이 꽤 있어. 지도가 대강 나왔거든. 구전이 어떤 경로로 어떻게 흘러갔는지 말이야. 물론 그게 수십 년 전

것들이라 지금은 그대로 작동을 안 하는 경우가 많지만."

"내 기억으로는, 그거 역추적하면 딱따구리 마요네즈 발원지도 찾아낼 수 있다는 거였잖아."

"그렇지. 그러니까 다른 노래의 발원지도 대강 추측은 할 수 있지. 최근에 일어난 현상이라 '소나무에 유에프오' 구전 지도를 그대로 쓸 수는 없고, 작은 규모이기는 해도 처음부터 다시 조사해야 되는 불편은 있지만. 뭐, 그러나저러나 마음먹고 파고들어가면 혼자서도 못할 일은 아니지."

"그래서 그걸 했다고? 김은경이?"

"그러시단다. 요새빙의고 뭐고 이쪽도 좀 바빠서 말이야."

은경은 그렇게 말하고는 은수 쪽을 바라보았다. "요새빙의고 뭐고"라는 표현은 안 쓰는 게 좋았겠다는 생각이 뒤늦게 들었던 탓이었다.

은수는 표정 변화가 없었다. 얼굴을 직접 보지 않아도 알 수 있는 일이었다.

다시 시야를 막고 선 아파트 쪽으로 시선을 돌렸다. 십 몇 층쯤 되는 창문에 작은 얼굴이 나타났다 사라졌다. 공터에 누가 없는지 내다보기라도 하는 거였으면 좋겠다는 생각이 들었다. 하지만 공터에서는 아무 일도 일어나지 않고 있었다.

은경은 모자를 푹 눌러썼다. 그러면서 은수에게 물었다.

"정말로 그렇게 생각해?"

"뭘?"

"문 선생님 말이야. 천문대 사는 애 때문에 그렇게 되신 거라고."

"그랬을 수도 있지. 아닐 수도 있고. 추리할 수 있는 영역은 아니야."

"그거야, 혼령은 지문도 안 남기고 카메라에도 안 잡히니까. 그래도 그렇게 믿는 근거가 있을 거 아니야. 누가 뭐라 그래?"

"글쎄, 감이지 뭐."

"직접 만나서 물어보지 그래?"

"요즘 잘 안 보여."

"애가? 사라졌어?"

"몰라. 본 지 오래됐어. 세 번이나 불렀는데 안 나와. 그래서 애를 의심하는 건 아니고, 아직은 그냥 감이라고밖에는 할 말이 없어. 뭔가 근거가 있는데 내가 깨닫지 못하고 있는 거겠지."

"조은수가 그렇다면 그런 건가? 그래도 나는 잘 모르겠다. 십오 년이나 멀쩡하다가 갑자기 왜?"

"그러게. 아무튼 너는 합류 안 할 거야? 지금 하는 그 일, 그렇게 중요한 거야?"

"응, 합류 못할 것 같아."

"그래? 아쉽네."

"거들고 싶기는 하지만."

은경은 최근에 자신이 붙들고 있는 연구를 떠올렸다. '딱따구리 마요네즈'는 발견하지 못했지만 그 대신으로 찾아낸 이상한 노래를. 은경이 말했다.

"연구 엎어지기 전에 뭐가 나왔다고 했잖아. 그거 사실 새 노래야."

"새 노래?"

"고무줄 노래. 전에 없던 노래가 흘러 들어왔어. 이 동네 어딘가에. 근현대사도 뭐도 아니고 지금 실시간으로 일어나는 일이거든."

"안 그래도 물어보려다 까먹었는데, 요즘도 애들이 그런 거 해? 바쁠 텐데."

"안 해. 학교에서 고무줄놀이 하는 법 알아오라고 숙제 내주고 그런다. 무슨 전통놀이도 아니고. 그런데 뭐, 한 삼십 년 뒤에는 요만한 꼬맹이들이 우리 같은 사람들이 손으로 글씨 쓰는 거 보고 인간문화재인 줄 아는 날이 올지도 모르지."

"그럼 어떻게 새 노래가 퍼졌다는 거야?"

"예전 프로젝트의 부작용? 고무줄놀이 노래 이야기를 묻고 다니니까 갑자기 생각난 사람들이 애들한테 가르쳐줬겠지."

"옛날 생각 나네."

"무슨 생각?"

"어느 고고심령학자가 공동묘지 귀신 이야기 부흥시킨 거."

"아, 내 황금기 말하는 거야? 그 정도는 아니야."

"뭐래? 황금기라니. 그거 수습하느라 고생한 거 생각하면 진짜."

"추억이지 뭐. 재밌었잖아. 떠들썩하고."

"말하는 것 좀 봐. 추억이래. 와!"

은수는 절레절레 고개를 가로저으며 하늘을 올려다보았다. 뭐라도 내릴 것 같은 날씨였다.

'하긴 그때가 지금보다는 더 재미있었지.'

다시 은경에게 말했다.

"그래서 그 새 노래는, 지금 놓치면 영영 못 듣게 될지도 모르는구나."

"그렇기도 한데, 그게 내가 하려는 이야기의 전부는 아니야. 너를 굳이 부른 건, 이게 천문대 아이하고도 관련이 있을지 몰라서야. 아까 저쪽 동네에서 들은 노래 기억나지? 그 노래 듣고 눈물이 흘렀던 거지?"

"아마도. 나도 이유는 몰라."

"그게 그 새 노랜데, 프로젝트 엎어지기 전까지만 해도 없었거든. 이 동네 담당한 친구가 그랬어. 프로젝트 망하고 한두 달, 그 시점에 처음 등장해서 소소하게 퍼져나간 모양이야. 그런데 이 노래가 좀 이상해."

"뭐가?"

"출처도 없고 가사도 완전 딱따구리 마요네즈 수준이거든. 그러니까 말이 안 된다는 소린데, 원래 외국어였던 것 같아. 몬데그린이 일어난 게 아닌가 싶어. 그게 무슨 말이냐면, 지금 당장 이 동네에서 일어나는 일이라 더 퍼지기 전에 추적해 들어가면 금방 출처를 거슬러 올라갈 수는 있을 것 같다는 이야기야. 이래 봬도 꽤 오래된 아파트 단지여서 소나무에 유에프오 프로젝트에서 연구해놓은 것도 조금은 적용이 가능하고, 무엇보다 현장에 있던 팀들이 직접 기록해놓은 최신 정보들도 없지 않으니까."

"아, 그러니까 지금은 이게 우선이라는 거구나. 그래, 그러네."

"아니, 그런 이야기가 아니라, 끝까지 들어봐, 조은수 선생."

"말해봐."

그러자 은경이 장난기 없는 목소리로 설명을 이어갔다.

"이거 분명히 심령학 현상이야. 물론 사회학 연구쯤으로 시작한 거고, '소나무에 유에프오' 연구는 언제 재개가 돼도 그렇게 흘러가는 게 맞지만, 지금 이 노래는 고고심령학 현상이 분명해. 왜냐하면 그 노래 듣고 눈물 흘린 사람이 너 하나는 아니거든. 애들이 반응해. 엉엉 우는 애들도 있고, 꿈에서 뭔가 봤다는 애들도 있어. 그리고 진짜 심각한 문제는 이거야. 몬데그린 현상 말이야. 이게 한 번 듣고 되는 건 아니거든. 여러 번 듣고 그걸 따라 부르고 싶을 만큼은 귀에 익어야 하니까. 그래서 결국 출처가 문제인데, 출처에 대한 증언이 나왔어."

"그래? 어디래?"

그렇게 묻는 은수의 말에 긴장감이 묻어났다. 은경은 잠시 뜸을 들인 후 중대 발표하듯 비장한 목소리로 대답했다.

"어디가 중요한 게 아니라 누군지가 중요해. 몇몇 애들이 그러더라고. 어떤 아이한테서 배웠대."

"아이?"

"세 명이 진술했는데 그중 두 명은 사실이 아니야. 다른 애가 말한 걸 자기가 목격한 걸로 착각한 거지. 애들은 자주 그러니까. 오리지널 소스는 한 명이야. 적어도 애 하나는 진짜로 자기가 본 걸 이야기하는 것 같아. 인상착의를 설명해준 적이 있는데, 당일에 바로 들은 게 아니어서 인상착의 부분은 기억이 오염된 것 같아. 나중에 집에 가서 상상한 걸 기억으로 착각해서 나한테 들려준 거지. 그래도 하나는 분명해."

"뭔데?"

"노래 가르쳐준 아이가 흰 옷을 입고 있었다는 거. 길게 늘어지는 치렁치렁한 옷인데 얇았대. 이 날씨에 말이야."

그것만으로 특정할 수는 없지만, 은수는 은경이 무슨 이야기를 하려는지 알 것 같았다. 그것은 그 아이의 특징이기도 했다. 고고심령학을 공부하는 학생이라면 누구나 보게 되는 그 아이. 천문대에서는 어쩐지 보기가 힘들어진 15세기 전 드라비다족 혼령.

"노래 불러줄 수 있어?"

은수가 물었다. 은경은 모자를 푹 눌러쓰고 벤치 등받이에 몸을 반쯤 누인 자세 그대로 문제의 노래를 부르기 시작했다.

이미지로 가득한 노랫말이었다. 말이 안 되는 듯했지만 가만히 들어보면 전혀 말이 안 되는 것도 아니었다. 은수는 그런 생각을 하면서 노래를 음미했다. 이번에도 역시 두 눈에 눈물이 잔뜩 고였고, 한 줄기가 기어이 얼굴로 흘러내렸다.

길 하나에 길 하나에 웃음과 나무
푸른 가지 파란 바람 하루치 비단
시린 앞발 시린 앞발 낙타의 민중

'가사가 슬픈 노래는 아니야. 그렇다고 곡조가 눈물 나게 슬픈 것도 아니지만. 은경이 말이 맞아. 이건 심령학 현상이 분명해. 아니, 심령학이 아니라 고고심령학이야. 자꾸 확신하면 안 되지만 확신이 너무 강해.'

이런저런 생각이 빠르게 머릿속을 가득 채웠다.

'익숙한 느낌이야. 가사에서 느껴지는 이미지. 가사를 무시하고 듣는데도 어감이 주는 이미지가 남아 있어. 그런데 이게 뭘까? 몇 번만 더 들으면 알 것 같은데.'

그러다 노래가 마지막 소절에 이르자 그 많았던 생각들이 일시에 멈추고 말았다. 돌연 머릿속이 하얘졌다.

울 아빠에 고리타분 아미타-불

은경에게 물었다.

"마지막에 뭐라고?"

은경이 마지막 소절을 다시 불러주었다.

"아미타-불."

은수가 놀란 눈으로 은경을 바라보았다. 은경이 그 표정을 그대로 돌려주었다.

"왜? 아는 부처님이야?"

은수가 흠칫 놀라 주위를 둘러보았지만 그들을 지켜보는 사람은 아무도 없었다.

한나 파키노티: 차투랑가 변종 코끼리

한나 파키노티는 자신을 바라보는 십여 개의 시선을 느꼈다. 뚫어져라 빤히 쳐다보는 시선도 있었고, 선글라스에 살짝 가려진 시선도 있었다. 파키노티에게는 전혀 낯설지 않은 순간이었다. 그리고 다행히 파키노티는 그 일을 꽤나 즐기는 편이었다.

차이나타운에 있는 불교 사원 근처 광장이었다. 그늘이 드리운 벤치 곳곳에 중국 장기판 몇 개가 놓여 있었다. 장기판이 놓인 테이블마다 대여섯 명의 노인들이 모여들어 있었다. 훈수를 두고 싶은 마음을 억지로 참으며 구경하는 재미에 빠져든 것이었다.

파키노티는 여섯 판을 내리 이겼다. 이제는 구경꾼들의 시선에서 훈수를 두려는 의지가 전혀 느껴지지 않았다. 노인들은 그런 생각을 하고 있는 게 분명했다.

'내가 상대할 사람이 아니구먼. 완전 고수네, 고수.'

싱가포르는 여러모로 편리한 도시였다. 비교적 역사가 짧은 나라이기는 했지만, 다양한 문화권에서 온 사람들이 꽤 오랫동안 뿌리를 내리고 살아온 곳이어서 희한한 것들을 구경하기가 좋았다. 게다가 그들 상당수가 원래 문화권에서 떨어져 나온 상태로 여러 세대를 거쳐왔다는 특징이 있었는데, 보통 이런 경우에 사람들은 본토에 남아 있는 다수보다 오히려 훨씬 보수적으로 자신들의 문화를 지켜내는 경향이 있었다. 물론 현지에서 구할 수 있는 재료가 다르고 특정 시점의 문화에 고정된다는 문제도 있었지만, 그런 이유로 생겨난 독특한 특징들이 이민자들의 문화를 한층 흥미롭게 만드는 요소가 되기도 했다.

그중 백미는 물론 음식 문화였고, 의복 문화도 꽤 흥미를 자극했지만, 지금 당장 파키노티에게 중요한 것은 그런 것들이 아니었다. 그보다는 다양한 종류의 체스를 둘 수 있다는 점이 훨씬 중요했다. 체스도 변종의 하나이니, 다양한 종류의 차투랑가 변종이라고 지칭하는 편이 나을 것 같았다.

싱가포르는 말레이반도 끝에 위치해 있었고, 아주 짧은 기간 동안 말레이시아에 속해 있다가 연방에서 쫓겨난 역사를 지니고 있었다. 그러니 말레이인의 문화가 남아 있는 것은 전혀 이상할 게 없었다. 또한 중국계가 주류인 도시라고는 하지만, 싱가포르에는 영어가 모국어인 사람과 중국어가 모국어인 사람이 섞여 있는 데다 중국어 사용자로 통칭되는 집단이 사용하는 중국어 방언의 종류만 해도 한두 가지로 끝나는 게 아니었다. 거기에 '리틀 인디아'라는 지역이 있을 만큼 인도계 인구도 적지 않았다. 유럽이나 다른 선진국에서 온 사람들이 보이는 것도, 인근 동남아시아 사람들의 문화를 접하는 것도 싱가포르에서는 그다지 신기한 일이 아니었다.

거기에 모인 사람들에게는 각자의 차투랑가 변종이 있었다. 인도에서 시작되어 전 세계로 퍼져나간 가장 보편적인 보드게임의 원형인 차투랑가의 자손들이었다.

페르시아로 간 차투랑가는 차투라지라는 이름으로 알려진 다음, 아랍 세계를 거쳐 유럽으로 건너가 체스라는 변종으로 정착되기에 이르렀다. '왕이 어쩔 수 없는 지경에 이르렀다', 또는 '왕이 혼란에 빠졌다'는 의미의 페르시아어 '샤 마트 shāh māt'는 유럽으로 건너가 '체크메이트'가 되었다.

중국으로 간 차투랑가에는 한눈에 보기에도 구별되는 독특한 외형적 변화가 더해졌다. 아마도 바둑의 영향을 받은 탓이겠지만, 기물을 놓는 위치가 네모 칸 안쪽이 아니라 두 개의 선이 겹치는 지점으로 바뀐 것이다. 그래서 맨 아래 칸에 놓이는 기물의 숫자가 짝수가 아닌 홀수가 되고 말았다. 왕과 여왕을 나란히 놓는 대신, 왕 하나와 두 개의 관리를 놓을 수 있게 된 셈이다. 그런데 사士라는 이름의 이 두 관리는 차투랑가의 옛 여왕과 마찬가지로 체스의 퀸에 비하면 더할 나위 없이 약한 기물이다. 원조 차투랑가에서 여왕은 원래 왕의 관리였고, 유럽으로 건너가서야 전장에서 가장 강한 기물이 될 수 있었다.

그리고 중국에서는 왕과 두 개의 호위, 그 세 개의 기물이 머무는 곳에 궁성이라는 개념이 생겨났다. 체스가 재현하는 전투의 양상이 야전이라면 샹치나 장기는 공성전이었다. 대포에 해당하는 기물이 생겨난 것은 바로 그 이유 때문일 것이다.

그런 관점에서 보면 일본의 쇼기将棋는 중국이나 한국을 통해 전해진 변종이 아닌 게 분명했다. 우선 기물을 네모 칸 안에 놓는 점이 가장 눈에 띄는 차이이고, 샹치나 장기에서는 보이지 않는 프로모션 룰이 있다는 점에서도 차이가 났다. 일반적으로 차투랑가 변종 게임에서 보병은 상대 진영 끝까지, 혹은 일정 선 이상까지 전진하면 더 강력한 기물로 변신할 수 있지만, 중국이나 한국의 경우는 그 규칙이 대부분 사라졌다. 반면 일본의 경우는 프로모션이 적용되는 기물이 훨씬 더 많다. 도저히 비슷한 계통일 수가 없는 이유였다.

파키노티는 그 수많은 변종들에 얽힌 보편성과 차이점을 이해하려고 애썼다. 전차는 직선거리를 자유롭게 주파하며, 기병은 전후좌우로 한 칸을 움직인 다음, 대각선 방향으로 한 칸을 더 뛴다. 보병은 한 칸씩만 전진할 수 있고, 후진하는 경우는 어디에도 없지만, 중국과 한국의 보병처럼 경우에 따라서는 옆으로 한 칸씩 움직이는 경우도 있다. 다른 기물의 상황이 아무리 유리하더라도 왕이 더 이상 피할 곳이 없어지면 싸움에서 패배하며, 이 경우에도 왕은 단지 항복할 뿐 잡히지는 않는다. 이런 왕의 특성에서 비롯된 무승부 규정이 있고, 무엇보다 변종 전체를 아우르는 차투랑가 특유의 합리성이 남아 있다.

그런 점들만 숙지하고 있으면, 처음 보는 유형의 차투랑가로 동네 고수를 상대하는 것은 그다지 어려운 일이 아니었다. 해당 규칙이 통용되는 지역의 최고 수준에 이른 고수를 상대하는 일은 물론 쉽지 않겠지만, 파키노티에게 필요한 것은 그런 일이 아니었다.

파키노티는 변종을 수집하고 있었다. 상대를 잘 골라가며 3연승이나 4연승 정도를 거두면 광장에 나와 있는 사람들 중 가장 잘 두는 사람을 상대할 수 있었다. 그 대국에서 1승을 추가하면 광장에 나와 있지 않은 고수를 소환할 권리를 얻게 된다. 느긋하게 휴식을 취하며 광장 최고수가 나타나기를 기다렸다가 그에게 아슬아슬한 역전승을 거두고 나면 그다음에는 이웃 광장의 고수를 만나게 된다.

그런 식으로 10연승이나 15연승을 거두면 전국 챔피언도 만나게 될 것 같지만, 그런 일은 좀처럼 일어나지 않았다. 프로와 아마추어의 간극이 놓여 있기 때문이다. 대신 8연승 내지 9연승 정도를 거두고 나면 매우 높은 확률로 이런 상황을 한 번쯤 만나게 된다.

"우리 고향 룰로 뒀으면 최소한 지지는 않았을 텐데."

그렇다. 로컬 룰이 튀어나오는 것이다. 보통 사람들이라면 별로 듣고 싶어 하지도 않고 믿어주려는 생각은 더더욱 하지 않을 누군가의 로컬 룰.

분명 있지도 않은 룰을 지어내는 사람도 없지는 않았다. 아니, 사실 의외로 많다. 지기 싫어서 한 변명일 뿐인 경우다. 하지만 차투랑가는 변종을 많이 낳는 게임이고, 백과사전에 나오는 굵직굵직한 변종 말고도 세세한 변종들이 수없이 많은 놀이다. 로컬 룰이 있다고 우기는 노인 다섯 중 하나는 진짜로 존재하는, 혹은 한때 진짜로 존재했던 룰을 가지고 온다. 그 순간 그 대국의 승패는 큰 의미가 없어진다. 그 로컬 룰을 보는 순간, 파키노티의 수집 작업도 완성되는 셈이었다.

물론 일부러 지기가 더 어려운 것이 승부의 세계이다 보니, 처음 계획처럼 내 기 돈을 연구 자문료로 지불하는 경우는 극히 드물었고, 대개는 얼굴이 머리끝까지 빨개진 노인과 제대로 된 작별 인사도 나누지 못한 채 서둘러 광장을 떠나게 되는 게 보통이었다.

파키노티는 그렇게 세계 각지를 누볐다. 효율적이기 힘든 채집 방식이었다. 그런 만큼 싱가포르는 그 일을 하기에 최적의 장소였다. 전혀 다른 룰의 지배를 받는 차투랑가 변종들이 겨우 지하철 몇 정거장 거리에 촘촘히 박혀 있는 곳.

예상대로 성과가 나쁘지 않았다. 다른 나라였으면 최소한 몇 주는 기다려야 찾을 수 있는 보석 같은 로컬 룰들을 거의 사흘에 하나씩 캐낼 수 있을 정도였다.

'논문 하나 뚝딱 나오겠는데. 그런 거 이제 안 써도 되는데, 왜 이렇게 발에 차이나 몰라.'

하지만 로컬 룰을 기록한 노트가 빨리빨리 채워진다고 해서, 혹은 그 룰로 둔 경기의 기보가 차곡차곡 쌓여간다고 해서, 반드시 목표에 근접해가는 것은 아니었다. 파키노티가 찾는 것은 단 하나였다. 어떤 코끼리의 이야기가 반영된 대단히 구체적인 로컬 룰 하나.

'그런데 어떤 코끼리를 말하는 거지?'

막연하기 그지없는 질문이었다. 정확히 무엇을 찾는지 알 수 없는 상황에서 무작정 열심히만 하는 것은 그다지 좋은 방법이 아니었다. 그보다는 훨씬 더 효율적인 무언가가 필요했다. 예를 들면 코끼리라는 키워드를 구체화시켜줄 또 다른 키워드를 찾아내는 일 같은.

그때 기적처럼 한국에서 새로운 소식이 날아들었다. 작업량을 획기적으로 줄여줄 구체적인 키워드. 그것은 다름 아닌 그 코끼리의 이름이었다. 코끼리 아미타브. 그보다 더 구체적인 키워드는 기대할 수 없었다. 그래서 아쉽다는 말이 아니라, 그 키워드의 가치가 그만큼 높다는 뜻이었다.

'일 다 했네, 다 했어.'

물론 그렇게 쉽게 끝낼 수 있는 작업은 아닐 게 분명했다. 그래도 행성의 4분의 1가량을 혼자서 뒤지는 일은 할 필요가 없어졌다. 아니, 그보다 훨씬 많이 줄어들었을 게 분명했다. 행성의 100분의 1 정도쯤? 여전히 넓은 지역이었지만 막막함은 많이 덜어낼 수 있었다.

그것은 곧 연구원을 고용할 수 있게 되었다는 뜻이기도 했다. 파키노티식 연구의 최대 강점인 돈을 쓰는 단계로 전환할 수 있게 되었다는 의미다. 차투랑가 변종 로컬 룰을 추적할 사람을 구하는 것은 사실상 거의 불가능에 가깝겠지만, 아미타브라는 이름의 코끼리를 문헌으로 추적할 사람을 찾는 것은 그보다 훨씬 수월한 일이었다.

파키노티는 조은수의 컴퓨터에서 장기판을 보던 순간을 떠올렸다. 자주 보던 차투랑가 변종은 아니었지만 어느 기물이 무엇의 후손인지 알아내는 일은 어렵지 않았다. 산스크리트어로 차투랑가는 '네 개의 부대'라는 뜻이었고, 그 부대란 각각 보병, 전차병, 기병, 코끼리병 군단을 의미했다. 보병은 1선에, 전차는 맨 구석에 놓여 있었을 테니, 남은 것은 말 아니면 코끼리였다. 그런데 말이라는 기물은 세상 어느 차투랑가 변종에서든 똑같은 방식으로 움직이는 법이었다. 단지 앞에 놓인 기물을 뛰어넘을 수 있느냐, 아니면 길이 막혀서 그쪽으로는 못 가느냐 하는 차이가 있을 뿐이었다. 그러니 한자를 못 읽는다 해도, 나머지 하나가 코끼리라는 것쯤은 더 의심할 필요가 없었다.

그 코끼리는 움직임이 이상했다. 말처럼 상하좌우로 한 칸을 간 다음, 거기에서 대각선으로 두 칸을 갔다. 그런 코끼리는 본 적이 없었다. 그 코끼리를 보는 순간, 언젠가 친구인 문인지 박사와 나눴던 이야기가 떠올랐다.

그것은 종말징후론에 관한 대화였다. 어떤 코끼리와 또 어떤 성벽에 관한 설화. 어떤 코끼리가 어떤 성에 어떤 일을 했을 때 어떤 재앙이 닥쳤다던가 하는.

"이 징후 말이야, 서울에 은근히 잘 맞는 조건이거든. 어쩜 이럴까?"

얼핏 그 말을 들은 기억이 났다. 듣자마자 한 십 년은 잊고 있던 기억이었다.

그런데 구체적으로 어떤 코끼리와 어떤 성벽에 관한 이야기인지가 도무지 기억이 나지 않았다. 문인지 박사에게서 정확한 이름까지는 듣지 못했던 것 같기도 했다. 어쩌면 문 박사 본인도 아직 답에 이르지 못한 상황이었을지도 모른다.

시청 건물에서 열린 비상대책회의인지 뭔지를 빠져나와 공항으로 향하는 길에, 그런 생각이 머릿속을 가득 채웠다.

'내가 지금 뭘 찾으러 나선 길이지?'

이제는 그 질문에 대한 답을 알고 있었다. 아미타브라는 코끼리가 무언가를 했던 어떤 성을 찾으면 되는 것이었다. 그 성이, 그 요새가, 서울에 빙의할 것이다. 빙의해 오는 요새가 어떤 요새였는지를 알아낼 수 있다면 그 일이 얼마나 위험한 일인지도 판단할 수 있게 되는 셈이었다. 그리고 그 시점은 빠를수록 좋았다.

'문 박사가 부탁했을 때 곧바로 나서서 거들어줬으면 좋았을 텐데. 그런데 그게 벌써 몇 년 전이더라? 그날 당장은 아니었어도, 몇 살이라도 젊었을 때 미리 해뒀으면 좋았을 텐데. 이 나이에 하려니 일단 체력이 감당 안 되네.'

파키노티가 은수의 장기판을 보자마자, 까맣게 잊고 있던 친구의 부탁을 떠올린 데에는 이유가 있었다. 장기판의 모양 때문이었다.

낯선 도시를 방문할 때마다 파키노티가 제일 먼저 하는 일은 도심 지역이 포함된 지도를 펼쳐보는 일이었다. 한 오 분쯤, 지도에 새겨진 가로망을 가만히 들여다보고 있으면 도시의 역사가 어렴풋이 눈에 들어왔다. 말하자면 지도 위의 고고학인 셈이었다.

현대의 도시는 어디나 크다. 작은 도시로 불리는 곳도 사실 예전과 비하면 말도 안 되게 크다. 걷거나 말을 타고 왕복할 수 있는 거리를 훌쩍 뛰어넘어, 그보다 훨씬 먼 거리까지가 하나의 생활 영역으로 묶여 있는 탓이다. 하지만 오래된 도시는 지도만 봐도 드러나는 역사의 흔적이 있다. 구시가지로 통칭하는, 도시 정체성의 핵심이라고 할 수 있는 영역을 품고 있기 때문이다.

지도 중간에 둥그런 모양의 도로로 둘러싸인 지역이 있다면 그곳은 성벽으로 둘러싸여 있던 옛 도심일 가능성이 높다.

예를 들어, 오스트리아 수도 빈의 구시가지는 링슈트라세라는 이름의 둥근 모양의 도로로 둘러싸여 있고, 그 길 위에는 편리하게도 트램 노선이 놓여 있다. 그런 고리 모양의 도로가 있다는 것은 그곳이 거의 백 퍼센트 성벽이 있던 자리라는 의미다. 그렇지 않다면 수백 년 역사가 진행되는 동안 분명히 누군가가 그 자리에 집을 지었을 것이기 때문이다. 그렇게 한번 건물이 들어서고 나면 그것을 허무는 일은 거의 불가능에 가깝다. 인간의 삶이란 종종 그런 식으로 절대권력을 뛰어넘는다.

또한 그렇게 생긴 순환도로의 어느 지점에 유독 여러 교통수단들이 밀집해 있다면, 그것은 바로 그 지점에 옛 성문이 나 있었다는 증거가 된다. 성벽이 있는 모든 도시의 교통은 바로 성문 앞을 향해 모여들 수밖에 없기 때문이다. 성문 구조물이 하나도 남아 있지 않은 경우에도 마찬가지다. 사람들이 어떤 경로로 자주 이동하는 데는 이유가 있고, 성벽이 사라져 평지가 된 다음에도 그 이유가 되는 관공서나 시장, 상점 밀집 지역은 예전의 관성을 오래도록 유지한다.

현대적인 도시로 변모한 뒤에도 구시가의 기억은 오래도록 사라지지 않는다. 도시의 핵심 기억, 혹은 도시의 영혼이 되어버리는 것이다.

문제는, 도시가 하나의 영혼만을 지닌 채 성장하지 않고 다른 영혼이 개입하는 경우다. 대표적으로 델리의 경우처럼.

델리의 구시가는 샤자하나바드라는 이름의 옛날 도시이다. 샤자하나바드의 중심은 갠지스 강의 최대 지류라는 야무나 강가에 건설된 붉은 요새였다. 야무나 강 반대편, 해 지는 방향으로 나 있는 붉은 요새의 정문인 라호르 게이트 앞에는 '찬드니 촉'이라는 이름의 대로가 길게 뻗어 있다. 그 길에서 남쪽으로 이어지는 교차로를 따라가면 자마 마스지드라는 무슬림 사원이 나타난다. 지금은 전혀 그래 보이지 않지만, 가로망만 놓고 상상해보면 그 일대가 바로 제국의 중심이었을 것이다.

찬드니 촉을 따라 서쪽에서 동쪽으로 걸어가는 사람은 붉은 요새의 웅장함을 눈에 담지 않을 방법이 없었을 것이다. 길 위를 걷는 사람이 무엇을 보게 될지 정하는 것. 길은 그런 방법으로 권위를 드러낸다.

그런데 올드 델리라고도 불리는 이 구시가는 델리의 영혼으로 남아 있지 못했다. 적어도 유일한 영혼이라고는 볼 수 없는 상태가 되어버렸다. 지도를 펼쳐놓고, 샤자하나바드 바로 남쪽의 코넛 플레이스와 인디아 게이트 지역의 가로망으로 눈을 돌리는 순간 뭔가가 잘못되어 있다는 것을 발견하게 되기 때문이다.

그곳에는 도시의 두 번째 영혼이 들어서 있다. 뉴델리라는 이름의 새로운 도심이다. 태양을 닮은 가로망. 완전한 원형 혹은 육각형 모양의 중심지로부터 방사상으로 길게 뻗어가는 도로.

하나만 있어도 충분히 권위의 상징이라는 것을 알 수 있는 기하학적인 가로망이 두 개나 연달아 나타나는 것을 보고 있으면, 직접 그 길 위를 걸어보지 않아도 알 수 있다. 이 도시는 영혼을 완전히 빼앗겼겠구나. 나중에 들어온 영혼이 결국은 원래 있던 영혼을 고사시키고 말았겠구나.

찬드니 촉의 재래시장에서 인파에 떠밀린 지 십 분 만에 파키노티의 머릿속을 가득 채운 생각은 이런 것이었다.

'어서 뭐라도 잡아타고 코넛 플레이스에 가고 싶구나. 그러려면 또 오토 릭샤든 뭐든 잡아타고 흥정을 해야 되겠지. 아, 괴롭다.'

그런데 문 박사는 서울 역시 바로 그런 유형의 도시 중 하나라고
했다. 두 개의 영혼을 지닌 도시.

그 말에도 일리는 있다고 생각했지만, 요새빙의 전문가로서 반론
이 먼저 떠오른 것도 사실이었다. 서울도 식민지 시절을 겪은 도시
이니 도시의 영혼에 큰 변화가 생긴 것은 당연한 일이었다. 하지만
다른 식민지 도시에 비하면 서울의 심장이 겪은 변화는 상대적으로
적은 편이었다. 어쨌거나 당시 일본 제국이 영국만큼 부유한 세력은
아니었으니까.

물론 시련이 적었다기보다는 그만큼 잘 견뎌낸 쪽이라고 보는 게
옳은 표현이었을 것이다. 아무튼 지도 위에 나타난 결과로 볼 때 서
울의 심장은 하나인 것 같았다. 멀리 갈 것도 없이 가까운 상하이만
해도 나중에 들어찬 심장으로 인해 생긴 변화가 서울보다는 훨씬 직
접적이고 심각해 보였던 것이다.

원래부터 있던 상하이의 구시가는 위위엔像園이라 불리는 지역 근
처 둥근 모양의 가로망으로 남았다. 성벽이 있던 곳이라는 의미였
다. 그런데 여기에 두 번째 심장이 들어찼다. 와이탄外灘이라는, 양
쯔 강 하류의 지류 황푸 강을 따라 남북으로 늘어선 길 위였다. 부두
옆에 위치한 이 길에는 서양식 근대 건축물들이 쭉 늘어서기 시작했
다. 1자 형태의 심장이 이식된 것이다. 그래서 이 도시의 중심지 구
조는 특이하게도 동심원이 아니라, 이 길을 중심으로 동쪽에서 남쪽
으로 향하는 직사각형 모양으로 재구성되었다.

번화한 와이탄 뒤에는 주거지들이 생겨났다. 길 쪽으로 나 있는
입구는 좁아 보이지만 안쪽으로는 꽤 깊게 뻗어 있는 길쭉한 직사각

형 모양의 2층이나 3층 집들. 조선인들이 세운 상해임시정부가 들어
선 곳도, 중국공산당 최초의 전당대회가 열렸던 곳도 바로 이 구역,
이렇게 생긴 집들 중 하나였다. 그렇게 근대가 재편된 셈이다.

이렇게 재편된 도시에 여러 다른 열강들이 저마다의 심장을 이식
했다. 너무 많은 심장을 갖게 된 도시. 지금이야 물론 흔적도 찾아보
기 힘들게 아물어버린 상처이지만, 그 시절의 상하이를 생각하면 파
키노티는 그만 아득한 생각에 잠기곤 했다.

그에 비하면, 서울은 한 개의 심장으로 상처를 견뎌낸 도시에 가
까웠다. 조선총독부는 어디에 들어섰는가? 결국 경복궁 안이었다.
조선은행 본점과, 경성우편국과, 일본식 근대 도시의 중심지를 나
타내는 표식인 미츠코시 백화점은 어디에 자리 잡았는가. 기껏해야
지금의 소공동 일대였다. 사대문 안, 그것도 걸어서 잠깐인 거리 안
에 머물렀던 셈이다.

그러니 파키노티가 문 박사에게 이렇게 물은 것도 당연한 일이었
다.

"그래? 구도심은 하나밖에 없는 거 아닌가? 강남 쪽은 심장이라
고 하기에는 좀 부족해 보이는데. 일단 다른 지역하고는 동떨어진
느낌이라. 강을 건너고 산을 넘어야 구도심이잖아."

그런데 그렇지가 않았다. 서울에는 도심이 하나 더 있었다. 수백
년 된 도심과, 도시의 주요 운송 통로인 강 사이에 위치한 두 번째
요새가.

비상대책회의에서 누군가가 띄워놓은 발표 자료를 보면서 파키노
티는 그 두 번째 요새의 모습을 유심히 바라보았다. 그것은 투명한

요새였다.

이상한 지도였다. 서울 도심 지도였는데, 파키노티 박사는 알지 못하는 거대한 녹지대가 펼쳐져 있었다. 아무것도 존재하지 않는 허허벌판. 파키노티는 기억을 더듬었다. 그럴 리가 없었다. 서울에 그런 공간이 남아 있을 리 없었다.

그때 미군에서 나온 것이 분명한 누군가가 질문을 던졌다. 질문 내용은 중요하지 않았다. 그보다 파키노티의 눈에는, 한국 사람과 똑같이 생겼지만 어딘지 다른, 그의 표정과 몸짓이 더 도드라져 보였다.

'다른 성에서 온 사람이네.'

그렇다. 서울 중심에 위치한 그 광대한 허허벌판에는 그 도시에서 살아가는 사람들의 눈에는 좀처럼 보이지 않는 두 번째 요새가 자리 잡고 있었다.

'심장이 두 개인 도시였네. 누구나 다 아는 사실인데도, 묘하게 아무도 모르게 숨겨져 있었군. 위험한 요새야, 저 두 번째는. 저게 있다는 걸 모르는 사람은 아무도 없는데, 이런 자리에서조차 저게 저 자리에 있다고 콕 집어서 말하는 사람이 하나도 안 보이잖아.'

삼십 미터 높이의 성벽을 앞세우고 빙의해 들어오는 요새. 그 요새혼을 불러들인 서울의 특성이란 바로 그것이었다. 두 개의 혼을 지닌 도시.

그 사실을 깨달은 순간, 파키노티는 다시 앞에 앉은 사람의 컴퓨터 화면에 떠 있는 장기판을 들여다보았다. 두 개의 요새가 근접포격전을 벌이는 형태의 차투랑가 변종. 어떤 코끼리가, 어떤 요새에서, 어떤 조건을 만족시키느니 마니 했던 문 박사의 말. '어떤'으로 가득한 그 이야기에 담겨 있는, 무시해서는 안 될 어떤 징후.

차투랑가 변종들의 세계에서 코끼리는 대략 세 종류였다. 전후좌우로 두 칸을 가는 코끼리, 대각선으로 두 칸을 가는 코끼리, 마지막으로 대각선으로 한 칸 혹은 앞으로 한 칸을 갈 수 있는 코끼리.

직선으로 두 칸을 가는 코끼리는 아랍 세계로 건너간 다음, 거의 자취를 감추었다. 대각선으로 가는 코끼리는 훨씬 많은 자손을 남겼는데, 페르시아로 건너간 코끼리가 그랬고, 중국 샹치에도 똑같은 코끼리의 후손이 건너갔다. 다만 중국 샹치에 있어야 할 네 마리 코끼리 중 두 마리는 관리가 되었는데, 페르시아 코끼리도 유럽으로 건너간 뒤에는 주교가 되었다. 그러더니 신앙의 힘을 빌려서인지, 두 칸보다 훨씬 많은 칸을 나아가게 되었다.

세 번째 코끼리는 동남아로 갔다. 한 칸 전진하거나 대각선으로 한 칸을 갈 수 있는 이 코끼리의 행마법은, 코끼리의 네 발과 코의 움직임을 그대로 따라한 듯했다. 태국이나 미얀마 코끼리가 바로 이 종이었다.

그런데 정말로 희한한 것은 그 세 종류의 코끼리가 모두 남아 있는 차투랑가 변종이 있다는 사실이었다. 이 세 종류의 코끼리는 일본으로 건너가서 각각 히샤, 카쿠교, 긴쇼라는 이름의 기물이 되었는데, 어떤 이유 때문에 일본이 고대 코끼리들의 천국으로 선택되었는지는 알 길이 없었다.

파키노티에게 중요한 것은 두 번째 코끼리였다. 대각선으로 걸어가는 코끼리. 코끼리 아미타브가 속한 종은 바로 두 번째 유형이어야 했다.

'그런데 어쩌다 얘는 한 걸음을 더 가게 됐지?'

파키노티는 한국 코끼리 같은 유형의 변종을 본 적이 없었다. 이 코끼리는 다루기가 불편했다. 너무 멀리 가는 데다 중간에 한 칸이라도 길이 막혀 있으면 그쪽 방향으로는 움직일 수가 없었다. 게다가 나갈 때와 들어올 때, 비슷해 보이지만 사실은 조금 다른 경로를 거치게 되는 탓에, 방금 갔던 길조차 되돌아오지 못하는 경우가 많았다.

로컬 룰 채집을 다니는 내내 파키노티는 이 코끼리에 관해 생각했다. 멍청하고 다루기 힘들어 보이는 코끼리였다. 대국 점수로 따져도 보병 다음으로 못한 기물이었다. 이 룰을 따르는 사람들은 보통 보병밀집방진대형을 부수는 데에 이 코끼리를 소비했다. 그게 아니면 길을 막는 역할이 이 코끼리의 전부였다. 희생당해도 좀처럼 애도의 대상이 되지 않는 기물. 가치 없는 소모품. 좀처럼 길들여지지 않는 거칠고 기묘한 걸음걸이.

파키노티는 이 코끼리가 바로 그 문제의 코끼리일지도 모른다고 생각했다. 이야기를 간직한 코끼리. 예언에 나오는 그 코끼리. 물론 그렇지 않을 가능성도 높았다. 하지만 그랬으면 좋겠다는 생각이 간절했다. 그도 그럴 것이, 그만큼 특이한 코끼리는 바로 그 코끼리밖에 없었기 때문이었다.

테헤란에서, 델리에서, 싱가포르에서, 그리고 랑군에서, 생각날 때마다 틈틈이 조은수와 대국을 펼치며 이 희한한 코끼리를 조련했다. 아니 오히려 스스로가 코끼리 다루는 법을 배워갔다고 하는 편이 옳을지도 몰랐다.

조련된 코끼리는 생각보다 훨씬 쓸모가 있었다. 우선 전차나 대포가 아닌데도 꽤 먼 길을 한 번에 이동할 수 있었고, 걸음걸이가 직관적이지 않다 보니 복잡한 틈새로 난 좁은 공격로가 상대의 눈에 발각되지 않는 경우가 많아 매복과 기습에 유리했다. 더구나 대국이 후반으로 접어들어 다른 기물들이 판에서 사라질수록 코끼리의 걸음걸이는 점차 가볍고 경쾌해졌다. 전장에서 멀찍이 떨어진 곳에 가만히 버티고 서서, 단지 시선만으로 상대편 궁성 한가운데를 넌지시 위협하는 코끼리의 무게감은 다른 차투랑가 세계의 코끼리에게서는 찾아보기 힘든 위용이었다.

'이 코끼리는 어쩌다 이렇게 됐을까? 중국에도 없고 일본에도 없는 행마법인데. 어쩌다 이렇게 하늘에서 굴러떨어진 것 같은 코끼리가 탄생한 거지? 이유가 있지 않을까? 그것도 엄청나게 구체적인 이유가.'

그런 생각에 잠겨 있을 때였다. 맞은편에 앉아 있던 싱가포르 차이나타운 최고수가 훈수 두는 사람들을 돌아보며 무슨 말인가를 내뱉었다.

파키노티는 생각했다. 어디 방언인지도 모르겠고 무슨 뜻인지는 더더욱 모르겠지만, 아마도 로컬 룰 이야기를 하는 게 아닐까. 파키노티는 상대의 몸짓을 가만히 바라보았다. 자기가 아는 로컬 룰로 뒀으면 금방 이겼을 거라고 말하는 듯한 표정과 손짓이었다.

그 소리를 귓등으로 흘리며, 한국에 있는 조은수에게 메시지를 보냈다.

문 박사는 어디에서 본 것 같아? 그 아미타브라는 이름 말이야.

그것만 알아내도 일이 반은 끝날 것 같았다. 아미타브라는 코끼리의 일대기가 기록된 고문서의 제목 같은 것을 문 박사가 이미 알고 있었더라면.
잠시 뒤 은수에게서 답이 왔다.

아직 잘 모르겠어요. 하늘에서 뚝 떨어진 것처럼 연결고리가 하나도 없던데요. 어쩌면 그런 문건을 직접 보신 게 아니라, 다른 문건들 사이에서 유추해내신 건지도 몰라요. 그래서 말인데요, 지금 있는 자료들만 봐서는 비약이 좀 있는데, 아미타브가 코끼리 이름이 아니면 어쩌죠?

로컬 룰로 둔 대국을 기록해둔 노트를 꺼내며 파키노티가 회신을 보냈다.

맞을 거야. 봐도 뭐가 연결고리인지 못 알아보는 거거나, 아니면 그 서재에는 없는 문건을 문 박사가 어딘가에서 보고 온 거거나 둘 중 하나겠지. 걱정하지 말고 정리하면서 슬슬 찾아봐. 나도 뭔가 찾으면 바로 알려줄게.

파키노티는 싱가포르에 희망을 걸고 있었다. 사자의 도시 싱가포르. 이름 그대로 코끼리의 도시인 하스티나푸라에서는 사실 별다른 성과를 거두지 못했다. 아직도 지하 깊숙이 묻혀 있는 탓이었다.

트로이가 그랬듯, 하스티나푸라는 다섯 겹의 시대가 같은 지점에 차곡차곡 쌓여 있는 유적이었다. 그 위에 살고 있는 사람들은 코끼리 도시의 내력을 기억하지 못하는 것 같았다. 그곳이 바로 그 유명한 대서사시 『마하바라타』의 배경이라는 사실은 누구나 알고 있지만, 왜 하필 거기가 코끼리의 성이어야 하는지 아는 사람은 거의 없었다.

그래도 파키노티는 실망하지 않았다. 왠지 싱가포르는 다를 것 같았다. 성벽을 사랑하는 사람으로서 이름에 '푸르'가 붙은 도시에 거는 막연한 기대 같은 것이었다.

푸르는 유럽으로 건너가서 부르크burg가 되었다. 그 부르크야말로 한나 파키노티가 전 생애를 걸고 쫓아다닌 유일한 사랑이었다. 파키노티의 인생은 절반 이상이 부르크나 부르bourg나 버러burgh를 쫓아다닌 삶이라고 해도 과언이 아니었다. 성벽으로 둘러싸인 주거지. 방어 시설이 둘러쳐져 있는 삶의 터전.

평생 그 안에 사는 사람들을 구경하고 다녔다. 젊었을 때는 그 사람들의 삶을 연구하고 기록하는 데 시간을 바쳤고, 나이가 들고 나서는 최고급 체스 세트를 챙겨 들고 광장에 나가 과시하듯 한가하게 시간을 보내곤 했다. 이제 부르크에는 더 이상 부르거Burger나 부르주아bourgeois가 살고 있지 않았지만, 파키노티는 그들을 여전히 부르주아로 칭했다. 그런 곳에 갈 때마다 점심 도시락으로 버거를 챙겨 가는 정도의 진지한 일이었지만, 아무튼 그랬다.

'오, 친애하는 부르주아여, 나에게 답을! 조금 요행을 부리기도 했

지만 이만큼 노력했으니 제발 뭔가 쓸 만한 힌트를 줄 때도 됐잖아. 안 그래?'

로컬 룰의 상당수는 무승부 규정이었다. "우리 동네였으면 이렇게 되면서 비기는 거야" 하면서, 갑자기 자기 왕을 집어들어 멀리 떨어져 있는 상대편 왕을 잡아먹어버린다거나 하는 식이었다. 그래서 전혀 쓸모가 없었다. 진짜 있는 룰인지 방금 만들어낸 룰인지 알 방법이 없었고, 안다고 해도 별 관심이 안 갔다.

파키노티는 마주 앉은 노인의 손을 가만히 내려다보았다. 판에 기물이 새로 깔리더니, 노인이 코끼리를 가리키며 무슨 말인가를 해댔다. 궁금하기 그지없었지만 전혀 알아들을 수 없는 말이었다. 그러자 옆에 서 있던 또 다른 노인이 그 말을 영어로 통역해주었다.

"어렸을 때 큰할아버지한테 배웠는데, 그 큰할아버지 고향에서는 코끼리가 다르게 움직였다네요. 그 이야기를 왜 하는 건지 원."

"어떻게요?"

대각선으로 두 칸, 그다음 진행 방향 양쪽 45도 방향으로 한 칸. 순서는 반대였지만 한국 코끼리가 움직이는 방식과 똑같았다.

'드디어!'

파키노티는 흥분을 가라앉히고 통역을 해준 노인에게 조심스럽게 물었다.

"그래서 고향이 어디래요?"

두 노인 사이에 이런저런 말들이 오가더니 잠시 후 알아들을 수 있는 말이 돌아왔다.

"자라기는 신장新疆에서 자랐는데, 큰할아버지가 유목을 했다는 것 같은데요. 어디라고 딱 집어서 말하기는 어렵다고. 신경 쓸 거 없어요. 거짓말일 게 뻔하니까."

그게 거짓말이면 체면이고 뭐고 그 자리에 주저앉아 엉엉 울어버릴 것 같은 순간이었다. 통역하는 노인이 몇 마디를 더 전해주었다.

"자세하게 꼬치꼬치 물어보니, 정확하게 어떤 규칙이었는지 자기도 기억이 잘 안 난대요. 졌으면 졌다고 하면 될 일이지."

파키노티는 손에 든 수첩과 펜을 맞은편 노인에게 내밀며 주소를 적어줄 것을 부탁했다. 어디로 찾아가면 그 규칙을 아는 사람을 만날 수 있는지, 대강이라도 알려달라는 말과 함께였다.

"거기를 찾아가게요?"

훈수 예비군들이 깜짝 놀란 눈으로 파키노티를 바라보았다. 한나 파키노티는 자신을 바라보는 십여 개의 시선을 느꼈다. 그리고 다행히 파키노티는 그 일을 꽤나 즐기는 편이었다.

조은수: 촘촘한 눈금

"그런데 말이야."

은경이 은수에게 물었다.

"너는 왜 자꾸 산에서 내려와?"

"응?"

"왜 이렇게 말이 꼬이냐. 그러니까 내 말은."

알고 있었다. 그게 무슨 말인지. 남들도 다 잘하고 있는데 왜 직접 나서서 일일이 확인을 하려는 거냐는 소리였다.

"그러게, 왜 그럴까. 문 선생님 대신이라고 생각해서 그런가?"

"그 양반은 오히려 무관심했을걸? 코빼기도 안 비쳤을 것 같은데."

은수는 은경의 얼굴을 돌아보며 말했다.

"그렇지 않아. 안 그러셨어."

"그래? 그럼 말고."

은경과 헤어진 후, 은수는 종일 들고 다니던 무거운 짐 가방을 짊어지고 곧장 집으로 향했다. 산에 있는 동안 난방을 해놓지 않은 탓에 집 안에는 입김이 날 정도로 한기가 가득했다.

문 박사는 염세주의자가 아니었다. 인류를 혐오해서 차라리 혼령을 쫓게 되었다는 소문은 결코 사실일 수가 없었다. 그렇다고 문 박사에게 남다른 인간애가 있었던 것도 아니었다. 결론적으로 양쪽 모두가 틀린 말이라고 할 수 있었지만 그렇다고 문 박사의 태도가 이중적인 것은 아니었다.

"저는 인류를 신뢰해요. 다만 구체적인 인간을 믿지 않을 뿐이지, 추상적인 인간은 훌륭하다고 생각해요. 위대하다고도 할 수 있겠죠."

"대학원생도 마찬가지인가요?"

"그럼요. 추상적인 대학원생의 능력에 대해서는 의심하지 않아요."

문제는 문 박사의 세미나에 들어오는 학생들이 전부 구체적인 대학원생뿐이라는 점이었다. 구체적으로 멍청하고 저마다 독창적으로 게으르며 나름의 독특한 방식으로 무기력하고 겁에 질려 있는 인류의 표본들.

은수는 겉옷 위에 이불 하나를 그대로 덮어쓴 채 가방 안에 든 것들을 하나씩 방바닥에 늘어놓았다. 문 박사는 이해하기가 쉽지 않은 사람이었다. 세상에 적응할 필요가 없어서 그런 노력을 기울여본 적이 없었고, 다른 사람들이 일반적으로 생각하는 방식대로 생각하려

고 스스로를 괴롭혀본 일도 없었다. 인간을 이해하는 일반적인 공식
이 거의 적용되지 않는 부류였으므로, 더 많은 노력을 기울이지 않
으면 파악하기가 어려운 인간형이었다. 직관적으로 이해되지 않았
고, 더 이해하려는 노력을 기울이게 만들 만큼 인간적인 매력이 풍
부한 것도 아닌 사람.

하지만 은수는 알고 있었다. 문 박사는 괴팍하거나 복잡한 사람이
아니었다. 그다지 베일에 싸인 인물도 아니었다. 제대로 된 힌트를
가지고 주의 깊게 관찰하기만 한다면 충분히 속을 알아낼 수 있는
사람이었다. 아니, 사실은 대단히 투명한 편에 속했다고도 할 수 있
었다.

천문대 2층 서재 정리 작업 또한 그런 가정하에 진행되고 있었다.
투명하게 개방되어 있는 문인지 박사의 사고 과정을 정리하는 일.
은수는 그 사실을 누구보다도 잘 알고 있었다. 서재 정리 작업이 막
바지로 치달아갈수록 더 절실히 느껴지는 깨달음이었다.

어떤 근거로 문 박사는 이런 생각을 하게 되었을까. 그 사고 과정
의 다음 단계는 무엇이고, 어느 지점에서 창의적인 비약이 일어났으
며, 그렇게 얻어진 가설은 어떤 방식으로 증명되거나 폐기되었을까.
그 일을 하는 동안 은수는 문 박사의 머릿속에서 살고 있는 것이나
다름없었다. 정작 살아 계실 때는 그렇게까지 열심히 시도해보지 않
은 일이었다.

그리고 그날 밤 은수에게는, 그동안 서재를 정리하면서 스스로 던
지고 답했던 질문들보다 훨씬 더 중요하고 구체적인 질문이 주어져
있었다. 그것은 파키노티 박사가 제기한 질문이었다.

'문 박사는 구체적으로 무슨 자료를 보고 아미타브라는 이름의 코끼리에 집중하게 되었을까?'

천문대에서부터 끌고 온 커다란 가방에는 그 질문에 대한 답을 찾기 위한 자료들이 잔뜩 들어 있었다. 코끼리에 관한 서사시, 신화, 설화 민담, 역사적인 기록들. 그중에서도 전쟁에 관한 것들만 추려낸 자료들이었지만 그것만 해도 적지 않은 숫자였다.

전투 코끼리 부분을 따로 추려낸 것은, 물론 문 박사가 참고 자료 곳곳에 남겨둔 메모 때문이었다. 문 박사의 관심은 고대 이전에 인간과 어울려 살았던 코끼리에 초점이 맞춰져 있었는데, 당연하게도 그 시절 코끼리들은 상당수가 왕을 포함한 전사 계급의 전유물이었다. 코끼리 자체가 왕족의 주요한 재산이었고,『손자병법』에서 손무가 전차 대수로 각국의 군사력 규모를 잴 수 있다고 말했듯, 현대의 군대가 전투기 대수로 군사력의 우위를 비교하듯, 보유한 코끼리의 머릿수가 곧 왕의 힘을 나타내는 지표가 되기도 했다.

문 박사에게 아미타브라는 이름에 관한 힌트를 준 것으로 추정되는 문건은, 전투 코끼리에 관한 시가 모음집 목록 정도에 해당하는 문서를 영어로 번역한 자료였다. 즉 시가 모음집 자체가 아니라, 그런 모음집들의 제목을 나열하고 각각의 모음집에 수록된 노래들 중 대표적인 곡들을 소개한 문건을 수집한 사람에 관한 책이라는 뜻이었다.

그런데 그 책이 보이지 않았다. 가방에 든 것들을 모조리 방바닥에 늘어놓았지만, 19세기 영국에서 발간된『항구의 수집가들』이라는 제복의 그 작은 책자만은 끝내 눈에 띄지 않았다.

'분명히 넣은 기억이 있는데. 아침에 너무 무거워서 몇 권 넣고 빼고 할 때 빠진 걸까.'

목차만 봐서는 내용을 가늠하기 어려운 책이었다. 학술 서적이라기보다는 취미 관련 서적에 가까워서, 책 뒤에 색인이 따로 있지도 않았다. 시간을 들여 직접 읽을 수밖에 없었고, 그럴 생각으로 챙겨 온 몇 권의 책들 중 한 권이었다.

그중 가장 유용해 보였던 한 권은 이미 기차 안에서 충분히 훑어보았다. 그리고 기차가 종점에 닿기 전에, 더 들여다볼 가치가 없다는 결론까지 내려놓은 상태였다. 그러니 다음 차례는 바로 그 책, 『항구의 수집가들』이 될 수밖에 없었다.

'이상해. 갑자기 사라졌어. 누가 훔쳐갈 물건도 아닌데, 계속 가까이에 지니고 있던 책이 도대체 어디로 사라져버린 걸까?'

은수는 천문대에 전화를 걸어 누군가에게 확인을 부탁하려다 이내 생각을 바꾸고 전화기를 내려놓았다. 책에 관해 설명하기가 쉽지도 않을뿐더러, 그 책 한 권 때문에 정리 중인 발굴 현장에 누군가를 들이는 것 또한 내키지 않아서였다. 서재 주위에 봉인처럼 놓여 있는 낮은 턱은 되도록 아무도 넘지 않는 상태로 유지되는 편이 나았다. 천문대는, 그리고 어쩌면 그 발굴 작업은, 생각보다 위험한 일일지도 몰랐다.

"그래서 또 금방 올라갈 거라고?"

다음 날 아침, 이 대표의 고고심령학연구소 맞은편에 있는 카페에서 은경이 물었다. 은수는 말없이 고개를 끄덕였다. 그러면서 연구소 간판 쪽으로 화제를 돌렸다.

"간판 바뀐 거지?"

"바꿨네. 옛날에는 '한국'이 상표명 같았는데 지금은 일반명사처럼 보이게 글자 크기 신경 썼네. 그런데 산에는 벌써 또 올라가? 언제?"

"모레. 최근에 저기 들어가본 적 있어?"

"나야 갈 일 없지. 그런데 말이야, 너 그 책 의심스럽지 않아? 분명히 챙긴 것 같다며. 빠뜨리고 다닐 사람도 아니고. 그렇다면 누가 일부러 가로챈 건데, 걔가 한 짓이면 어쩌려고."

"걔가 누군데?"

"애 말이야. 드라비다. 함정 아닐까? 무슨 함정인지는 감도 안 잡히지만."

"그러니까 직접 가는 거지. 아니면 누구 시켰겠지. 저 연구소 최근 소식도 들었어?"

"이야기해주는 사람은 있는데 관심이 없어서. 산에는 같이 가줄까? 내가 엄호해줄게."

"됐어. 보지도 못하잖아. 아, 별 뜻 없는 거 알지? 너 하던 일이나 계속 해줘. 그 일도 중요해. 그보다 이 대표가 결국 성벽 검출하는 데 성공했다던데, 그 소문도 못 들었지?"

"모르는데. 물리적인 증거를 찾았대? 뭐래? 전자기장? 적외선? 열? 중력파?"

"중력파는 무슨. 눈이래."

"눈? 눈으로 봤다고? 그냥 가시광선으로 촬영했대?"

"그거 말고 내리는 눈."

"그 눈?"

"사흘 전에 눈 많이 왔다며. 성벽 출현한 날. 눈 그치고 나서 보니까 곳곳에 눈이 하나도 안 쌓여 있는 데가 남아 있더래."

"뭐? 와, 그 회사 사람들 무슨 장비니 뭐니 어마어마하게 챙겨 갔을 텐데. 고장난 것도 갖고 나가서 전시부터 해봤을걸."

"그렇다더라."

"그런데 결국 그거야? 눈?"

"그거 발견하고 엄청 들떴던데? 벽이 서 있던 자리가 그냥 말끔하게 비워져 있었던 것도 아니고 테두리 주위에 눈이 흩뿌려져 있더래."

"그건 또 왜?"

"벽 위쪽에 쌓여 있던 눈이 갑자기 떨어진 거겠지. 벽이 어떻게 나타나는지는 몰라도 어떻게 사라지는지는 알게 됐다고나 할까."

"갑자기 사라졌구나."

"나름 대발견이겠지. 그리고 갑자기 떨어져준 눈 덕분에 물리학자들이 할 일이 생겼나봐. 흩뿌려진 눈 보고 성벽 높이를 대강 계산했는데, 삼십이 미터쯤인가가 나오더래. 약간 더 높은 데도 있었지만."

"오, 물리학자. 신났겠네."

"그러니까 대발견 맞지. 단순 명료하잖아. 장비도 필요 없고. 고고심령학사 전체를 따져도 이런 케이스는 없었을걸? 게다가 성벽 전부가 동시에 검출된 거니까. 그만큼 가치도 있지. 퍼즐만 잘 맞추면 성벽 전체 모습이 나오니까."

"그런 거야? 하긴 다 직선인 건 아닐 테고 기역 자도 있고 둥그런 탑 달린 것도 있고 그러면."

"저 안 어디에 보면 용의선상에 있는 요새 실루엣 인쇄해놓은 게 벽 한쪽에 쭉 전시돼 있을걸? 뉴스에서 본 것 같은데."

"그거랑 비교하면 되는 거구나."

"그렇지. 그런데 한 조각이 없대."

"어떤?"

"성문."

"성문? 꼭 있어야 돼?"

"못해도 두 개 이상은 있겠지. 하나만 있는 경우도 드물고. 아예 없거나. 그런데 딱 하나만 나왔거든. 성문처럼 생긴 퍼즐 조각이 말이야. 다른 조각들처럼 자리를 차지한 흔적 위에 눈이 흩뿌려져 있는데, 다른 조각들보다 높이가 좀 높대. 뭐가 됐든 그 위에 방어 시설이 있었던 거지."

"그래서? 우리는 왜 여기서 이러고 있는 건데? 안에 들어가지도 않고 굳이 여기서."

"아, 누가 오기로 했거든. 기다려봐. 좀 늦는댔어."

잠시 후에 누군가가 길 건너 연구소 문을 나오더니 곧장 두 사람이 있는 카페로 걸어 들어왔다. 토비아스 하머슈미트. 오스트리아 국적의 이 남자는, 파키노티 박사의 옛 동료라며 자신을 소개했다. 현재는 미군 쪽 의뢰를 받아 부대 주변 지역에서 발생하는 초자연

현상을 조사하는 고고심령학 연구팀의 책임자 역할을 맡고 있다는 말도 덧붙였다.

"맞교환 형태로 정보를 제공하겠다더군요."

그가 이 대표를 만나 이야기한 결과를 간략하게 요약했다. 이 대표가 제시한 조건은, 미군기지 제한구역 내에서 발견한 것들에 관한 정보를 자신에게 넘겨주면, 나머지 지역 전체에 관한 정보를 반대급부로 내주겠다는 것이었다.

"그것뿐이었어요?"

은경이 물었다.

"호의적이더군요. 다른 건 없었어요."

"나쁘지 않은데요."

"응할 생각인데 일단 보고는 해야겠죠. 공개 여부는 제가 정할 수 있는 게 아니니까요. 꽤 의미 있는 미팅이었는데, 한나는 오히려 이쪽 팀을 만나보라고 권하더군요. 서로 교환할 게 좀 있을 거라고."

은수가 대답했다.

"팀은 아니고 파키노티 박사님과 교류하면서 개별 연구를 진행하고 있어요. 이쪽 김은경 씨도 독자적으로 진행하고 있는 연구가 있는데 관련성이 점점 커지고 있어서 아마도 공동 연구로 전환해야 하지 않을까 생각하고 있고요."

"한나도 그렇게 이야기하더군요. 자세한 설명은 만나서 들어보라던데, 괜찮으시겠어요?"

"그럼요."

은수는 지금껏 알아낸 것들에 대해 간략한 설명을 들려주었다. 사라진 천문대 혼령과 의문의 구전동요, 그리고 아미타브라는 이름의 코끼리까지. 그러면서 자신의 관점은 이한철 대표나 시청 공무원들이 생각하는 것과는 조금 차이가 있다는 이야기도 덧붙였다. 미국인들이 고고심령학을 얼마나 진지하게 받아들일지 모르겠지만, 진행 중인 요새빙의가 사람들이 생각하는 것만큼 무해한 축제는 아닐지도 모른다는 염려도 함께였다.

이야기가 끝나자 하머슈미트가 말했다.

"말씀하신 대로 제 의뢰인들이 고고심령학을 무작정 신뢰해서 저를 고용한 건 아닙니다. 현지에서 그런 움직임이 보이니까 그 이야기가 얼마나 신빙성 있는지 평가해줄 제삼의 전문가가 필요했던 정도겠지요. 물리적인 근거 말고는 별로 먹혀들 것 같지도 않고요. 그런데 말씀하신 내용은 정말 흥미롭네요. 개인 자격으로 드리는 말씀입니다. 고고심령학자로서요."

은경이 끼어들었다.

"그럼, 그쪽 카드를 보여주시겠어요? 우리야 물리적인 근거 아닌 것도 광범위하게 채택하는 편이니까, 제한구역 안에서 돌아다니는 이야기나, 떠도는 소문이나, 아니면 그쪽 의뢰인들이 대수롭지 않게 생각할 만한 것들도 다 도움이 될 것 같은데요."

"하하, 그렇군요. 자료를 원본 그대로 넘겨드릴 수는 없지만, 다른 발견에 관한 이야기들은 공유할 수 있겠네요."

"뭘 알아내신 거죠? 파키노티 박사님 말씀으로는 꽤 쓸 만한 거라던데요."

온수의 질문에 하머슈미트가 대답했다.

"성문 하나가 부대 안에 떨어졌더군요."

"역시, 제일 중요한 조각을 가지고 계시는군요."

"열흘 사이에 세 번이나 나타난 모양입니다. 더 있었을지도 모르지요. 목격자가 있는 게 그 세 번인 거니까. 그런데 위치가 조금씩 옮겨가고 있고, 어쩌면 다음 출현 장소도 예측이 가능할 겁니다. 그런 추세이다 보니 세 번째 출현에서는 의뢰인들이 좋아할 만한 결과도 나왔고요. 좋아할 일인지 우려할 일인지 모르겠지만 말이지요."

"의뢰인들이 좋아할 결과라는 건?"

"카메라를 설치했거든요. 고화질 카메라 여섯 대를 설치해서 삼차원 영상을 확보했습니다."

"저런, 성문이 찍혔나요?"

"직접 찍힌 건 아닙니다. 간접적으로 검출된 셈이지요. 그런데 거의 직접적이라고 해도 좋을 만큼 윤곽이 뚜렷합니다. 아, 그렇다고 한눈에 딱 보이는 정도는 아니고요."

"어떻게 찍으신 거죠?"

"현장 조사팀과 비슷한 방법으로요. 차이가 있다면, 날아다니는 눈의 궤적을 추적했습니다."

"궤적을요?"

"고화질 영상이라 꽤 작은 눈송이가 날아가는 모습도 추적할 수가 있거든요. 출현 지점이 대충 예측되다 보니 대단히 먼 곳에서 찍은 것도 아니고요. 방법은 어떻게 보면 단순한데, 눈송이 하나를 골라서 날아가는 궤적을 추적하는 겁니다. 결국 컴퓨터가 수백 개에서 수천 개 정도를 추적하게 되겠지만 말이죠. 아무튼 그 궤적을 일일이 따라가다 보면 눈송이들이 지나간 공간과 지나가지 않은 공간을 알 수 있게 되는데 그 형태가, 기하학적으로 말하면 도넛 형태가 되더군요."

"가운데가 뚫려 있었다는 말씀이시군요."

은수가 말했다.

"예, 열려 있는 성문이었죠."

"와, 이한철 대표한테 넘기시기에는 좀 아까운 물건일 것 같은데요. 그쪽은 그렇게 좋은 그림 같은 건 없을 텐데. 넘기고 나면 후회하실 거예요. 아마 뉴스마다 그 화면이 다 나올걸요? 선생님 이름은 보이지도 않을 거고요."

은경의 말에 고개를 끄덕인 다음, 토비아스 하머슈미트가 이야기를 이어갔다.

"어떻게 분류할지는 의뢰인들 결정을 봐야 알겠지만, 군사기밀 같은 건 아니니까요. 제 개인 연구 데이터도 아니고. 저야 남의 데이터로 인심 쓰는 거죠."

"존경스러운 분이시네요."

파키노티 박사의 오스트리아인 친구는 은경의 말에 환하게 웃음을 터뜨렸다. 그러더니 고개를 숙여 경의를 표했다.

"만나보니, 말씀하신 대로 이한철 박사한테는 그런 게 아주 잘 먹히겠더군요. 그보다 이건, 별로 안 먹힐 것 같아서 그쪽에는 안 해준 이야긴데, 눈송이 촬영 전에도 영내에 두 번 더 성문이 출현했다고 했잖아요. 그때 목격자가 있었습니다. 사실은 많았죠."

"면담 기록이 있나요?"

"있는데, 아마 열람은 불가능할 겁니다. 대단한 내용이 있는 것도 아니고요. 하나만 빼면."

"하나요?"

"그 목격담이라는 게 대충 비슷할 겁니다. 멀쩡하게 뚫려 있는 길을 놔두고 다른 길로 다녔던 기억 같은 거예요. 그것도 당시에는 까맣게 모르고 있다가 다음 날 아침에야 이상하다는 생각이 들었다는 정도고요. 그런데 이 경우는, 현역 군인은 아니고 그 남편이었는데, 성벽이 있는 길을 빙 둘러간 게 아니라 아예 막혀 있는 곳 사이로 지나갔더군요."

"처음부터 성문이 열려 있었군요."

"그렇습니다. 그런데 이 친구가 그 성문을 지나다가 이상한 걸 봤다는 거예요. 면담 기록이 남게 된 것도 성벽을 목격해서가 아니라 이걸 봤다는 이야기를 해서였던 것 같은데, 그러니까 고고심령학 면담 자료가 아니라 다른 상담 기록이 남은 셈이죠. 아, 의료 상담은 아니고, 민원에 가까운 신고 상담이라. 아무튼 이 사람이 그걸 봤답니다."

"뭘요?"

은수가 긴장된 얼굴로 물었다.

"코끼리를 봤답니다. 덩치가 엄청나게 컸던 모양인데, 코끼리를 직접 본 게 너무 오래전이라 보통 코끼리가 어느 정도 크기인지 몰라서 그게 정상인지 아닌지는 잘 모르겠다고 하고요."

"아!"

"그렇죠? 저도 아까 조은수 씨가 코끼리 이야기를 해서 좀 놀랐습니다. 우연인 것 같지는 않네요, 아무래도. 하여간 이 친구가 그 코끼리를 보고 다음 날 아내에게 물었답니다. 부대에서 코끼리도 키우는 거냐고. 게다가 한겨울인데 말이죠. 물론 부대에 코끼리는 없습니다. 이건 기밀도 아닐 테니 말씀드려도 상관없을 겁니다."

"성문 바로 안쪽에서 말이죠?"

"예, 성문 바로 안쪽에서. 이게 그 아미타브일까요?"

조은수는 용맹한 고고심령학자였다. 반면 은경은 무심한 고고심령학자였다. 은경은 용맹한 고고심령학자는 될 수 없었다. 은경의 눈에는 혼령이 보이지 않았기 때문이다. 그것은 그것대로 대단한 가치가 있는 학문 영역이었으나, 은경은 자신의 역할이 결국 레드팀 역할에 머무를 수밖에 없다는 사실을 아주 오래전부터 잘 알고 있었다.

조은수는 블루팀이었다. 워 게임으로 따지면 아군 진영이라는 뜻이었다. 워 게임에서 중요한 것은 상대의 대응이다. 상대 역시 아군으로부터 완전히 독립된 판단을 내릴 수 있는 주체라는 가정이 없으면 워 게임이라는 것은 결국 반쪽짜리 훈련이 되고 만다.

다시 말해서 혼령을 직접 보고 느끼는 사람들이 모여 만든 블루팀은 주관성의 함정에 빠지기 쉽다. 입증되지 않는 확신에 사로잡혀 아무도 설득할 수 없는 가설을 사실로 받아들이기 쉽다는 뜻이다. 그러나 고고심령학은 과학적 사실을 지향한다. 그래서 주관적이지 않은 관찰과 증거에 높은 가치를 부여한다. 혼령을 전혀 보지 못하는 사람도 똑같이 설득시킬 수 있어야 한다는 것이다.

고고심령학의 한쪽 편에서는 언제나 그런 검증 장치들의 체계가 돌아가고 있었다. 그리고 은경은 스스로 마음만 먹으면 얼마든지 그 '레드팀'의 리더가 될 수 있는 사람이었다.

'나만 맨날 가상 적군이야, 쳇.'

은경은 그 역할이 마음에 들지 않았다. 마음에 드는 유일한 시나리오는 레드팀의 강력한 검증 시스템을 지휘해서 블루팀 전체 병력을 포위 섬멸하고 영원한 레드팀의 천하를 구축하는 길뿐이었다.

물론 은경은 이미 그 가능성을 진지하게 검토해본 적이 있었다. 그리고 곧 현실성이 없다는 결론을 내렸다. 적어도 한국 고고심령학계에서는 전복할 만큼 위대한 가치라는 것을 찾아보기가 힘들다는 것이 그 판단의 주된 근거였다.

반면 은수는 블루팀의 선봉장쯤 되는 재목이었다. 줄을 잘못 서는 바람에 야전 사령관은 못 되고 기껏해야 사관학교 도서관장 정도의 직책이나 임기를 넘겨가며 맡고 있는 신세였지만, 그 도서관장의 전투력을 무시하는 사람은 사실 신병들 말고는 아무도 없었다.

은경은 그때를 떠올렸다. 공동화空洞化가 시작된 낡은 아파트 발굴 현장이었다. 조선 중기 혼령이 빈집이 늘어선 복도에 나타났고, 그로 인해 공동화도 더 빨라졌다. 발굴팀에 제보가 들어온 것도 따지고 보면 그런 이유였다. 발굴이야 하든 말든 귀신이나 알아서 퇴치해달라는 것이었다.

어쨌거나 적지 않은 돈이 들어왔으므로 곧 발굴팀이 꾸려졌고 현장 작업이 시작되었다. 그런데 문제가 있었다. 혼령의 상태가 너무 끔찍하다는 점이었다.

진짜로 귀기가 서려서인지 그렇게 보이려고 일부러 메이크업을 하거나 혹은 미흑美黑을 하고 다녀서인지, 박사급쯤 되는 고고심령학자들은 하나같이 다 인상이 좋지 않았다. 그래서 고고심령학 발굴 현장은 대낮에 봐도 분위기가 음산했다. 하지만 그것과는 비교도 할 수 없을 만큼 무서운 것이 있었으니, 그것은 바로 혼령 자체였다.

물론 은경은 혼령의 존재를 전혀 느끼지 못했다. 그래서 늘 그렇듯 구경꾼 역할에 충실했다. 긴장한 중견 연구자들, 노골적으로 겁을 잔뜩 집어먹은 대학원생들, 장비 이상이라도 발생해서 얼른 철수했으면 하는 기술지원팀이 내뿜는 먹잇감의 공포를 관찰자의 시선으로 바라보며 느긋하게 시간을 죽이고 있을 따름이었다.

현장에 나타난 혼령은 고문당해 죽은 흔적이 역력했다. 블루팀 사람들이 그렇게 말했다. 불에 달궈진 상처, 잘려나간 손가락, 난도질당한 얼굴, 한쪽 눈이 없었고 이가 뽑혀나간 상태였다. 옷가지도 알아볼 수 없을 만큼 훼손되어 있었다. 거의 관찰할 게 없는 표본이었지만 단 하나만은 확인하고 넘어갈 필요가 있었다. 바로 혼령이 하는 말이었다.

혀가 잘려나갔는지 입으로 피를 토해내면서도 혼령은 계속해서 무슨 말인가를 중얼거리고 있었다. 소리가 너무 작아서 거의 알아들을 수 없는 말이었다.

혼령이 복도에 모습을 드러낼 때마다, 은경은 느끼지 못하는 냉기가 현장을 휘감았다. 기세가 맹렬한 혼령이었다. 복도가 꽤 길어서 적어도 일고여덟 명은 대기해야 하는 현장이었다. 은경은 오들오들 몸을 떠는 사람들을 바라보았다. 그러면서 얼음물을 한 모금 마셨다. 꽤 무더운 밤이었기 때문이었다.

블루팀의 묘사가 계속해서 이어졌지만, 더 자세한 묘사를 듣지 않아도 은경은 혼령의 형상이 얼마나 끔찍할지 짐작할 수 있었다. 물론 혼령의 모습 자체를 상상하지는 않았다. 그게 바로 레드팀 사령관의 기본적인 임무였다.

가끔은 긴장을 이겨내지 못하고 그 자리에 주저앉는 사람들이 있었는데, 그들을 수습하는 것도 은경의 역할이었다. 은경은 그들에게 다가가 어깨를 다독이곤 했다. 물론 뒤에서 다가가는 것은 금물이었다. 보이지 않는 곳에서 나타난 손이 어깨에 닿으면 누군가는 끔찍한 비명을 지르고 누군가는 비명조차 지르지 못해 정신을 잃고 만다. 그래서 은경은 항상 자신의 위치를 알려야 했다. 죽은 듯이 조용히 있어서는 안 됐다. 그러다 보니 그런 식으로 혼령에게 장악당한 현장에서는 은경이 발굴팀 책임자처럼 보이기도 했다.

"조은수는 아직 안 왔어?"

누군가가 물었다.

"은수 선배 오늘 합류할 거랬어요. 오후에 산에서 내려왔대요."

그날은 일찍부터 혼령이 나타난 모양이었다. 그리고 발굴팀을 전부 학살하기라도 할 기세로 몇 시간 동안이나 현장 이곳저곳을 들쑤시고 다녔다고 했다. 천장에 거꾸로 매달리거나 정수리부터 몸통 끝까지 몸을 스르르 반으로 쪼개거나, 입에서 피를 토해내기를 반복하면서.

그러기를 몇 시간째. 마침내 조은수가 엘리베이터를 타고 현장에 도착했다. 엘리베이터 문이 열리고 은수가 복도에 들어서자 혼령이 그쪽을 바라보았다. 은수는 조심스럽게 가방을 내려놓고 은경에게 다가가 속삭이듯 물었다.

"무슨 일이야? 여기 왜 이래?"

"몰라. 너는 보일 거 아냐."

"그렇긴 한데. 됐고, 그래서 뭐 하면 되는 거야?"

발굴 목표를 묻는 것이었다. 은경은 그 현장의 유일한 임무를 알려주었다.

"혼령이 뭐라고 하는지 들어야 된대. 그런데 목소리가 너무 작아서 아무도 못 알아듣고 있어. 음성 기록도 전혀 안 먹히고, 측정 장비는 죄다 잠잠하고."

은수가 고개를 끄덕이고는 혼령이 있는 쪽을 바라보았다. 그러자 혼령도 조은수를 마주 보았다. 은경의 눈엔 혼령이 보이지는 않았지만 발굴팀의 시선이 전부 은수에게로 향한 것을 보면 분명 그런 장면이 펼쳐지고 있을 것만 같았다.

은수는 부스럭거리는 소리가 나지 않도록 조심해서 가방을 연 다음, 수첩과 펜을 꺼낸 후 가방을 발 옆에 내려놓고 혼령 쪽으로 한 걸음 다가섰다.

그때 발굴팀 막내가 맥없는 비명 소리를 냈다. "어어어" 하고 마는 소리였지만 훈련받은 발굴팀의 입에서 나온 소리라는 점을 감안하면 거의 비명이나 다름없는 소리였다. 다른 사람들도 마찬가지였다. 소리를 내지는 않았지만 하나같이 머리카락이 쭈뼛 곤두서거나 소름이 전신을 훑고 지나간 것만 같은 표정들이었다.

이내 은수가 발걸음을 멈췄다. 무게중심이 약간 뒤로 쏠리는 것을 보니 혼령이 그 앞으로 성큼 다가선 게 틀림없다고 은경은 생각했다. 그게 다는 아니었을 것이다. 드세고 흉포한 혼령이었으니까. 피를 토하거나 다른 무언가가 튀어나오게 했을지도 모른다. 며칠간 전해 들은 패턴대로라면 딱 그 정도의 반응이 예상되는 순간이었다.

그때였다. 조은수가 블루팀 돌격대장의 진가를 발휘한 것은.

은수는 차분하게 수첩을 넘겼다. 빈 페이지를 찾는 모양이었다. 종이 넘기는 소리가 들렸다. 다급하다거나 허둥대는 소리가 아니었다. 언제나 그렇듯 침착한 소리였다.

'쟤는 어쩜 저렇게 수첩 넘기는 소리도 똑똑하냐.'

빈 페이지 위에 펜을 갖다댄 다음 은수가 한 행동은 고개를 돌려 혼령의 입 앞에 왼쪽 귀를 갖다대는 일이었다.

사각 사각 사각. 펜이 종이 위를 달렸다. 누군가 침을 꿀딱 넘기는 소리가 들렸다. 은경은 은수의 얼굴을 가만히 바라보았다. 은수는 일을 하고 있었다. 고고심령학자가 발굴 현장에서 하게 되어 있는 바로 그 일. 보고, 듣고, 발굴 대상에서 눈을 떼지 않은 채 반사적으로 손을 놀려 기록하기.

혼령 쪽으로 좀 더 가까이 귀를 갖다대는 은수를 보고 은경은 마음속으로 이렇게 선언했다.

그래. 블루팀, 승.

"내가 너를 우러러볼 수 없는 이유는 딱 하나야."

은경이 말했다. 은수는 고개도 돌리지 않고 물었다.

"뭔데?"

"키가 더 커. 내가."

"또 왜? 무슨 말을 하려고?"

"아니, 무리하지 말라고. 존재감 드러내려고 너무 애쓸 필요 없어. 꼭 필요한 거면 해야 되겠지만. 조바심 낼 거 없잖아. 그러다 판단 흐려지면 좋을 것도 없고. 평정심 몰라, 평정심? 발굴의 기본자세."

"그렇긴 하지만."

은수의 발걸음이 조금 느려졌다. 뒤따라가던 은경이 한 마디를 보탰다.

"너 조급해하는 거 아무도 몰라. 나 말고는. 조은수가 조급해지다니, 상상도 못할걸? 그러니까 내 말은, 그것조차 아무도 모르니까 서두를 필요 없어. 네 역할이 신경 쓰여서 산에 올라갔다 내려왔다 여기저기 직접 발로 뛰는 거면."

은수는 말없이 몇십 미터를 더 걷다가 뒤를 돌아보며 이렇게 말했다.

"좋은 지적이야. 무슨 말인지 알겠어. 그런데 이건 필요해서 하는 일 맞아. 아무리 생각해도 그래."

은경이 장난기 어린 웃음을 입가에 머금으며 대답했다.

"아, 그럼 뭐. 오케이. 갑시다, 기사 양반!"

은경이 몇 걸음 앞으로 다가와 옆에서 은수와 팔짱을 꼈다. 걷는 박자가 서로 달라서 금방 뒤뚱거리는 걸음으로 변하는 이인삼각이 었다.

밤이 깊어가고 있었다. 도로를 달리는 차들이 낮에는 상상할 수 없는 속도로 어둠 속을 달리고 있었다. 두 사람은 외투에 달린 모자를 덮어쓴 채 토비아스 하머슈미트가 말한 지점을 찾고 있었다. 버스 정류장 사이를 삼등분해서 눈금을 긋는다고 가정할 때, 남쪽 버스 정류장 쪽에 가까운 첫 눈금이 있는 지점.

하머슈미트의 말을 떠올렸다.

"아까도 말씀드린 것처럼 성문이 규칙적으로 이동하고 있거든요. 그래서 말인데, 다음 지점은 아마도 영외가 될 것 같아서요."

은수가 물었다.

"이번에도 촬영하실 건가요?"

"대대적으로 하기는 어렵지 않을까 싶네요. 그야말로 뭔가 하는 것처럼 보이는 일이라. 기초적인 기록은 계속하겠지만 거의 손을 뗀다고 봐도 되겠죠."

"현장을 포기하신다는 거군요."

"말하자면."

"누구한테 넘기시는 거죠?"

"이한철 대표가 맡게 될 텐데, 저희 의뢰인의 승인을 받으려면 시간이 좀 걸리기는 할 겁니다. 아주 오래 걸리지는 않겠지만 그래도 그사이에 다음 출현이 있을 수도 있고요."

"아!"

"아무나 하시면 됩니다. 개별 연구자도 가능하고요. 다만 그런 지점이 있다는 사실을 아는 사람은 우리밖에 없는 것 같군요. 지금으로서는."

"저한테 넘기세요."

"원하신다면."

성벽으로 둘러쳐진 곳이었다. 유적이라고 할 만한 것은 전혀 아니었고 보통은 담장이나 펜스라고 부를 만한 벽이었지만, 파키노티식으로 말하자면 그곳은 엄연히 성벽이 맞았다. 그 너머에는 다른 세계가 펼쳐져 있었다. 담장 바로 바깥과는 전혀 다른 규칙이 지배하는 세상. 아주 오래전, 담장 바깥이 극도의 빈곤에 시달릴 때조차 세상에서 제일 잘사는 나라의 일부를 뚝 떼어온 것처럼 푸르고 여유롭고 널찍널찍했던 삶의 영역.

물론 미군기지 펜스 바깥쪽 풍경도 이제는 많이 변해 있었다. 깔끔하고 잘 정리되어 있을 뿐만 아니라 문명으로부터도 멀리 떨어져 있지 않았다. 야만이나 초자연이 지배할 것 같은 한밤중의 거리조차 아주 가까운 곳에, 부르면 금방 달려 나올 수 있는 거리에 문명이 자리하고 있다는 확신을 품은 듯한 모습을 하고 있었다. 게다가 그 문명은 경계선 안쪽에서 달려 나오는 것이 아니었다. 그것은 경계선 바깥에 자리 잡은 독자적인 문명이자 질서였다.

그래도 그 펜스는 여전히 경계선의 역할을 하고 있었다. 펜스 안쪽은 펜스 바깥쪽 사람들의 시야에서 완전히 사라져버린 것이나 다름없는 세상이었다. 분명히 존재하지만 아무도 그 존재를 군이 의식하려 들지 않는 곳. 엄연히 존재감이나 영향력을 뿜어내고 있지만 일부러 신경 써서 바라보지 않으면 좀처럼 관측되지도 검출되지도 않는 도심 속의 블랙홀.

그 안에 떨어져 있던 검은 성벽의 성문이 서서히 바깥으로 나오고 있었다. 그 말은 목적지가 정해져 있다는 말로도 들렸다. 요새빙의가 완성될 곳, 용산+ 일대에 흩뿌려져 있던 퍼즐 조각들이 모여들어 마침내 제 모습을 갖추게 될 지점이, 은수의 눈이 향하는 저 너머 어딘가 그리 멀지 않은 곳에 놓여 있다는 뜻이었다.

'아미타브를 직접 만나는 거야. 그러면 뭔가 알게 되겠지.'

메모지를 든 발굴 전문가나 훈련된 고고심령학자가 일반인 목격 자와 결정적으로 다른 점은, 같은 것을 보더라도 전혀 다른 것들을 읽어낼 수 있는 안목을 지니고 있다는 사실 하나였다. 그 밑바탕은 물론 공부였다. 역사학, 인류학, 언어학, 건축학, 종교학, 그리고 때 로는 미술사나 공학까지도.

좋은 고고심령학자가 된다는 것은 촘촘한 눈금을 갖게 되는 일을 의미했다. 눈금이 딱 두 개인 목격자가 귀신이다 아니다만 간신히 판단할 때, 훈련받은 연구원은 대여섯 개 이상의 좌표평면에 그려져 있는 백 개 이상의 눈금으로 혼령의 좌표를 세심하게 결정한다. 그 것이 문 박사나 은수의 방식이었다. 아무나 훌륭한 관찰자가 될 수 없고, 대가가 되기까지는 시간이 너무 많이 걸리지만, 그런 과정을 거쳐 탄생한 전문가가 발굴 현장에서 갖는 가치는 다른 지표로 환산 하기 어려울 정도로 어마어마했다.

은수는 아미타브의 혼령을 직접 보는 것이 그 모든 연구의 핵심이 라는 사실을 직감했다. 아니, 그렇게 생각하지 않을 도리가 없었다. 우연인지, 혹은 고고심령학과 그 주위를 둘러싼 세상이 조은수라는 이름을 지닌 학자들에게 제공해온 특혜의 하나인지, 건드리는 데마 다 코끼리가 튀어나왔다. 그리고 이제는 아미타브라는 이름까지도 전혀 예상치 못한 곳에서 마주치게 될 정도였다.

"하지만 위험할 수도 있잖아. 어떤 종류의 혼령인지 전혀 밝혀지지 않았고, 정황상 별로 안전해 보이지도 않고 말이야."

은수 또한 은경의 걱정이 이해가 갔다. 게다가 신경 쓰이는 일이 하나 더 있었다. 이 모든 일의 핵심 연결고리 중 하나, 사라진 천문대 혼령의 존재였다. 만약 그 혼령이 문 박사의 죽음과 관련이 있는 게 맞는다면, 그리고 아미타브의 정체를 밝혀줄 것으로 기대했던 책을 가방에서 빼놓은 것 또한 그 아이가 맞는다면, 상황이 꽤 복잡해질 수밖에 없었다. 좀처럼 현실에 개입하지 않는 초자연적인 존재들이, 무슨 이유에서인지 문 박사나 은수의 연구를 지속적으로 방해하려 한다는 뜻이 되기 때문이었다.

"그래도 뭐 어쩌겠어. 현장이 코앞에 있는데 일단 봐야지."

은수가 예상 가능한 답을 내놓았다. 입김이 말풍선처럼 머리 위로 퍼져나갔다.

"빨리나 나오면 좋겠네. 아, 추워. 오늘 나올지 내일 나올지 알 수도 없는 거잖아."

"그러게. 너는 이제 들어가. 어차피 나와도 안 보일 거잖아."

"안 돼. 어제도 못 나왔는데, 오늘은 있어야지. 레드팀은 레드팀의 역할이 있어."

은경의 말을 듣고 은수가 되물었다.

"그런데 그거 무슨 소리야? 레드팀이니 블루팀이니 그거. 내가 청군이고 네가 적군이야? 운동회 하니?"

그렇게 시간이 흘러갔다. 기약이 전혀 없는 기다림이었다. 다른 고고심령학 발굴 현장과 마찬가지로.

찬바람에 몸이 점점 움츠러들었다. 은수는 한자리에 머물러 있지 않고 주위를 어슬렁거렸다. 다음 출현 지점이 대충 예상은 됐지만 그렇다고 정확한 좌표를 알고 있는 것은 아니었다. 그러니 제때에 코끼리를 만나려면 그 일대를 계속 돌아다니고 있어야 했다.

'나타나는 순간 자각할 수 있는 것도 아니고 말이야. 하여간 희한 한 혼령이야.'

인적 없는 길을 걷는 동안 생각이 꼬리에 꼬리를 물고 이어졌다.

'이제 어떻게 살아야 할까. 천문대도 곧 자리를 비워줘야 할 텐데, 어디에 가면 자리를 얻을 수 있지? 이 대표네 회사? 과연 좋아할까? 문 선생님 서재만 정리되고 나면 나도 필요가 없어지는 게 아닐까? 차라리 역사학과 쪽으로 알아볼까? 하지만 이제 와서 처음부터 다시? 아는 게 많다고 들어갈 수 있는 것도 아닌데. 처음부터 그 시스 템 안에서 컸어야 자리가 마련되어 있을 텐데……'

갑자기 큰일이 닥치는 바람에 뒤로 미뤄졌던 고민이었다. 아니, 어쩌면 반대일지도 몰랐다. 진짜 큰일이 닥치면 어떻게 살아가야 할 지에 대한 고민 같은 것은 하지 않아도 좋으니까. 해결되는 것은 하 나도 없고 대체로 상황이 악화되는 게 보통이지만, 당분간은 구차해 지거나 비참해질 필요가 없다는 점이 '비상사태'의 유일한 장점이기 도 했다.

'따지고 보면 문 선생님은 좋은 스승이 전혀 아니었어. 제자가 어 떻게 될지 관심이 없었잖아. 거둬들인 후에는 이것저것 잘 챙겨주시 기는 했지만, 그건 이쪽에서 먼저 먹고사는 문제를 해결해줄 필요가 없다는 선언을 한 뒤에나 일어난 일이었으니까. 비겁한 일 아닌가. 그 전에는 모른 척하다가, 뼈를 묻겠다고 말하고 뼈를 묻을 수밖에 없는 지경에 이른 게 딱 보일 정도가 되니까 그제야 나서서 챙겨주기 시작한 거. 그럼 뭐가 남지? 자기 업적 정리해줄 사람 하나 생기는 거? 그럼 나는? 나는 후배도 제자도 없잖아. 내가 기억되려면 지금 벌써 누군가 같이 일하는 후배가 있어야 되는 거 아니야? 아, 길이 콱 막혀 있네. 캄캄하다 캄캄해.'

은경은 멀리서 은수를 따라 걷다가, 길 옆 벤치에 잠시 쪼그리고 앉았다. 외투에 달린 커다란 모자에 얼굴이 푹 파묻힌 상태여서, 몸을 그쪽으로 완전히 틀지 않으면 은수의 모습이 잘 보이지 않는 위치였다.

'은근히 생각이 많단 말이야. 조은수가 저렇게 우유부단하다는 걸 사람들은 왜 전혀 모르는 걸까? 걸음걸이만 봐도 알 수 있는데.'

은수는 은경이 앉아 있는 쪽을 한 번 돌아보고는 가던 방향으로 다시 고개를 돌렸다.

'은경이처럼 하면 되는 건가. 결국 갈 데가 없는 게 아니잖아. 배운 게 있는데, 뭐라도 하면 되지 않을까? 하지만 경력이 단절되겠지. 지금까지 해온 게 제로로 돌아가버릴 거야. 외국으로 가볼까? 파키노티 박사 추천 정도면 어딘가에서 먹히지 않을까? 추천은 해주려나? 사실 친한 건지도 잘 모르겠어. 장기만 계속 두고 있는 거지 뭐. 그러면 친한 건가? 하긴 꾸준히 연락을 하고 있으니.'

은경이 고개를 돌려 은수를 바라보았다. 방향을 돌려 이쪽으로 걸어오나 싶더니 이내 다시 뒤로 돌아서서 저쪽으로 걸어가는 모습이 보였다.

'무슨 생각을 하는 거야? 언제까지 기다려야 되는 거지? 오늘은

그렇다 쳐도 며칠이나 더 기다려야 되는 거야? 아, 레드팀 진짜 못 해먹겠다.'

뒤돌아선 은수는 눈가에 손을 가져갔다. 그리고 흠칫 놀랐다. 자기도 모르는 새 눈물이 흘러내리고 있었다.

'아, 이건 또 뭐야? 왜 자꾸 이유 없이 눈물이 나? 그래, 문제가 생긴 거야. 안 생길 수가 없지. 망가져 있을지도 몰라. 너무 강한 척만 하고 살았으니까. 왜 그랬지? 어렸을 때는 그렇지도 않았는데. 고고심령학 때문이야. 맞아. 화성華城에 갔을 때 알아봤어야 했어. 북문 쪽 말이야. 점집이 많았잖아. 그것까지는 괜찮았는데, 점집만큼이나 정신과가 많았던 건 충격이었어. 같은 현상이라는 거잖아. 점집이 생기게 된 이유나 정신과가 모이게 된 이유나. 혼령을 본다는 게, 발굴 현장이라는 게 스스로를 돌보면서 해나가야 되는 일이었던 거야. 그런데 우리에겐 연구자들을 위한 보호 장치가 아무것도 없잖아. 위험수당이 어디 있어? 원래 다 위험한 일인데.'

그리고 마침내 이런 생각에 이르고 말았다.

'문 선생님도 혼령이 돼서 나타날까? 그러면 서재를 누가 대신 정리해줄 필요가 없잖아. 본인한테 직접 물어보면 되고. 그게 고고심령학인데.'

그것은 너무나 불경한 생각이어서, 떠올리는 순간 은수는 그만 몸서리를 치고 말았다. 물론 그런 일은 일어날 가능성이 극히 희박했다. 혼령이 아무리 많아 보인다 해도 그것은 축적의 결과일 뿐이었다. 한 해에 셋이나 넷, 많아야 다섯. 그렇게만 잡아도 이천 년이면 칠팔천에 이른다. 혼령으로 남게 되는 사람은 그만큼이나 드문 셈이었다. 그래서 은수는 그 생각을 해본 적이 한 번도 없었다. 혼령이 된 문 선생님을 만나게 되는 일 따위는.

꼭 희박한 빈도수 때문만은 아니었다. 은수에게 그 생각은 마치 스승의 시신을 해부용으로 기증받는 것만큼이나 불경한 생각이었다. 건드려서는 안 되는 선. 머릿속에 이미 엄격한 통제선이 그어져 있어서 별다른 노력을 기울이지 않아도 웬만해서는 닿게 되지 않는 윤리의 영역.

왜 생각이 갑자기 그쪽으로 뻗었을까. 은수는 스스로가 통제력을 상실했다는 사실을 깨닫자 그 자리에 가만히 주저앉았다. 그 틈을 놓치지 않고 고립감이 은수의 등에 무겁게 내려앉았다. 아무 소리도 들리지 않고 아무것도 느끼고 싶지 않은 밤이었다.

'아무도 없어. 혼자야, 다시.'

은경은 멀리서 그 광경을 지켜보다가 모자를 벗고 자리에서 일어났다.

'뭐야? 쟤 왜 자꾸 저기를 맴돌아? 어라? 수첩도 버렸네. 뭐에 홀렸나?'

은경은 은수가 있는 쪽을 향해 걸어갔다. 도로에는 차가 한 대도 없었고 바람 소리마저 들리지 않았다. 사람의 흔적이라고는 그림자 하나조차 찾아볼 수 없었다.

'뭐야? 왜 이래, 여기?'

십 미터쯤 앞까지 다가가자 은수의 얼굴이 자세히 보였다. 무언가에 골몰한 표정이었다.

"뭐 해? 왜 자꾸 거기서 뱅글뱅글 돌아?"

은경이 큰 소리로 물었지만 은수는 아무 대답도 하지 않았다. 계속해서 자리를 맴돌 뿐이었다.

은경은 고개를 갸웃하면서 그 자리에 선 채로 은수를 관찰했다. 은수는 한두 걸음 앞으로 걸어가다가 무언가에 가로막힌 듯 양옆이나 뒤쪽으로 방향을 틀었다. 그리고 또 몇 걸음을 간 뒤에 다시 다른 쪽으로 돌아섰다. 좁은 공터에서 제식훈련을 하는 군인 같은 모습이었다. 마치 무언가에 둘러싸인 듯. 자세히 보니 맴도는 반경이 점점 좁아지는 것 같기도 했다. 마치 주위를 둘러싼 벽이 점점 안쪽으로 좁혀오는 듯.

'진짜네. 홀렸네. 저걸 못 빠져나오나?'

그 순간 은수가 자리에 털썩 주저앉고 말았다. 은경은 그쪽으로 달려가려다가 발걸음을 멈추고 생각을 가다듬었다.

'저것도 발굴인가? 쟤 지금 성벽에 갇힌 거지? 그런데 그걸 하려고 여기에 온 거잖아. 이럴 때는 어떻게 해야 하는 거지? 건져내야 하나, 그냥 계속 내버려둬야 하나? 코끼리는 만난 걸까? 아, 레드팀 못 해먹겠네, 진짜.'

은수는 절망 속으로 침잠해 들어갔다. 세상은 온통 암흑천지였다. 아니, 세상 자체가 사라지고 있었다. 보이지는 않지만 느낄 수 있었다. 온 우주를 통틀어 남아 있는 공간이 이제 자기 주위에 있는 그 좁은 틈밖에 없다는 사실을.

그 틈은 점이 아니었다. 길게 늘어선 직선이었다. 길게 늘어선 유일한 축은 공간이 아니라 시간 축이었다. 은수가 느낄 수 있는 것은 그 기나긴 시간의 통로밖에 없었다. 하지만 그 자각은 숨통을 트는

데 아무 도움이 되지 않았다.

시간 축에는 경사가 져 있었다. 시간은 한쪽으로만 흐르는 강이었고, 그 위에 놓인 존재는 누구나 시간 여행을 할 수 있었지만 그 방향이 한쪽으로만 정해져 있었다. 과거로는 갈 수 없고, 미래 쪽으로는 누구나 느린 속도로 흘러가게 되어 있는 여행.

세상과 완전히 고립된 채로 미래를 향해 영원히 뻗어 있는 끔찍한 우주. 그 생각을 하자 숨이 막혔다. 호흡이 목까지 차올라 저절로 어깨가 들썩였다.

'죽을 것 같아. 외로워. 이제 그만. 아니, 차라리 죽을 수 있었으면 좋겠어. 여기는 죽음도 없어. 어쩌지? 탈출할 수가 없어.'

은경이 마침내 고민을 끝내고 은수를 향해 성큼성큼 걸어갔다. 은수를 둘러싼 탄탄한 벽이 놓여 있는 곳. 빛도, 소리도, 바람도, 존재감도, 그 어느 것도 통과할 수 없는 기나긴 세월의 벽. 은경이 그 벽을 뚫고 은수에게로 걸어 들어갔다.

레드팀 사령관. 아무것도 보이지 않고 아무것도 느끼지 못하는 무감각한 고고심령학자. 벽을 뚫고 온 은경이 주저앉은 은수 곁에 바짝 다가가 앉았다. 그리고 따뜻하게 녹여둔 손을 내밀어 은수의 어깨를 감싸 안았다.

은경이 걱정스러운 눈으로 지켜보는 사이, 은수의 호흡이 잦아들었다. 경련이 멈추고 어깨가 차분하게 내려앉았다. 차가운 바람이 두 사람이 앉은 곳 주위를 쓸고 지나갔다. 그러자 내리누르듯 무거운 공기가 사라지고, 천문대 망원경 돔 난간에 기대선 듯, 막혔던 숨이 탁 트였다.

마침내 은수가 눈을 뜬 순간, 은경은 마음속으로 이렇게 되뇌었다.

아, 드디어, 레드팀 1승.

설원의 추적

'흠, 이건 또 뭐지?'

한나 파키노티는 방금 들어온 메시지를 들여다보며 생각에 잠겼다.

'이런 자리에 코끼리를 세워두다니.'

그곳은 원래 대포가 놓이는 자리였다. 성벽을 좋아하는 건축사 전 공자가 지난 수십 년간 꾸준히 혐오해온 물건.

대포는 성벽을 뚫는 무기다. 공사를 하듯 오랜 시간을 들여 성벽의 한 지점에 바위나 쇳덩어리를 날려 보내 천천히 성벽을 무너뜨리는 장비다.

중국 샹치와 한국 장기에는 성벽이 있다. 그러니 공성을 위한 대포가 생겨난 것도 전혀 이상한 일이 아니다.

차투랑가 변종에 나타난 변화에는 납득할 만한 이유가 있는 경우가 많다. 대부분의 변종에서 기물이 네모 칸 안에 놓이는 것은 이 게

임의 기원이 뱀사다리 놀이 같은 보드게임과 관련이 있는 탓이다. 보병 뒷줄에 주요 기물들을 놓을 때, 주사위를 굴려서 무작위로 자리를 정하는 변종이 남아 있는 것도 그래서일 것이다. 반면 중국과 한반도에서 기물이 두 개의 선이 교차하는 지점에 놓인 데에는 아무래도 바둑의 영향이 컸을 것이다.

차투랑가 변종은 그런 문화적인 요소의 반영이다. 이상하게 걷게 된 코끼리에게도 분명 그런 식의 내력이 있을 게 틀림없었다. 해당 지역 사람들이 코끼리를 떠올릴 때마다 당연히 상상하게 되는 어떤 특성이, 그리고 그런 내력이 담긴 이야기가.

샹치의 대포는 '砲' 아니면 '炮'다. 캐터펄트나 트레뷔셰라고 불리는 돌 던지는 공성무기, 혹은 화약을 사용하는 대포인 셈이다. 그런데 '砲'나 '炮' 둘 다 상대를 공격하는 방식은 트레뷔셰에 가깝다. 앞에 있는 장애물을 뛰어넘은 다음, 직선 경로에 있는 상대 기물 중 가장 가까운 기물을 잡아먹는 방식이다.

앞에 무언가가 놓여 있지 않으면 안 된다는 규칙. 돌 던지는 장치를 당기고 재는 노동력이든, 그 기계에 무게 추 역할로 달아놓은 무언가이든, 이 모양은 화포보다는 수동으로 작동하는 거대 공성무기를 연상시킨다. 한 번 발사하려면 누군가의 도움을 받아야 되는 무기니까.

사실은 어느 쪽이든 크게 상관은 없다. 장기의 포가 단순히 '包'인 것도 어쩌면 그래서일지도 모른다. 둘 중 어느 쪽도 선택하지 않은 것이다.

그런데 대포는 공성에만 사용되는 것이 아니라 농성에도 똑같이 사용된다. 공성하는 측에서 대포를 설치해서 성벽의 어느 지점을 공격하기 시작하면, 농성하는 측에서도 성벽 위에 포대를 놓고 공성측 포대를 공격하는 식이다. 인류 문명사 대부분의 시간 동안, 심지어 아주 최근까지도, 대포는 한번 설치하면 이동이 쉽지 않고 한 발을 쏜 뒤 그다음 한 발을 쏠 때까지 시간이 많이 소요되며 성벽 한쪽을 완전히 무너뜨리는 데에는 그보다 훨씬 긴 시간이 필요한 기계였으므로, 공성 측 포대를 농성 측 포대로 막는 해법은 꽤 정답에 가까운 대응방식이었을 것이다.

전투가 시작되면 한국 장기의 대포는 재빨리 전진한 기병을 옆으로 뛰어넘어 궁성 앞면, 왕이 있는 곳 바로 앞 칸에 자리를 잡는다. 이 면面이라는 자리에 포를 놓아 면포面包로 만드는 것. 그것이 방어의 시작이다. 특히 한국 장기의 대포는 샹치의 경우와 또 달라서, 상대 대포의 공격을 받지 않는다. 대포끼리 서로 넘지도 못한다. 포대 대 포대 싸움의 이론적인 측면이 어느 정도 반영된 셈이다. 그러므로 아홉 칸으로 이루어진 요새의, 왕이 머무는 위치 정면에 대포를 놓는 것은 대단히 효율적인 방어 수단이 될 수밖에 없었다.

그런데 그날 아침, 조은수가 보내온 수는 이제까지 보던 것과는 전혀 다른 형태의 포진이었다.

잘못 쓴 것 같은데. 다시 보내도 돼. 허락해줄게.

파키노티가 메시지를 보냈다. 잘 전송됐는지 아닌지 확인이 안 됐다. 전송됐다는 표시가 뜨기는 했지만 신뢰할 수 있을 만한 통신 환경이 아니었다.

파키노티의 머릿속에는 가상의 장기판 하나가 놓여 있었다. 은수가 있는 천문대 서재에는 진짜 장기판이 놓여 있을 것이다. 혹은 컴퓨터 화면에 떠 있거나. 그렇게 두는 수밖에 없었다. 컴퓨터 프로그램을 이용해 실시간으로 대국을 진행할 만큼 안정된 네트워크 상황이 아니었던 탓이었다.

그거 맞아요. 연구해보세요.

파키노티는 스르르 눈을 감았다. 잠시 후 다시 메시지를 보냈다.

확실해? 방금 면에 놓은 거 대포가 아닌데. 알고 있어?

알아요.

은수가 둔 것은 코끼리였다. 상식처럼 포대가 설치되어야 할 궁성 정면 '면' 자리에. 파키노티의 머릿속이 바빠지기 시작했다. 6인승 차량 바깥쪽에 펼쳐져 있는 장대한 초원의 설경이 갑자기 안중에서 사라져버렸다.

'성문 바로 안쪽에 코끼리를 놓았군. 이런 포진법이 있었던가. 인터넷이 안 되니 검색도 못하고. 그야말로 기습이군. 믿을 건 나 자신밖에 없어. 정신 바짝 차리고 둬야겠는데. 문인지 일당 따위에게 일격을 당하지 않으려면.'

은수는 천문대 2층 서재 6인용 테이블 위에 놓여 있는 장기판을 가만히 내려다보았다. 은수가 초楚를 잡고 있었고, 선수先手였다. 왕은 아직 궁성 한가운데에 놓여 있었고 그 앞에는 코끼리가 놓여 있었다. 코끼리 왼쪽에는 말이, 그 왼쪽으로는 두 개의 대포가 간격 없이 나란히 놓여 있었다.

'이길 수 있을까? 결국 이기지는 못하겠지? 그래도 오늘은 비기기라도 해보자.'

그즈음 서재는 정리가 거의 다 마무리되어가는 중이었다. 테이블 절반 정도가 완전히 비자 은수는 그 위에다 장기판을 올려놓았다. 자신이 머무르는 방 바로 맞은편 탁구장 한구석에 놓여 있던 장기판이었다.

다시 천문대로 올라오던 날, 예보에도 없던 폭설이 내렸다. 은수는 기차역 출입문에 바짝 붙어 서서 눈이 내리는 광경을 하염없이 바라보았다. 갑자기 휘몰아치기 시작한 눈보라에, 같은 기차에서 내린 승객들이 모두 호들갑을 떨었다. 저마다 어디론가 전화를 걸어 큰일이 났다고 말하는 사람들. 은수는 뭐가 그렇게 큰일일까 속으로 생각했다.

'찻길이 끊기면 산꼭대기까지 걸어 올라가야 되는 사람은 나 말고는 아무도 없는 것 같은데.'

초자연적인 무언가가 다시 한 번 앞길을 막아서는 기분이었다. 유리문 밖으로 몰아치는 눈보라가 그만큼 매서워 보이는 탓이었다. 있이시는 안 되는 존재들이 지나치게 생생한 존재감을 갖게 되는 것.

그런 일은 대체로 바람의 장난이었다. 산 위에서나 산 아래에서나 다 마찬가지였다. 겨울에 눈이 내리고, 기상청이 엉뚱한 예보를 하는 것 정도는 그다지 초자연적인 현상이 아니었다.

'그래도 산 아래 국립공원 입구까지는 차가 다니겠지.'

기차역이 있는 작은 도시. 그 도시에는 번화가가 딱 하나밖에 없었다. 한 블록만 안으로 들어가면 바로 주거지가 되어버리는 얇디얇은 번화가였다. 카페 몇 개, 식당, 옷가게, 여관, 잡화점, 그리고 인삼을 전문적으로 취급하는 가게들.

그 사이에는 천문대가 위치한 산의 산신을 모시는 선녀가 있는 점집도 있었다. 간판에 무슨 무슨 전통문화보존회라는 이름이 쓰여 있는 곳이었다. 이곳에서 모신다던 산신이 혹시 그 아이를 말하는 건 아닐까 궁금해했던 기억이 떠올랐다.

인삼로 위에는 눈이 쌓이고 있었다. 근방에서 생산되는 제일 중요한 상품 작물에서 따온 이름이었다. 차선은 이미 알아보기 힘들었고, 인도와 차도의 구분도 얼마 지나지 않아 사라질 모양새였다. 기차에서 내린 지 삼십여 분이 지났을 때 드디어 은수를 데리러 온 차가 눈보라 속에서 모습을 드러냈다.

"오래 기다리셨죠? 어서 타세요. 더 쌓이기 전에 올라가게."

차를 몰고 온 홍 선생이 말했다. 어쩐지 비장하게 들리는 목소리였다.

은수가 올라타자 차가 눈길을 달리기 시작했다. 읍내를 벗어나자 이내 산으로 올라가는 구불구불한 도로가 나타났다. 산은 이미 하얗게 변해 있었다. 위쪽을 올려다보니 천문대 옆 봉우리에 세워진 송

신탑이 조그맣게 시야에 들어왔다.

두 사람은 국립공원 입구에서 스노 체인을 쳐놓은 차로 갈아타고 다시 산을 올라갔다. 쌓이면서 날리는 눈이 아직은 부드러웠다. 등산객들의 출입이 전면 통제되어 있었고, 길 곳곳에 바람이 만든 눈언덕이 일렁이는 모양으로 쌓여 있었다. 차는 밑바닥이 눈 위에 얹히지 않도록, 쌓여 있는 눈을 범퍼로 부딪치면서 달려갔다. 언덕이 하나씩 부서질 때마다 파도가 몰아치듯 부드러운 눈 무더기가 앞 유리를 요란하게 때리고 지나갔다.

은수는 가방을 움켜쥐었다. 가지고 내려간 책이 고스란히 담겨 있는 가방이었다. 딱 한 권만 빼고.

짧은 내리막을 지나 다시 오르막이 나타났다. 눈이 제일 많이 쌓이는 지점이었지만, 그쪽으로는 아직 바람이 심하게 불어오지 않았던지 다행히 차가 파묻힐 정도의 높이는 아니었다. 글자 그대로 눈길을 헤치며 은수를 실은 차가 마지막 언덕을 넘어섰다. 그 언덕 끝에는 천문대가 있었다. 외딴 등대보다도 외진 건물이었지만, 모험 끝에 도달하는 목적지치고는 꽤 마음이 놓이는 종착지였다.

"자, 수고하셨습니다. 조금만 더 늦었어도 꽤 아슬아슬했겠는데요. 또 한 며칠 발이 끊기겠어요."

홍 선생이 말했다. 은수가 대꾸했다.

"막차는 벌써 끊긴 거나 다름없었는데, 덕분에 잘 왔습니다. 수고 많으셨어요."

가방을 짊어지고 천문대 1층 출입문으로 들어갔다. 한 층 계단을 올리가 시재에 가방을 내려놓았다. 주변을 둘러봤지만 역시나 그 책은 보이지 않았다. 복도에 내놓은 박스 안에도 마찬가지였다.

곧장 방으로 발걸음을 돌렸다. 그리고 방 문을 열자마자 불을 켰다. 거기에도 역시 그 책은 없었다. 책장에도, 서랍 속에도, 코끼리 아미타브의 이야기가 담겨 있을 것으로 추정되는 『항구의 수집가들』은 그 어디에서도 찾을 수가 없었다.

'아, 진짜로 그렇게 된 건가?'

그날 저녁 파키노티 박사에게 그 이야기를 들려주자 그가 이렇게 말했다.

"걱정하지 마. 책 제목 아는데 뭐. 어딘가에 있겠지. 어차피 런던에서 출간된 책 아냐? 사람 시켜서 찾아볼게. 어디 도서관에 처박혀 있을 거야."

파키노티 박사의 장담과는 달리 그 책은 발견되지 않았다. 세계 어느 도서관에서도 마찬가지였다. 장서 목록에는 분명히 보유 중인 것으로 나와 있지만 막상 찾아보면 모두 대출되었거나 혹은 알 수 없는 이유로 서가에 꽂혀 있지 않은 상태였다고 했다. 파키노티 박사와 친분이 있는 저명한 고고심령학자들이 십여 개 국가의 도서관을 직접 방문해서 뒤져본 결과였다.

그게 벌써 이틀 전이었다. 이제는 혼령의 개입을 의심하지 않을 방법이 없었다. 일부러 눈보라를 일으켰다고까지는 생각하기 어려웠지만, 책을 빼돌리는 정도는 가능했을지도 모른다.

'그렇다면, 정말로 문 선생님 죽음과도 관련이 있을지 몰라.'

다시 장기판을 들여다보았다. 파키노티 박사에게서는 한참 동안이나 연락이 없었다. 한겨울의 초원은 여행하기에 좋은 곳은 전혀 아닐 것이다. 그건 돈이 아무리 많아도 마찬가지일 것이다. 돈을 쓸 곳 자체가 별로 없을 테니까.

파키노티 박사의 다음 수를 기다리면서 은수는 오전에 발견한 것들을 장기판 옆에 펼쳐놓았다. 테이블 아래, 단행본으로 묶여 있지 않은 낱장으로 된 자료나 복사물 사이에서 찾아낸 것들이었다.

장기판 바로 옆에는 어느 학회의 몇 년 전 학술 대회 포스터가 놓여 있었다. 주제는 근대 초기 서울에 관한 것이었다. 그 포스터의 핵심은 글자로 적힌 학술 대회 안내가 아니라 배경으로 인쇄되어 있는 그림이었다. 은수는 그 그림의 실루엣을 한눈에 알아보지 못했다.

그것은 1910년에 일본인들이 그린 정밀 지도였다. 지명과 주요 건물이 전부 일본식 한자어로 표기된 지도. 서울이라는 이름도 경성으로 표기되어 있었다. 그렇다 해도 지도에 그려진 도시가 서울이라는 것을 알아보는 것은 그다지 어려운 일이 아니었다. 한양 도성이 그대로 남아 있었고, 궁이나 주요 도로의 모습이 현재와 크게 다르지 않았기 때문이다. 다만 바깥쪽 경계선의 모양이 전혀 달랐을 뿐.

말하자면 그 지도는 서울의 구시가, 서울의 핵심을 보여주는 그림인 셈이었다. 20세기 초 옛 서울의 주요 시가지, '사대문 안'이라고 불리는 지역과 거기에 붙어 있는 일부 지역. 그 외에는 눈에 띄는 게 아무것도 없었다. 실제로 그 일대 말고는 시가지라고 할 만한 게 별로 존재하지 않았던 시절의 지도였기 때문이다. 그것은 거대도시 서울의 심장, 혹은 영혼 그 자체였다.

그런데 그 심장의 모습이 조금 이상했다. 그러니까 심장이 두 개였다. 남산, 인왕산, 북악산, 낙산, 그리고 그 사이에 놓여 있는 네 개의 대문과 몇 개의 작은 문들. 그 실루엣으로 이루어진 심장이 아니었다. 그 심장 아래쪽, 숭례문을 나와 서울역을 지나 한강까지 쭉 이어지는 길 위에, 원래 있던 것과 견주면 조금 작지만 그래도 절대 작다고는 할 수 없는 두 번째 심장이 붙어 있었다. 그 외에는 아무것도 없었다. 딱 그 두 개의 구역만이 서울의 전부나 다름없었다.

포스터 왼쪽 아래 여백에는 누군가 손으로 그린 낙서가 남아 있었다. 삐뚤삐뚤한 가로줄과 세로줄로 이루어진 조그만 바둑판 모양의 낙서. 격자무늬 위쪽과 아래쪽에는 거미줄처럼 대각선이 쳐져 있는 구역이 각각 하나씩 놓여 있었다. 장기판을 그린 낙서라는 뜻이었다. 포스터에 그려진 지도를 본 누군가가 가까이에 붙어 있는 두 개의 도시를 보고 장기판의 모양을 떠올렸다는 의미였다.

그 누군가는 당연하게도 문인지 박사일 가능성이 높았다. 그다지 잘 두는 것도 아니면서 시간이 날 때마다 습관처럼 장기를 두곤 했으니까. 문 박사의 이상한 습관은 그 포스터에 그려진 바로 그 낙서에서 시작되었을 것이다. 은수가 기억을 더듬어보니 문 박사가 대학원 수업에서 장기를 두기 시작한 시점 또한 그 포스터에 나와 있는 날짜와 대강 맞아떨어지는 것 같았다.

'여기에서 시작된 거였구나.'

그런데 이상한 점이 눈에 띄었다. 문 박사가 손으로 그린 것치고는 선이 너무 선명하지가 않았다. 마치 인쇄가 잘 안 되기라도 한 듯.

은수는 고개를 숙여 그 부분을 자세히 들여다보았다. 그리고 손가락 끝으로 그 위를 살살 문질렀다. 인쇄된 낙서가 맞았다. 문 박사가 그린 것이 아니었다.

'서울이 장기판처럼 생겼다는 걸 맨 처음 알아낸 사람이 문 선생님이 아니었어. 그럼 이 낙서를 한 사람은 누구지?'

그 지도 바로 위에 놓여 있던 문 박사의 메모가 무엇을 위한 것인지 알 것 같았다. 그것은 만철滿鐵 경성도서관의 자료 열람 내역을 복사한 것이었다. 원래는 더 방대한 자료였겠지만, 다행히 그 자료를 전부 들여다볼 필요는 없었다. 정답을 알아내기라도 한 듯 문 박사가 이미 해당 연도의 전체 목록 중 단 한 장만을 남겨두었던 덕분이었다. 백 년 뒤에나 열릴 어떤 학술 대회 포스터의 원본이 된 지도였으니, 당연히 열람한 사람도 그다지 많지 않았을 것이다. 원본 지도가 바로 그 만주철도 경성지부 도서관에 있었던 것이 맞는다면, 낙서한 사람이 누구인지 찾아내는 것도 불가능한 일은 아니었을 것이다.

문 박사는 바로 그 일을 해냈다. 얼마나 더 많은 기관들의 목록을 뒤졌는지 짐작조차 할 수 없었다. 은수는 목록에 나와 있는 이름을 가만히 들여다보았다. 어떻게 읽는지는 알 수 없지만, 일본인 이름이 분명했다.

島村文子. 섬마을에서 온 글. 매번 뜻을 생각하면서 부르는 이름은 아니었을 것이다. 그래도 은수는 이름을 보자마자 마음속에 그려지는 아련한 풍경이 마음에 들었다.

'어떤 사람이었을까. 그런 이름을 지닌 백 년 전 서울에 살았던 일본인 여자는?'

디지털 공간으로 옮겨진 책 산을 컴퓨터 화면으로 찬찬히 들여다보면서 은수는 문 박사의 머릿속에서 일어난 일들을 상상해보았다.

옛 서울 지도가 있는 광맥과 코끼리에 관한 자료들이 있는 광맥 사이에는 다른 광맥 몇 개가 가로놓여 있었다. 시간적으로 볼 때, 직접적으로 연결된 관심사는 아니라는 의미였다.

논리적인 측면에서도 두 주제 사이에는 비약이 있었다. 다시 말해, 문 박사가 서울이 지닌 두 개의 심장이 장기판 같다는 생각을 한 시점과, 옛 설화나 민담에 나오는 코끼리들에 관한 자료를 긁어모으던 시점 사이에는 어떤 구체적인 계기가 있었을 게 틀림없었다.

'예를 들어, 지나치게 가까이 붙어 있는 두 개의 성과 아미타브라는 이름의 코끼리가 나오는 전쟁 이야기를 읽었다거나.'

사라진 그 책, 『항구의 수집가들』에는 바로 그 내용이 담겨 있었을 것이다. 어떤 고문서에 실린 어떤 노래 가사를 들여다봐야 코끼리 아미타브의 생애를 알 수 있는지에 관한 구체적인 단서가. 일반인들의 눈에는 아무것도 아닌 옛날이야기에 불과했겠지만, 문 박사의 눈에 그 이야기는 전혀 다른 가치를 지닌 텍스트로 읽혔을 것이다.

'어쩌면 종말징후론 수업에 딱 어울리는 텍스트로 보였을지도 모르는 일이지. 솔직히 이 시점에서 그 책이 꼭 필요한 건 아니야. 대단히 가치 있는 원전도 아니고, 안 봐도 대충 내용이 짐작되는 정도의 책이니까. 그래도……'

은수는 그 책을 직접 눈으로 보고 확인하고 싶었다. 징후에 관한 부분이 특히 더 그랬다. 그런데 그 책이 사라지고 없었다. 누군가 의도적으로 빼돌린 게 분명했다. 인간은 아닌 누군가가.

문득 고개를 들어 주위를 둘러보았다. 물론 방 안에는 아무도 없었다. 하지만 은수는 분명 누군가의 시선을 느낄 수 있었다.

'자, 이런 걸 들여다보고 있으면 누군가가 나를 찾아온다는 거지? 그래, 언제든 찾아와. 수첩 들고 기다리고 있을 테니까.'

은경은 산에 올라가 있는 은수가 걱정스러웠다. 은수는 표적이 된다는 사실을 전혀 두려워하지 않는 눈치였다. 고고심령학자에게, 혼령이 잘 보인다는 것 혹은 목격할 기회가 많아진다는 것은 저주보다는 축복에 가까운 일이었다. 특히나 조은수라는 이름을 지닌 고고심령학자들에게, 별 노력을 기울이지 않아도 주위에서 자꾸만 심령현상이 일어나는 것은 어쩌면 너무나 일상적이고 당연한 특권으로 여겨질지도 몰랐다.

그래도 상식은 상식. 표적이 된다는 것은 일단 위험한 일이었다. 산꼭대기에 있는 천문대처럼 혼자 고립되어 있는 환경에서라면 더 그랬다. 그러나 은수는 은경이 천문대에 따라 올라가는 것을 바라지 않았다.

"그쪽 일도 중요하다니까. 노래 가르쳐준 애를 찾아. 또 어디론가 사라져버리기 전에. 그리고 발견하면 바로 나한테 알려줘. 그때 같이 만나러 가자."

은수가 걱정되기는 파키노티도 마찬가지였다. 문인지 박사에게로 향해야 했던 걱정이 제자에게 그대로 옮겨간 것이나 다름없었다. 파키노티는 문인지를 제때 걱정해주지 못했다. 그래서 결국은 친구의 죽음을 제때에 애도조차 하지 못한 상황에 처하고 말았다. 문인지가 세상을 떠났다는 소식은 한참 뒤에야 전해졌다. 애도 기간이 끝난

것은 말할 것도 없고, 도대체 무슨 일이냐며 당황스러워할 시간까지
도 다 지나간 다음이었다.

실로 오랜만에 걱정 없이 즐거웠던 긴 휴가의 끝 무렵에, 파키노
티는 한참 동안 소식이 없는 오랜 친구의 근황이 궁금해졌다. 그래
서 인터넷에서 친구의 이름을 검색했다. 궁금하다는 생각이 든 지
딱 삼십 초 만에, 더 이상 그 사람과 소식을 주고받을 수 없게 되었
다는 사실을 알게 된 순간이었다.

수많은 추억들을 떠올리다가, 파키노티는 오래전 문인지 박사가
했던 부탁 하나를 생각해냈다.

"차투랑가 좀 가르쳐줘."

"차투랑가? 그건 나도 잘 모르는데. 하는 사람을 본 적이 없어서."

"아니, 그 게임 자체를 가르쳐달라는 게 아니라 차투랑가식 합리
성이랄까, 차투랑가의 이성이랄까, 그 정신에 대해서 말해달라는 거
야. 어차피 똑같은 거 아니야, 현실에서 어떤 옷을 입고 있든. 서양
으로 가서 체스가 됐든, 한국으로 와서 장기가 됐든, 무승부에 관한
규칙이 뭐든, 어떤 말들을 사용하든, 결국 스피릿은 똑같지 않아? 수
를 계산한다는 것 말이야. 상대의 선택을 내다보고, 거기에 따라 갈
리는 가능성을 일일이 따져보고, 이쪽 기물을 희생하더라도 더 큰
이익을 볼 수 있으면 가차 없이 자기 기물을 죽여버리고, 함정을 파
고, 당장은 위협이 없어도 가장 안전한 형태로 집을 지어놓는 그런
정신작용들. 뭔가 독특한 방식으로 매정하고 여지를 남기지 않을 정
도로 뚝 떨어지고, 기회가 보이면 망설임이 없고, 상대가 한 번만 실
수하면 틈을 물고 늘어져서 제대로 후회하게 만들어놓을 때까지 철

저히 응징하는 그런 캐릭터는 체스나 장기나 똑같지 않아? 달라 보이지만 말이야."

"많이 달라 보이지."

"어떻게 생각해? 입는 옷이 달라지면 성격도 바뀌는 정도야, 아니면 결국 차투랑가라는 고대 게임에 담겨 있던 정신이 본질적으로는 보존돼 있는 식이야? 플라톤이야, 아리스토텔레스야? 이理가 먼저야, 기氣가 먼저야?"

"글쎄."

"수백 수천 판씩 체스를 두다 보면 어느 순간 그 이성에 근접하게 되지 않아? 나는 가끔 그런 생각이 드는데. 소설가가 한국말로 계속계속 소설을 쓰다 보면 결국 어느 날에는 이광수나 김동인이 말하는 방식을 흉내 내게 되는 게 아닌가 하고 말이야. 결국 우리가 지금 하는 말들은 그 시절 근대 한국어의 자장 속에서 만들어진 말들을 뿌리로 하니까. 체스 두다가 차투랑가의 스피릿에 접신한 적 없어? 사람 뇌를 체스의 정신에 맞추는 훈련을 하다 보면, 어느 날엔가는 그런 만남에 이르는 날도 있지 않을까 싶어서 묻는 거야. 아닐 수도 있지만."

"재미있는 지적이네. 흠, 좋은 주제야. 연구해볼게. 여유가 좀 생기면. 일단은 내가 먼저 차투랑가를 충분히 이해해야 다른 사람한테 가르쳐주든지 말든지 하지."

"그래, 좀 한가해지면."

끝내 그 부탁을 들어주지 못했다. 별 이유도 없이 미루고 또 미루다 결국은 마감을 넘기고 말았다. 늦게라도 받아줄 사람이 있으면 좋으련만. 그 부탁 하나만큼은 제대로 들어줄 수 있을 텐데.

그래서 파키노티는 은수가 고마웠다. 내심 그런 기대를 한 것도 사실이었다. 누군가 문 박사의 서재에 틀어박혀서 수십 년간 문 박사의 머릿속에서 흘러간 생각들을 발굴하듯 하나하나 조심스럽게 정리해가다 보면, 어느 날 문득 그 사람이 문 박사의 정신에 잠시나마 접신하게 되는 날도 있지 않을까.

'그래, 바로 그 순간에 숙제를 제출하는 거야. 그리고 잊어버리는 거지. 마음의 빚 따위, 그것도 공부로 돌려줘야 하는 마음의 빚 같은 거, 이제 너무 귀찮아 죽겠어. 고유명사도 하나 생각이 안 나는데 연구는 무슨 연구야? 아, 날 좀 내버려두라고 이 친구야. 말이 통하니까 착각하는 모양인데, 스위스인은 한국인처럼 목숨 걸고 일하지 않아도 된다고.'

이제는 숙제를 마무리할 때가 된 셈이었다. 영매론을 거의 부정하다시피 하는 고고심령학자였고, 사실 평생 추구해온 방법론 전체가 다른 고고심령학자들이 하는 것과는 꽤 거리가 있는 접근법이기도 했지만, 이제는 직접 신을 만나야 했다. 목격자인 차투랑가의 신을 만나 성벽과 코끼리의 정체에 관해 물어보는 것. 신의 천 가지 얼굴 중 단 하나의 얼굴, 그 하나의 차투랑가 변종을 찾아 코끼리 아미타브를 기억하는지 묻는 것. 그것이 바로 세상에서 가장 냉소적인 고고심령학자 하나 파키노티의 마지막 임무였다.

파키노티는 그런 방식으로 친구를 기억했다. 그리고 이번에는 늦지 않도록 친구의 제자를 마음껏 걱정했다. 차투랑가 신의 숨겨진 변종을 찾아 눈보라가 몰아치는 중앙아시아 초원을 달리는 일은 말 그대로 고역이었지만, 그래도 파키노티는 은수가 더 걱정스러웠다.

다음 날 오전, 은수는 천문대 1층 현관 옆, 볕이 잘 드는 거실에서 혼자 어깨춤을 추고 있다가, 현관 쪽에서 들려오는 떠들썩한 말소리에 잠시 영화를 멈춰놓고 신경을 바짝 곤두세웠다. 텔레비전 속에서는 젊은 시절의 아미타브 밧찬이 긴 팔다리를 뽐내며 경쾌한 리듬에 맞춰 춤을 추다가, 어디선가 떨어진 일시정지 명령에 당황한 듯한 표정을 지으며 동작을 멈춘 채 거실 입구 쪽을 가만히 바라보고 서 있었다.

소리가 잦아들고 현관문이 닫히자 은수는 현관 쪽으로 고개를 내밀어 무슨 일이 일어났는지 살폈다.

"아침부터 무슨 일이래요? 찾아올 손님이 있는 것도 아니고."

홍 선생이 별일 다 보겠다는 표정으로 은수에게 말했다.

"아, 등산객인데요. 알려줄 게 있다면서 문을 두드려서요."

"뭔데요?"

"글쎄 자기가 요 앞 봉우리에 올라갔다 내려오는데, 천문대 진입로 앞을 지나가다 보니까 발자국이 하나가 나 있더래요. 누가 걸어나간 발자국이요. 그런데 이게, 발자국이 너무 작아서 아무리 봐도 애 발자국인 것 같다나요."

"애 발자국이요?"

"예, 나간 발자국만 있고 들어오는 발자국은 안 보이는데, 발자국 주인도 안 보이고, 날은 춥고, 이 추위에 애 혼자서 밖으로 나간 게 아닌가 걱정이 돼서 와본 거랍니다. 그래서 여기는 아이가 없다고 말해줬어요."

"그 이야기가 그렇게 길어졌어요?"

"아니요, 나 참. 이야기를 해도 이 양반이 믿을 생각을 안 하더라고요. 그래서 좀 있다가 제가 나가본다 그러고 돌려보냈어요. 청소 끝내놓고 가서 확인해보려고요."

"제가 갈게요. 지금 안 나가면 발자국이고 뭐고 금방 다 지워질 날씨여서."

"조 선생님이요? 오늘 꽤 추울 텐데."

"괜찮아요. 아침 산책 나가려던 참이었거든요."

은수는 방한복을 챙겨 입고 마스크와 장갑을 착용한 다음, 등산화에 아이젠을 단단히 채웠다. 문을 열고 밖으로 나서자 기다렸다는 듯 거센 바람이 달려들었다. 은수는 눈 덮인 비탈길을 걸어 내려가 햇빛이 하얗게 반사되는 등산로로 접어들었다. 발바닥에 돋아난 날카로운 발톱이 눈 덮인 언덕길을 속살까지 깊숙하게 파고들었다.

눈길 위에는 분명 세 사람의 발자국이 찍혀 있었다. 두 명의 등산객이 올라갔다 내려온 자국. 그리고 등산객들이 말한 것처럼 천문대에서 봉우리 쪽으로 걸어갔다가 다시 돌아오지 않은 작은 발자국.

언덕 곳곳에는 바람에 깎여나간 눈의 흔적이 사막의 모래 폭풍을 견뎌낸 모래언덕처럼 넓게 펼쳐져 있었다. 바람이 불 때마다, 산 아래쪽에서 쓸려 올라온 눈이나 나무에서 떨어진 서리 부스러기가 흰색 먼지 같은 모양으로 높게 피어올랐다. 눈길에 찍혀 있던 발자국 모서리가 벌써 뭉툭하게 깎여나가기 시작했다는 뜻이었다.

'아침부터 불러내다니, 의외네. 밤에도 괜찮은데.'

은수는 한 발 한 발 눈길을 강하게 움켜쥐며, 빠른 걸음으로 언덕을 올라갔다. 흔적을 따라 한참을 걸어가자 등산객들의 발자국이 점점 희미해져갔다. 테두리의 선명함은 사라진 지 오래였고, 심지어 발자국 맨 안쪽에는 새 눈이 소복하게 쌓여 있는 모습도 보였다.

첫 번째 갈림길이 나타나자 발자국들도 두 갈래로 갈라졌다. 작은 발자국은 등산객들이 지나오지 않은 길로 접어들고 있었다. 은수는 그쪽으로 발걸음을 옮겼다. 어차피 양쪽 모두 등산로이기는 마찬가지여서 특별히 그쪽 길이 더 위험한 것은 아니었다. 눈이 쌓인 날에도 마찬가지였다. 오히려 바람은 그쪽이 더 적었다. 앙상해진 가지를 길게 뻗은 채로 바람을 붙들고 서 있는 키 큰 나무들 덕분이었다.

그 길로 접어들자 발자국이 조금 더 선명해졌다. 바람 소리도 조금은 부드러워진 느낌이었다. 길 옆에는 토끼 발자국이 남아 있었다. 두 개의 긴 선과 두 개의 작은 점이 사다리꼴 모양으로 오밀조밀 모여 있는 모양이었다. 토끼는 잠깐 동안 길 옆을 따라 걷다가 이내 등산로를 벗어나 언덕 아래로 뛰어 내려갔다.

물론 토끼의 본모습은 찾아볼 수 없었다. 남아 있는 것은 단지 흔적일 뿐이었다. 흔적이 아무리 생생하다 해도 그것은 사건의 본질이 아니었다.

은수는 잠시 발걸음을 멈추고 바닥에 찍힌 발자국을 가만히 들여다보았다. 천문대에 머무르던 산신님. 아이의 발자국은 보폭이 좁았다. 아이가 두 걸음을 내디딜 때 은수는 한 걸음이면 따라잡을 수 있었다. 은수는 아이의 발자국 옆을 나란히 걸었다. 함께 있지는 않았지만 같이 걷는 듯한 기분이 들었다. 자연스레 걸음이 조금씩 느려졌다. 은수가 한 걸음 갈 때 아이는 두 걸음을 가야 하니까.

그러다 문득 은수가 제자리에 멈춰 섰다. 그리고 뒤를 돌아보았다. 나란히 걷는 두 사람의 발자국. 그런데 앞쪽에는 발자국이 없었다. 한 사람 발자국도 남아 있지 않았다.

고개를 들어 하늘을 올려다보았다. 뛰어올라서 매달릴 나무 같은 것은 없었다. 하늘은 어느새 구름으로 가득했다. 구름이 산꼭대기에 걸린 모양이었다. 주위가 갑자기 어두워졌다. 안개가 잔뜩 낀 산꼭대기 근처 숲길에는 손바닥만큼도 볕이 들지 않았다.

산책은 거기까지였다. 시간은 거기까지만 흘러가고 있었다. 동행이 갑자기 사라져버린 탓이었다.

인적 없는 산길에 다시 눈이 내리기 시작했다. 이제는 은수의 발자국마저 하얗게 지워질 차례였다.

"불러냈으면 얼굴을 보여줘. 여기까지 왔는데."

대답하는 사람은 아무도 없었다. 그리고 아무 일도 일어나지 않았다.

은수는 잠깐 동안 그 자리에 가만히 서 있었다. 잠시 후 걸어온 쪽으로 고개를 돌렸다. 그러는 와중에 길 옆 나무 아래에 놓인 이상한 물체가 시야에 들어왔다. 눈밭에는 전혀 어울리지 않는 물건이었다. 그것은 책이었다. 바로 그 책. 『항구의 수집가들』.

은수는 그 책을 대번에 알아보았다. 색 바랜 자주색 하드커버만 보고도 그 책인 줄 알 수 있었다. 책은 반 정도가 이미 눈에 덮였다. 은수가 천문대를 나설 무렵부터 그 자리에 놓여 있었다는 뜻이었다. 하지만 책 주위에는 발자국이 하나도 없었다. 아무도 밟지 않은 깨끗한 눈뿐이었다.

은수는 그쪽으로 다가갔다. 등산로를 살짝 벗어난 곳이었다. 발바닥에 난 튼튼한 이빨이 바닥을 꽉 움켜쥐었다. 발톱이 있는 산짐승처럼, 걸음을 뗄 때마다 눈길 위에 치명적인 흉터가 남았다.

'뭘 숨기고 있다가 이런 데다 흘려놓은 거야?'

이어서 한 발 늦게 이런 생각이 들었다.

'이런 거 보통 함정이던데.'

그 순간 발밑이 푹 꺼졌다. 발톱이 있는 발바닥으로 단단히 움켜쥐었던 땅이 그대로 아래로 내려앉았다. 은수가 발을 디딘 곳 안쪽에는 땅이라고 할 만한 것이 있지 않았다. 그저 부드러운 눈 뭉치만 두텁게 쌓여 있을 따름이었다.

무언가가 턱에 부딪히는 충격이 느껴졌다. 고통은 아직 느껴지지 않았지만 몸이 놓여 있는 상태를 보아하니 무언가 큰일이 날 모양이었다. 허둥거리다 움켜쥔 손에 밀도가 느껴지지 않는 가벼운 눈이 한 움큼 쥐어졌다. 묵직한 외투로 감싼 옆구리가 어딘가에 닿았다가 곧바로 스르르 미끄러지는 느낌이 났다. 무게중심이 아래로 향하고, 시야 아래쪽 절반 이상이 순식간에 흰색으로 가득 채워졌다.

아래로 뻗은 발이 땅에 닿지 않았다. 오른발에 이어 왼발도 마찬가지였다. 떨어지고 있었다. 가파른 비탈길 아래로. 끔찍한 비명을 질러대고 싶었지만 아무 소리도 나오지 않았다. 갑자기 튀어나온 맹수에게 목덜미를 물린 짐승처럼 아무것도 할 수 없는 편안한 절망이었다.

하마터면 순리대로 조용히 당할 뻔한 순간이었다. 은수는 나무뿌리 쪽으로 팔을 길게 뻗어 마지막 남은 저항의 기회를 간신히 붙들었다. 손에 잡힌 것이 무엇인지는 알 수 없었다. 가느다랗고 연약한 무엇인가라는 사실 하나는 분명했다. 다른 쪽 손을 마저 뻗어 두 손으로 그 물체를 붙들었다. 발은 여전히 땅에 닿지 않았고, 헐렁한 장갑은 손을 꽉 붙들어두지 못하고 있었다.

그때 가까이에서 웃음소리가 들렸다. 아래를 내려다보지도, 위를 올려다보지도 못하는 상황이었지만, 그 소리는 분명 사람의 성대에서 나오는 웃음소리였다. 날카로운 의미를 지닌 소리. 그것은 비웃음이 분명했다.

다음 순간, 손에 쥔 생명줄이 뿌리째 뜯겨나가는 것이 느껴졌다. 사실 매달려 있던 시간이라고 해봐야 채 십 초도 안 될 것 같았다. 그곳은 인적이 전혀 없는 곳이었고, 은수의 외투는 등산복처럼 눈에 잘 띄는 색깔도 아니었다.

마침내 은수의 몸이 다시 아래쪽으로 미끄러져 내려가기 시작했다. 그때 누군가의 손이 위쪽에서 나타나 허둥지둥 은수의 팔을 움켜쥐려고 애썼다. 그런 노력도 잠시. 결국 구원자는 목적을 이루지 못하고 은수와 함께 비탈 아래로 굴러 떨어지고 말았다.

은경은 은수의 소식을 궁금해하지 않기로 마음먹었다. 적어도 삼십 분간은.

홍 선생이 곧장 은수를 찾아나선다고 했으니, 당분간은 연락을 기다리는 것 말고는 할 수 있는 일이 없었다. 게다가 아직 정오도 지나지 않은 시간이라는 점을 감안하면 제아무리 부지런한 혼령이라도 지금 당장 일을 꾸밀 가능성은 높지 않았다. 그래도 입안에 난 상처처럼 자꾸만 그쪽으로 혀가 갔다. 그 상처의 이름이 조은수였기 때문이었다.

"산에 올라가지 말지."

마지막으로 전화를 걸어 은수를 만류했다. 그러나 은수는 더는 듣고 싶지 않다는 듯 짧게 거절했다.

"가야지."

"책 찾으러? 그렇게 표적이 되고도 또?"

"그러니까 더 가봐야지. 지도 교수나 다른 동료 학자가 말리는 게 아니잖아. 연구와 관련 없는 제삼자가 별로 설득력 없는 이유를 대가면서 해당 연구가 중단됐으면 좋겠다는 암시를 보낸다는 건, 십중팔구 연구자가 방향을 제대로 짚었다는 이야기니까."

"나도 그 궤변 아는데, 그러니까 네 말은 책이 안 나타나면 그게 바로 그 책이 결정적인 단서라는 증거가 된다는 거잖아."

"물론이지."

"그런데 책이 그냥 거기 있으면?"

"그럼 내용을 확인하는 거지 뭐."

"아니, 내 말은, 내용은 확인할 수 있어서 좋지만 그 책이 거기 없었을 때만큼 결정적인 단서는 안 된다는 거잖아. 꼭 확인해야 되는 이유가 없어진다는 거지."

"궤변 같은데?"

"궤변을 궤변으로 받은 거니까. 네가 보고 싶은 건 없는 책이야. 있는 책은 안 봐도 된다고."

"그런가? 듣고 보니 그러네."

"그럼 뭘 찾으러 가는 거야?"

"방 문을 열고 그 책이 내 방에 있는지 없는지 확인하는 그 순간 아닐까? 있는 책인지 없는 책인지 확인을 하는 거랑 안 하는 거랑은 분명히 차이가 있으니까."

"그게 뭐야? 그런 거라면 안전하다는 생각이 들 때까지 기다렸다가 해도 되지 않아?"

"음, 그럼 이건 어떨까?"

"뭐?"

"내가 지금 그 서재를 안 치우면 말이야, 천문대를 돌려줄 수가 없게 돼. 빨리 비워줘야 되는 거 아닐까? 우리 재산도 아닌데 언제까지나 그렇게 버틸 수는 없잖아. 이한철 대표 여력 있을 때 제대로 된 공간을 만들어서 옮겨놓지 않으면 나중에는 그 책 갖다놓을 데도 없어진다. 어디 학교 도서관 같은 데 기증돼버리면 어떻게 관리되든 책임 못 져."

"아아, 나도 모르겠다. 뭐 좋은 거 있다고 거기를 자꾸 가려고 그래?"

"좋아서 가나? 일이니까 하는 거지."

은경은 그날 밤을 떠올렸다. 은수가 벽에 갇혀버린 날. 은수는 분명 절망에 빠져 있었다. 갈 곳을 잃은 상태였고, 탈출구를 찾아볼 생각조차 하지 못하고 있었다. 은경이 아는 조은수가 아니었다.

은수는 일단 한 걸음 앞으로 내딛고 보는 사람이었다. 생각 없이 무조건 전진하는 게 아니라 움직이면서 다음 단계를 계획하는 사람이었다. 그래서 그 움직임은 자연스럽게 생각의 일부가 되곤 했다. 은수가 좀처럼 답답한 사람이 될 수 없는 이유였다. 적어도 동료들 사이에서는 그렇게 알려져 있었다.

그날 밤 은경은, 한 걸음도 앞으로 내딛지 못한 채 그 자리에 주저 앉아버린 은수를 보는 게 낯설었다.

'조은수가 저럴 수도 있나. 다른 사람들이야 늘 겪는 일이지만.'

패닉 상태에서 깨어나자마자 은수가 한 말은 이런 것이었다.

"별일 아니야."

원래 그런 형식의 혼령이라는 것이었다. 굉장히 긴 시간을 동반한 채로 출현하기 때문에 갑자기 나타났다는 자각이 전혀 안 생기는 혼령. 벽이 놓여 있는 것이 너무나 당연하다는 생각이 들기 때문에, 빠져나가야겠다는 마음을 먹는 것조차 기대할 수 없는 완전한 함정. 은수는 그 벽을 그렇게 설명했다.

"남 이야기 하듯 하네."

"그냥 있는 그대로 말한 거야."

"직접 갇힌 거면서."

"좋은 기회였지 뭐. 그런데 좀 아쉽네."

"뭐가 또?"

"코끼리는 못 봤거든. 없었어, 그 안에."

"당연하지. 감옥보다 좁았을걸?"

"그러게. 아무튼 아쉽네. 직접 봤으면 좋았을 텐데."

아무렇지도 않은 듯 말하는 은수를 보니 안심이 되기도 하고 걱정이 앞서기도 했다. 다른 심약한 고고심령학자들처럼 혼령에게 내면을 다칠 일이야 별로 없겠지만, 다른 곳에서 다른 식으로 공격을 당한다면 벗어나기가 어렵겠다는 염려도 생겨났다. 조은수는 분명 미끼를 물 것이다. 위험하든 아니든 가리지 않고.

'원래 그런 애니까. 그런데 쟤가 저러고 다니는 건 진짜 다행인지 아닌지 감을 못 잡겠네.'

홍 선생에게 신신당부를 해놨으니 당장 별일은 없었을 것이다. 곧바로 쫓아가달라고 몇 번이나 말을 했고, 지금 바로 나가고 있다는 대답까지 들었으니까. 영하 20도쯤 되는 곳이 아니었으면 가는 동안에도 전화를 끊지 말라고 했겠지만 차마 그렇게까지 할 수는 없었다. 전화기 너머로 들리는 바람 소리만 해도 기가 질릴 만큼 어마어마했기 때문이었다.

지하철이 플랫폼으로 들어왔다. 지하철 전조등이 빠른 속도로 가까워지는 모습을 보면서 은경은 새삼 어이가 없었다. 아이 발자국을 확인하러 나갔다니. 누가 봐도 빤히 보이는 함정이 아닌가.

'그래도 뭐, 당장 무슨 일이야 있겠어? 자, 그쪽은 그쪽대로 알아서 잘 살아남으라고 하고, 나는 애들이나 잘 구슬려서 이상한 노래 가르쳐준 애를 어디 가면 만날 수 있는지나 알아내야지. 아, 하여간 똑똑한 애들이 문제야. 물어보는 사람이 듣고 싶어 하는 말을 귀신같이 알아낸다니까. 그래도 오늘은 알아낼 수 있겠지. 유진이, 서연이 둘 중에 하나는 진짜로 봤을 거야. 나와라, 둘 다. 추운데 빨리 끝내자.'

지하철 문이 열리고, 바로 앞에 빈자리가 보였다. 은경이 재빨리 그쪽으로 다가가 다른 사람보다 먼저 자리를 차지했다.

'다행이다. 웬일로 처음부터 앉아 가겠네.'

차가 또 한 번 심하게 요동쳤다. 나름 도로 위를 달리고 있는 모양이었지만, 어디가 길이고 어디가 풀밭 위인지 구별할 방법은 어차피 어디에도 없는 것 같았다.

'탱크 같은 걸 빌릴 수 있었으면 좋았을 텐데. 그런 건 어디서 안 파나?'

파키노티는 외투 위에 담요를 덮은 채로 트럭 조수석에 앉아 있었다. 눈높이가 높은 자리였지만 볼 만한 것은 아무것도 없었다. 그저 눈을 조금 더 잘 볼 수 있었을 뿐.

그 차는 제설 차량이나 다름없었다. 차 앞쪽에 불도저 버킷처럼 생긴 제설 장비가 달려 있어서, 달리면서 동시에 눈을 길 바깥쪽으로 밀어내는 구조였다. 그러니 적어도 눈길에 파묻히거나 바퀴가 빠져버릴 걱정은 하지 않아도 됐다. 승차감이나 속도는 전혀 기대할 수 없었지만, 눈길에 발이 묶이는 것보다는 그편이 훨씬 나았다.

"대재앙이 닥친 거죠?"

통역을 통해 현지인 운전기사에게 물었다. 그냥 겨울이 온 것뿐이라는 답이 돌아왔다.

"아니, 이게 평범한 겨울일 리가요. 지구는 결국 눈으로 멸망하는 거였어요. 우리는 지금 종말을 목격하고 있는 거라고요. 아니, 이 말은 통역할 필요 없어요. 그냥 당신 들으라고 하는 소리니까. 혼잣말이거나."

새삼 숙제는 미리미리 해둘걸, 하는 생각이 들었다. 여름에 왔으면 훨씬 수월했을 텐데.

통역이 말했다.

"그런데 이걸 왜 하신다고요?"

"글쎄요, 이게 뭐 하는 짓인지 잘 모르겠네요. 사냥 같은 게 아닐 까 싶긴 한데."

"사냥이요? 늑대 같은 거요?"

"아니요, 코끼리일 거예요, 아마. 설명하자면 길어요."

"아, 네. 그런데 티베트에서부터 그러고 오셨다고요?"

초원은 이상한 곳이었다. 인구가 희박하고 그나마도 너무 넓게 퍼져 있어서 옆 동네까지만 가는 데도 몇 시간씩 걸렸다. 그래도 유목을 하는 계절은 아니어서 사람들도 대개 마을 근처에 모여 있는 편이었지만, 한 마을에서 다음 마을까지 가는 시간은 그만큼 오래 걸릴 수밖에 없었다. 말도 안 되게 끔찍한 날씨 때문이었다.

차투랑가 세계의 이상한 코끼리, 대각선으로 두 칸을 가고 직선으로 한 칸을 더 가는, 두 번째 코끼리의 사촌뻘 되는 네 번째 코끼리의 행적은, 생각보다 쉽게 찾을 수가 없었다. 아니, 쉽게 찾을 거라는 기대는 하지도 않았다. 그래도 이렇게까지 어려울 줄은 몰랐다.

싱가포르에서 얻은 주소는 물론 시작점에 불과했다. 늘 하던 대로 해당 지역의 변종 차투랑가 대국을 통해 사람들을 만났다. 그리고 금방 고수들을 불러 모았다. 외국인 여자가 연전연승을 거듭하고 있다는 소식은 심심한 시골 동네에서는 꽤 신기한 뉴스거리가 되었다. 코끼리를 추적하는 사냥꾼 입장에서는 그만큼 호의적인 조건도 없었다.

문제는 유목민들이 사는 지역의 특수성이었다. 현지인들이 말하는 "이웃 동네"라는 것은, 도시에서 나고 자란 사람의 상식으로는 거의 이웃 은하만큼이나 멀게 느껴지는 곳이었다. 그러다 보니 위구르에서 시작해 슬금슬금 내몽골 지역까지 넘어가버린 파키노티의 여정은, 어느덧 국경 너머 몽골에까지 이어지고 있었다.

'아, 내가 무슨 탐험가도 아니고.'

하지만 네 번째 코끼리를 봤다는 사람이 등장하면 아무리 미심쩍어도 일단은 확인 과정을 거쳐야 했다. 그야말로 미심쩍은 증언투성이였지만, 사실 그 정도 목격담 말고는 단서가 하나도 없는 것이나 마찬가지였으므로 일단은 그 말이라도 끈질기게 물고 늘어지는 수밖에 없었다.

'그나저나 이 사람들 참, 왜 자꾸 없는 룰을 만들어내는 거야?'

초원에도 당연히 똑똑한 사람들이 있었다. 쓸데없이 연구자의 의도를 알아내기 위해 애쓰는 사람. 연구자의 얼굴에 스쳐 지나간 녹차 향만큼이나 옅은 만족감을 기가 막히게 감지해서, 시키지도 않았는데 자기가 알아서 대화의 방향을 그쪽으로 틀어버리는 사람.

그렇게 쓸데없이 친절한 사람들이 있지도 않은 네 번째 코끼리를 차투랑가판 위에 소환해내곤 했다. 이상한 행마법으로 기물을 움직였다는 뜻이다. 체스판을 쓰는 사람들이나 샹치판을 쓰는 사람들도 그런 시도를 하기는 마찬가지였다.

그런 시합은 물론 정상적으로 끝을 낼 수가 없었다. 그런 행마법에 맞는 포진이나 전략이 전혀 준비되어 있지 않다는 사실이 너무나 쉽게 드러나고 마는 탓이었다. 심지어 어떤 사람은 한 판이 채 끝나기도 전에 동일한 기물을 전혀 다른 행마법으로 움직이기도 했다. 실로 개탄스러운 인류애가 아닐 수 없었다. 호의에서 나오는 행동이었겠지만, 그럴수록 파키노티의 여정은 길어질 수밖에 없었다.

그래도 희망이 전혀 없는 것은 아니었다. 그것도 꽤 그럴듯한 희망이었다. 어느 사원에 걸려 있는 빛바랜 그림에서 재미있는 장면을 목격한 것이었다. 그 그림은 적어도 수백 년 전에 그려진 게 분명했다. 통역에 따르면 그것은 설화의 한 장면을 담은 그림이었는데, 사진을 찍어 다른 나라에 있는 전문가들에게 확인한 결과도 통역의 설명과 크게 다르지 않았다.

그림 속에서는 무섭게 생긴 두 명의 신이 정체를 알 수 없는 어떤 변종 차투랑가판을 심각한 표정으로 바라보고 있었다. 그 옆에는 다른 세 명의 험상궂은 신과 또 한 명의 자그마한 인간이 즐거운 표정으로 그 대국을 관전하는 모습이 묘사되어 있었다.

그 차투랑가 변종은 네모 칸 안이 아니라 줄 위에 기물을 두는 방식이었는데, 그래서 기물의 모양도 체스처럼 키 큰 조형물 형태가 아니라 상치처럼 둥글고 납작한 조각에다 글자를 새겨넣은 형태였다. 궁성이라고 할 만한 구역은 그려져 있지 않았고 대포에 해당하는 기물도 없는 것 같았지만, 알아볼 수 있는 글자가 아니었으므로 최종적인 판단은 유보할 수밖에 없었다.

그래도 한 가지만은 확실했다. 오래전 그 지역에 살았던 사람들도 다른 지역 사람들과 마찬가지로 그들 나름의 차투랑가 변종 룰을 가지고 있었다는 사실이었다. 너무나 당연하게도.

무엇보다 눈에 띄었던 것은 그림 속 변종 차투랑가판 위에 그려져

있는 기물 하나였다. 아니, 양쪽에 하나씩 있었으니 둘이라고 하는
게 맞는 표현이었다. 칸Khan은 아니라는데, 오히려 칸보다 월등히
큰 기물이 진영마다 하나씩 놓여 있었던 것이다.

"이건 무슨 기물이죠?"

통역에게 물었으나 답을 알지 못하는 눈치였다. 그 위에 그려진
옛날 문자를 알아보지 못하는 탓이었다.

대답을 듣는 데는 한참이 더 걸렸다. 누군가가 불려오고, 그 사람
이 또 다른 누군가를 모셔오고, 마침내 세 번째 사람이 나타난 다음
에야, 그리고 그의 안경이 올 때까지 기다린 다음에야 그 기물의 정
체를 알 수 있었다.

"코끼리 왕이라는데요."

"코끼리 왕이라고요? 그럼 여기서는 코끼리를 잡으면 경기가 끝
나는 건가요?"

"잠깐만요."

한참 뒤에 통역이 다시 말했다.

"모르겠다는데요. 그런데 코끼리가 하나 더 있대요. 작은 코끼리
가, 여기, 여기에."

통역이 가리키는 곳을 자세히 들여다보았다. 과연 거대한 코끼리
기물에 쓰인 것과 똑같은 글자가 새겨져 있었다. 파키노티가 물었다.

"이 코끼리 이름이 혹시 암……"

일부러 이름을 끝까지 발음하지 않았다. 그런 결정적인 순간에 상
대를 쓸데없이 친절한 목격자로 만들고 싶지 않았기 때문이었다.

"어, 이름은 잘 모르겠다는데요."

"저런. 그럼 다른 걸 물어봐도 될까요? 이 큰 코끼리와 작은 코끼리는 어떻게 다른가요?"

"잠시만요. 아, 똑같다는 것 같아요. 크기만 다르고 움직이는 법이나 나머지는 다 똑같았던 것 같다고."

"그랬던 것 같다고요? 그 말은, 저분 기억에 그렇다는 거겠죠?"

"그렇죠."

파키노티는 그제야 눈을 반짝였다.

"최근까지 저 게임이 남아 있었다는 거군요."

"그렇죠. 이 스님 고향에."

"아, 스님. 그렇겠죠, 여기는 사원이니까. 그런데 실례지만 저분 고향이 어딘지 알 수 있을까요?"

"왜요?"

"거기에 가야 되거든요."

"예? 거기를요?"

"되도록 자세히 알아놓도록 하세요. 나랑 같이 가야 되니까. 오늘은 늦었고, 내일 출발하면 되겠네요. 아, 이 동네에 혹시 묵을 만한 데가 있나요? 욕심은 안 부리고 싶은데, 그래도 따뜻한 데였으면 좋겠네요. 이번에는 가정집은 아니면 좋겠는데, 뭐 그래도 어쩔 수 없고요. 자, 어서 물어보시고, 오늘은 쉬었다가 내일 갑시다."

그렇게 간신히 이어진 여정이었다. 사정하듯 조금씩 풀어가는 숙제처럼.

파키노티는 전화기를 들여다보았다. 날씨 때문인지, 통신 서비스가 잘 닿지 않는 지역이어서 그런지 아직도 거의 먹통이나 다름없는 상태였다. 초원의 설경은 이제 어디를 가나 다 똑같아 보였다. 가도 또 가도, 허물어진 성벽 하나 보이지 않는 심심한 풍경.

유목민들이 남긴 옛 도시의 흔적을 떠올렸다. 이를테면 카라코룸 유적 같은 곳들. 그곳은 분명 벽으로 둘러싸인 도시가 틀림없었다. 불교 사원과 성당, 모스크가 있었고, 광장에 시장을 여는 민족과, 대로에 시장을 여는 민족이 뒤섞여 살았던 국제도시.

게다가 이런 도시는 두 개의 심장을 지닌 도시이기도 했다. 권력을 가진 유목민들과, 제국 각지에서 불려온 상인이며 기술자들이 각각의 중심지를 이루고 사는 도시.

그런데 카라코룸은 무게중심이 좀 이상했다. 남아 있는 유적, 벽으로 둘러싸인 도시의 흔적은 사실 변두리 지역에 불과했다. 중심지가 벽 바깥쪽에 있었기 때문이다. 절대권력을 지닌 유목민들은 도시 안쪽이 아니라 바깥쪽에 살았다. 벽과 지붕이 있는 견고한 건물이 아니라 둥근 천막으로 이루어진 캠핑촌을 만들어놓고 바로 그곳에서 오르혼 강 유역의 풍요를 누렸다. 심지어 칸도 마찬가지였다. 단지 더 크고 웅장한 천막에 살았을 뿐이었다.

오르혼 강의 풍요란, 사실 도시를 이루고 살아가는 사람들이 체감할 수 있는 풍요가 아니었다. 그것은 말과 가축에게나 해당되는 풍요였다. 그러니까 카라코룸의 벽은 성벽이 아니라 유목제국 수도 인근의 외국인 구역에 쳐져 있는 거대한 울타리에 가까운 구조물이었다. 그러니 그 지역 고유의 차투랑가판에는 처음부터 궁성이 있을 수가 없었다. 만약에 있었다면 가운데 맨 뒤쪽이 아니라 차투랑가판 한구석에 자리를 잡았을 것이다.

'그런데 어쩌다 이런 데까지 코끼리 이야기가 흘러 들어왔을까? 여기 사람들이 진짜로 코끼리를 본 것도 아니었을 텐데. 코끼리가 어떻게 생겼는지 정확히 알고 있기나 했을까?'

그런 생각을 하며 창밖을 내다보았다. 정말이지 코끼리와는 전혀 어울리지 않는 풍경이었다. 매머드라도 봤으면 모를까.

파키노티는 전화기를 유리창 가까이에 대보았다. 역시나 신호는 잡히지 않았다. 은수와 연락이 닿지 않은 지도 벌써 사흘째였다. 그 포진을 더 연습하고 싶었는데 그럴 수가 없었다. 궁성 정면, 면面 자리에 코끼리를 두는 포진. 생각해보면 그 포진도 이상하기는 마찬가지였다. 초원이나 서울이나, 코끼리와 어울리는 풍경은 아니었다.

그런데 왜 그런 이야기가 남아 있었을까. 그리고 왜 그 키 큰 요새가 하필 서울에 빙의하고 있는 걸까. 그보다 빙의하고 난 다음에는 무슨 일이 일어날까.

'곧 알게 되겠지. 이제 거의 다 온 거야. 이렇게 해도 안 되면, 음…… 그냥 무조건 되는 걸로 해두자. 일주일만 더 이러고 다녔다가는 내가 먼저 나가떨어지고 말 상황이니까.'

하늘에서는 여전히 눈이 쏟아져 내리고 있었다. 뭐라 표현할 수 없을 만큼 많은 눈이었다. 운전사가 어떻게 길을 찾아가는 건지 신기할 만큼, 눈 말고는 아무것도 보이지 않는 초원의 겨울이었다.

3부

종말징후론

통제 불가능

폭설이 내려 교통이 마비되었다. 그리고 그 위에 또 눈이 내렸다. 생필품 수급을 걱정하는 사람들이 생겨나기 시작했지만, 한국고고심령학연구소는 오히려 기대에 부풀어 있었다. 추세대로라면, 지금까지 발견된 것 중 가장 확실한 검출 도구가 서울 전체를 뒤덮은 가운데 다시 한 번 벽이 출현할 가능성이 높아졌기 때문이었다.

'게다가 교통도 이미 마비돼 있으니까. 군이 차량 통제를 할 필요도 없이 그냥 사진만 좀 부지런히 찍으면 되겠어. 위쪽에서 말이야.'

이한철은 창밖을 내다보며 얼굴에 묘한 표정을 떠올렸다. 준비는 이미 다 갖춰져 있었다. 다시 벽이 나타나면 이번에는 무인비행체를 띄워 공중에서 사진을 찍어 남길 생각이었다. 열두 대의 장비와 조종사를 포함한 촬영팀을 따로 섭외해두었고, 함께 현장에 출동할 연구소 측 인력도 교육이 끝난 상태였다. 솜 더 큰 그림을 확보하기 위해 위성사진을 구할 방법도 수소문해두었다. 잠깐이라도 하늘이 열려주기만 한다면 아주 기가 막힌 사진을 얻을 수 있을 게 분명했다. 그렇지 않다 해도 빙의되는 요새의 구체적인 모습을 드러내는 데에는 큰 문제가 없을 것 같았다.

'이제 나타나주기만 하면 돼. 오늘이면 더 좋고, 내일도 괜찮아. 설마 모레까지 잠잠한 건 아니겠지. 그동안 해오던 패턴이 있으니까. 그래, 그냥 오늘이야. 내일도 아닐 거야. 출현하는 주기만 놓고 보면 시간 약속을 꽤 잘 지키는 혼령이잖아, 안 그래?'

현장 발굴 기지는 구청으로 옮겨와 있었다. 최근에 새로 지은 구청 건물에는 활용할 수 있는 공간이 충분히 많았다. 시설물을 자유롭게 이용할 수 있을 뿐만 아니라 행정적인 지원도 원활한 편이었다. 현장 접근성이 좋아진 것은 물론이었다.

구청 로비에는 용산구 일대를 재현한 모형이 설치되어 있었다. 제작 기간이 긴 편은 아니었는데 결과물이 생각보다 정교했다. 그 위에는 검은색 블록이 여기저기 놓여 있었다. 그 모형은 디지털로도 옮겨질 예정이었다. 디지털 모형을 제작하겠다는 뜻이 아니라 성벽이 빙의되어 있는 서울을 체험할 수 있는 서비스를 개발하는 계획이었다. 맨눈으로는 아무것도 보이지 않지만 카메라가 달린 디지털 기기로 들여다보면 성벽이 놓여 있는 것을 볼 수 있는 식이었다.

이한철은 증강현실 아이디어가 특히 마음에 들었다. 그보다 더 적절한 방법은 생각하기 어려울 것 같았다. 현실은 그대로 두고 심령 현상만 디지털로 옮겨가는 것. 고고심령학계에 몸담은 이후 그가 가장 심혈을 기울여서 해온 일도 결국은 그런 것이었다.

타이밍이 좋았다. 모든 여건이 무르익어 있었다. 성벽을 디지털로 옮기는 아이디어는 구청이나 시청 쪽에서도 반응이 꽤 좋았다.

"그러니까, 심령사진이 찍히게 한다는 거군요."

심령사진이라니. 기가 막힌 생각이 아닐 수 없었다. 이한철은 감탄을 겉으로 드러내지 않은 채 재빨리 그 말에 반응했다.

"바로 그겁니다! 최고의 관광자원이 생기는 거죠. 어느 도시나 그런 걸 만들 수는 있겠지만, 이 경우는 다르죠. 진짜 참조물이 있으니까요. 중요한 건 우리 경우는 실제로 발생한 심령현상이라는 겁니다. 그거 자체가 우리 구만이 가지고 있는 차별성 있는 스토리가 되는 겁니다. 요새가 빙의된 도시, 용산! 어떻습니까?"

"숭례문 옆 도로에 성벽 있던 자리를 페인트로 표시해놓은 것처럼 말이죠. 좋네요. 좋아요. 거기에 전체를 아우를 수 있는 쪼끄만 기념관 같은 게 있으면 좋겠군요. 가지고 있는 스토리가 많으니까요. 아예 박물관 형식으로 가는 게 낫겠네요. 기념품도 개발해볼 수 있을 것 같고. 좋습니다. 검토해보면 재밌겠네요."

"기획안을 하나 준비하고 있는데, 관심이 있으시면 서둘러 진행해보겠습니다."

"아이고, 그럼 더 말할 것도 없죠."

약속을 해뒀으니 이제 기획서를 만들어야 했다. 어려운 일은 아니었다. 기획안이라는 말을 입에 올리는 순간 거의 조건반사적으로 목차를 떠올릴 수 있었을 만큼 익숙한 일이었으니까.

문제는 기념관, 혹은 박물관 부분이었다. 가능하면 기념관이라는 말은 누구의 기억에도 남아 있지 않도록 만들어야 했다. 기념관이라니, 어림도 없었다. 그런 공간이 생긴다면 무조건 박물관이어야 했다. 연구소를 아예 그쪽으로 옮기는 것도 좋을 것 같았다. 단순히 전시물을 갖다놓은 공간이 아니라 활동 중인 발굴팀을 보유한 진짜 박물관으로 만드는 것이다.

'대형 세미나실 같은 것도 필요하겠지. 장비도 많이 들어갈 거고, 장비개발 부서를 따로 만들 수 있을지도 몰라. 그래야만 하겠지. 그래야 새 건물에 들어갈 수 있을 테니까.'

성벽 출현 지역 근처를 돌아다니면서 틈틈이 봐두었던 건물들을 머릿속으로 쭉 훑었다. 신축 건물 내지는 오 년 이내에 지어진 건물들. 성벽이 안정적으로 계속 출현해준다면 고고심령학 초급 실습 과정을 유치하는 것도 좋을 것 같았다. 어차피 이제 천문대에는 문인지 박사가 있지 않으니까.

천문대를 비우는 것은 그다지 어려운 일도 아닐 것 같았다. 그가 알기로 그 천문대는 공식적인 절차를 거쳐서 사용되고 있는 것도 아니었다. 문 박사 개인의 사적인 후원에 기대서 지속되어온 관계였으니, 이제 곧 그 고리도 끊어질 게 분명했다.

'드디어 조 박사를 데리고 올 수 있겠군. 조 박사도 이제 갈 데가 필요하니까. 문 박사 서재는 박물관으로 옮겨오면 될 테고. 조 박사한테는 학예사 타이틀을 주면 될 거고. 계속 연구를 맡기는 것도 나쁘지 않겠어.'

이한철의 원대한 구상에서 조은수가 차지하는 비중은 은근히 작지 않았다. 생전에 문 박사가 차지하고 있던 위치와 비슷한 느낌이 들기도 했다. 직접 돈을 벌게 해주지는 않겠지만 계속해서 사업을 해나가다 보면 언젠가는 마주치게 될 근원적인 문제를 해결해줄 사람. 국내 고고학계 전체를 대표하는 '학자' 역할을 맡아줄 연구자.

'나쁘지 않겠지. 본인도 공부하는 걸 꽤 좋아하는 것 같으니까. 그쯤 되면 좀 느긋한 자리로 옮길 때도 됐는데, 아직도 현역이 더 좋다니. 현장 도는 것도 좋아하고 말이야. 하긴 그걸 누가 막겠어. 현장에 나간 조 박사라면. 뭐 하여간 원원이야, 원원. 시기가 좋아. 다 잘 맞아떨어졌어. 문인지 박사는 직접 데려올 수 없었겠지만 조 박사라면 다르니까.'

창밖에는 끝도 없이 눈이 내리고 있었다. 이한철은 한참 동안이나 가만히 창밖을 바라보며 서 있었다. 대체로 가지런한 눈발이었지만, 이따금 불규칙한 바람이 불어닥칠 때면 사방으로 흩날리는 눈송이 때문에 어지러운 광경이 펼쳐지기도 했다.

마음을 가라앉히고, 이한철은 자기에게 할당된 연구실로 발걸음을 옮겼다. 간이침대 같은 것은 놓여 있지 않았지만 그보다 훨씬 편한 4인용 소파가 있는 방이었다. 교통이 끊긴 밤, 현장 근처에서 혼령을 기다리며 대기하기에는 더없이 편안한 환경이었다. 고고심령학 발굴 책임자가 편안해서야 되겠냐던 누군가의 말이 생각나기는 했지만, 이한철은 지금의 상태가 딱 마음에 들었다. 그래서 편안한 옷으로 갈아입고 소파에 길게 몸을 누이자마자 생각지도 못한 깊은 잠에 빠져들었다.

그리고 바로 그 밤에 그 일이 일어났다. 예상대로 모습을 드러낸 성벽과 함께였다.

은경은 이 대표의 발굴팀이 작성한 보고서를 찬찬히 훑어보았다. 은수가 말한 것보다는 훨씬 잘 정리된 면담 자료였다. 은수가 눈이 높아서 그런 건지, 발굴 기간이 길어지면서 연구팀이 자체적으로 노하우를 터득하게 되었는지는 알 수 없었다. 어쩌면 목격자들이 자신들이 본 것을 말하고자 하는 의지가 너무 강해서 연구자가 개입할 여지가 저절로 줄어들어버렸기 때문인지도 몰랐다.

'어쨌거나 뭐, 나쁘지 않네.'

최종 책임자를 그다지 좋아하지는 않았지만 이 대표의 발굴팀 구성원들은 사실 꽤 유능한 편이었다. 이 대표를 싫어하게 된 원인 중에는 바로 그 점도 포함되어 있었을 것이다. 다른 동료의 유능함을 알아볼 줄 모른다는 점, 그리고 무엇보다 자기 팀원이 유능하거나 말거나 아무 상관없는 일들만 꾸미고 다니는 인물이라는 점이 그에 대한 혹평의 주된 근거였다.

'그나저나 이건 좀 심한데. 무슨 혼령이 이래?'

이 대표가 예상한 것과 같이, 바로 그날 밤에 성벽이 출현했다. 그런데 이번에는 양식이 좀 달랐다. 예전에는 양쪽 끝의 모양이 정확하게 파악되지 않는, 마치 안개에 덮인 듯한 구조물이 나타났다가 사라지는 방식일 뿐이었다. 다시 말하면 현실 세계에 지어진 다른 건물들과 어떤 식으로 상호작용 하는지를 알 수가 없었던 것이다.

아니, 사실은 알 필요도 없었다. 아예 상호작용을 하지 않는 것으로 결론을 내려도 무방했다. 그 말은, 높이 삼십 미터에 달하는 검은 성벽이 나타났다가 사라진 곳이 거의 예외 없이 공터나 도로 위처럼 다른 물체와 충돌할 일이 없는 지점이었다는 뜻이기도 했다.

그런데 그날 밤에 나타난 성벽은 스스로의 존재를 전혀 얼버무리지 않았다. 두껍게 쌓여 있는 눈 위에 선명한 흔적을 남길 만큼 하나하나 실루엣이 뚜렷한 퍼즐 조각이었던 데다, 결정적으로 기존 건물과의 충돌을 피하지도 않았다. 그날 아침에 찍힌 수많은 사진 자료에서도 한눈에 볼 수 있듯이 기존 건물과 중첩되는 형태로 공간을 차지했다가 사라져버린 것이다.

문제는 달라진 출현 양상에도 불구하고 그전부터 벽이 지니고 있던 독특한 특징들이 일관성 있게 그대로 발현되었다는 사실이었다. 집 안에 들어와 자리를 잡아버린 벽.

은경은 발굴팀이 작성한 보고서를 읽어 내려갔다.

평소와 다를 게 없었죠. 일찍 잠든 건 아니고, 대략 두 시쯤. 평소처럼 똑같이 잠자리에 들었거든요. 꿈인 줄 알았어요. 악몽이라고 생각했는데, 꿈치고는 너무 생생하긴 했죠. 아니요, 자각은 못했어요. 무슨 일이 일어나고 있는지는 전혀 몰랐고. 아, 술은 전혀 안 마셨어요. 그래도 잠에 취해 있었다고 해야 되나. 뭐가 현실이고 뭐가 꿈인지 딱 구별은 안 됐던 것 같아요.

하아. 그런데 그걸 어떻게 이야기하면 좋을까요. 일단 생생하긴 했어요. 천장이 보였고, 이상하다는 생각을 했던 것 같아요. '이 집은 왜 부지가 사다리꼴 모양일까. 어쩌다 이런 집을 얻었지?' 그런 생각을요. 모서리가 직각으로 떨어지지 않으면 공간 활용하기가 참 까다로울 텐데, 하면서요. 왜냐하면 천장이 사다리꼴 모양으로 돼 있었거든요. 한쪽 면은 직사각형 모양이긴 했는데 맞은편에 놓인 벽이 평행이 아니었어요. 비스듬하게 벽이 놓여 있어서요. 검은색이었는데, 밤이어서 어두운 색으로 보이는 것은 아니었어요. 원래 검은색으로 칠한 것 같은 색깔이었으니까요.

그런데 이상한 거예요. 삐딱하게 서 있는 그 벽이요, 그 까만 벽이 눈 위가 아니라 눈 아래에 있는 거 있죠. 무슨 말인지 알겠어요? 누워서 천장을 보고 있는 자세인데, 벽이 보이려면 이렇게 눈을 위로 치켜뜨는 게 정상이잖아요. 그런데 눈을 치켜뜨면 맞은편 벽이 저 멀리에 보이는 거예요. 바로 눈 밑에는 검은 벽이 있고.

하아, 그래서 무슨 생각을 했냐면요, 아, 목이 잘려서 이 방에 버려져 있구나 하는 생각이 들었어요. 잘린 부분이 그 검은 벽 쪽에 붙어 있는 상태로요.

그러니까 그게 꿈인 줄 알았겠죠. 왜 있잖아요, 꿈에서는 이상한 일이 일어나도 원래 그랬던 것처럼 당연하게 생각하는 거. 딱 그런 생각이 드는 거예요. 아, 나 원래 목밖에 없었지, 하는. 감각도 없고 기억도 없었어요. 손이나 발이나 몸통 같은 것들의 감각이요. 그런데 그럴 리가 없잖아요. 사람이, 가만히 있어도 내 몸이 어떻게 놓여 있는지 대충 상상이 되잖아요. 자세를 머릿속으로 떠올릴 수가 있다고요. 그게 아니면 손발에 대한 감각이라도 남아 있고요. 그런데 그게 하나도 없었어요. 정말 하나도 없더라고요. 원래부터 존재한 적이 없었던 것처럼 너무나 당연하게 머리밖에 없는 인간이 된 거예요. 혼자서 그렇게 생각을 한 거죠.

아니, 무섭지도 않았어요. 덜컥 겁이 날 일도 없고요. 왜냐하면 원래부터 그랬으니까요. 그냥 이렇게 놓여 있어야겠다, 했죠. 그것 말고는 할 게 없었으니까요. 어처구니가 없어서.

(감정 격하로 십 분간 중단 후 면담 재개)

한 시간이라고 했나요? 오십 분? 그 시간 동안 계속 눈을 뜨고 있었어요. 몸이 벽에 파묻혔다는 생각 같은 건 전혀 못했어요. 그냥 어떻게 살아야 하나 그 고민만 했어요. 무슨 일을 하고 살지? 친구들은 어떻게 만나지? 다 못 끝낸 프로젝트 생각도 났던 것 같아요. 누구한테 부탁해서라도 그것만큼은 직접 마무리를 지어야겠다 하는.

절망이었던 것 같아요. 아무렇지도 않은 듯이 씩씩하게 맞이하는 절망 같은 거요. 인간이 아니었으니까요. 아니 그래도 인간이었으니까, 그런 거 있잖아요. 스스로 지키고 싶은 거. 존엄 같은 거요. 그런데 그럴 수가 없으니까. 목만 남았으니까요. 그래도 한번 잘 살아보려고 했는데. 그런 생각 하고 있는 스스로가 불쌍하다는 건 또 잘 알고 있었으니까요.

하아. 그런 악몽이었어요. 그게 사라지고 나서는, 그러니까 그걸 뭐라고 해야 하는 거죠? 하여튼 벽이 없어지고 나서는, 악몽을 꿨다는 생각밖에 안 들었어요. 너무 생생했지만 그게 꿈이 아니면 뭐였겠어요.

그때부터 무서워졌어요. 너무 공포스러워서 다시 잠을 잘 수가 없었어요. 또 그 꿈을 꾸고 싶지가 않아서요. 손발을 계속 움직이면서 그 자리에 그대로 누워 있었어요. 무기력해져서 일어날 수도 없었던 것 같아요. 날이 안 밝았으면 어떻게 됐을지 모르겠어요. 정말.

그 면담 기록은 그날 작성된 기록 중 제일 충격적인 것도 아니었다. 가장 당황스러운 진술은 바로 이 목격담이었다.

아무것도 못 봤는데요.

아, 아니요, 목격을 하나도 못했는데요.

꿈 안 꿨어요. 그냥 아무것도 안 봤어요.

아, 그냥 어깨랑 머리가 없었어요. 오른쪽 어깨가요. 어, 잘 모르겠는데요.

그게 아니고 손발은 있었어요. 배도 있고 엉덩이도 있고.

살아 있는 줄은 알고 있었는데요. 생각은 아무 생각도 없었는데요. 그냥 머리가 없었어요.

근데 어깨가 없었잖아요. 그래서 몸이 두 개였어요.

아니, 그게 무슨 말이냐면, 어깨가 없으니까, 이쪽이, 그러니까 이쪽 손이, 여기 팔부터 손까지가 따로 있잖아요. 몸에 안 붙어 있고. 그래서 몸이 두 개였어요.

잘 모르겠는데요. 그래도, 두 개 다 내 몸인 거는 알았는데요. 잘 모르겠는데요. 그것도 잘.

몸이 두 개가 있는데, 멀리 있는지 가까이에 있는지 몰랐어요. 네. 멀리 있는 것 같았어요. 근데 모르겠어요. 왜냐하면, 머리가 없잖아요. 아니, 머리 있는 데, 어깨하고 머리하고가 다 없으니까.

머리가 없는 건 몰랐는데요. 그냥 몸이 두 개 있는 것만 알고, 아무것도 못 보고 아무것도 생각 안 나는데요. 네.

안 무서웠어요. 머리가 없어서. 원래부터 없었어요. 아니, 있는데요, 그때 는 원래부터 없어서요. 네.

집 안으로 들어온 성벽은 말 그대로 재앙이었다. 연구소 측에서는 피해 규모가 얼마나 될지조차 짐작할 수 없었다. 사례가 하나하나 추가되어가면서 현장 조사팀은 그만 혼란에 빠지고 말았다. 그동안 준수해온 매뉴얼만 가지고는 감당할 수 없는 상황이라는 자각이 생겨난 탓이었다.

친분이 있던 연구원 하나가 은경에게 전화를 건 것도 그래서였다.

"은경 선배, 아무래도 우리 이거 잘못 건드린 것 같아요."

"그런 것 같네. 이 선생님은 뭐래?"

"대표님이요? 아직 연락이 없어요. 회의 같은 거 소집한 모양인데."

"소집하는 게 아니라 소집을 먼저 당하겠지. 요즘 구청으로 들어 갔다며."

"아, 그렇겠네요. 어쩌죠?"

"글쎄다. 어쩌지?"

"철수도 못해요. 얼마 안 남았어요."

"뭐가?"

"모양이 갖춰지는 게요. 지금까지는 건물 있는 데는 피해가면서 점점 좁혀지는 식이었는데 지난밤에 갑자기 다른 건물 무시하면서 자기 자리에 들어서기 시작했잖아요."

"전체 윤곽이 대강 나왔어?"

"그렇죠. 그러려고 집을 뚫고 들어간 거니까."

"아."

"어쩌죠? 이게 완성되면 뭐가 되는 거죠?"

"글쎄, 코끼리 요새?"

"네? 아, 그보다 선배 혹시 조은수 선생님이랑 연락 되세요?"

"조 선생은 왜?"

"뭔가 아시는 게 있는지 여쭤봐야 될 것 같아서요. 발굴 초기에 이쪽 팀에 같이 계셨다는데, 그때 같이 있던 연구원들 말로는 뭔가 짚

이는 데가 있는 눈치였다 그래서요. 천문대에 연락드려봤는데 그쪽
도 연락이 안 되네요. 누군가는 전화를 받을 텐데, 아무도 답이 없어
요."

순간, 은경은 말문이 막혔다. 그리고 잠시 뒤에 이렇게 대답했다.

"이보세요, 임다희 선생, 그건 좀 너무 양심 없는 소리 아닌가? 아
무리 급해도 그렇지, 어떻게 그쪽 팀한테 갑자기 손을 내밀어?"

"죄송해요. 그런데 정말 급해요. 면담 자료 더 읽어보시면 아실 거
예요. 진짜로. 현장팀은 지금 난리도 아니에요. 다들 거의 손 놓고
있어요."

맞는 말이었다. 더 읽어보지 않아도 알 수 있었다. 이미 벌써 피해
규모가 그 지경에 이르렀으니, 요새빙의가 완성된 뒤에는 무슨 일이
벌어질지 짐작조차 할 수 없었다. 은경의 목소리가 누그러졌다.

"그런데 그걸 왜 나한테 물어보는 거야? 나 이제 그 바닥 사람도
아닌데."

"이쪽 사람은 아니어도 그쪽 팀이랑은 일하고 있을 거 아니에요.
팀이 있는지 없는지 모르지만."

"무슨 근거로?"

"스포일러 좋아하시니까. 뭔가 힌트가 있으면 그쪽에 가 계시겠
죠."

그 순간 픽 웃음이 터져나왔지만, 전화기 너머로는 전하지 않았
다.

"알았어. 한번 알아볼게. 그쪽도 손 놓고 있지 말고 할 수 있는 건
다 해봐. 오케이?"

날이 저물자 은경은 옷을 단단히 챙겨 입고 집을 나섰다. 아이들을 만나러 가는 길이었다. 맨 처음 아미타불 노래를 불렀다는 아이가 나온다는 동네.

"요새 매일 나와요."

"추운데?"

"안 추운가 봐요."

아이가 곧바로 덧붙였다.

"패딩이 없나 봐요. 이상한 옷을 막 껴입고 있어요."

아이들은 은경을 환영하는 편이었다. 전수자이기 때문이었다. 어찌어찌 고무줄놀이 유행이 되살아나기는 했지만 땔감도 별로 없고 불씨도 커 보이지 않는 유행이었다. 머지않아 다시 꺼져버릴 만큼.

그래도 흥미를 느낀 몇 안 되는 아이들은 다음 단계를 갈망하고 있었다. 그런데 축적된 스킬을 전수해줄 사람이 없었다. 또래 중에는 있을 리 만무했고, 동네마다 하나쯤 그랜드마스터가 있을 법도 한 부모 세대는 공터에 나와 아이들에게 직접 숙달된 기술을 전수해줄 여유가 없어 보였다.

"엄마는 무릎 아프다고 안 된대요."

그런데 은경은 달랐다. '놀아주는 어른'이기 이전에, 은경은 치졸한 경쟁자였고 과시욕으로 똘똘 뭉친 훈수꾼이었다. 기술은 좋지만 금방 지치는 편이기도 해서, 조금만 더 하면 뛰어넘을 수 있을 것 같은 만만해 보이는 라이벌이기도 했다. 따라잡힐 때쯤 되면 꼭 새로운 걸 끄집어내는 바람에 실제로 이겨본 적은 한 번도 없지만.

"이겨먹으면 좋아요?"

"으하하, 말이라고."

"에이씨, 웃는 거 봐. 아, 승질나."

아이들은 이겨줄 사람을 데리고 오고 싶어 했다. 언니로는 안 되고 이모나 엄마 정도는 돼야 상대가 됐다. 엄마가 오는 것은 말리지 않았다. 구경이라도 하러 오면 연구동의서를 받아두었다. 고고심령학 이야기를 꺼내는 것만 아니면, 싫어할 보호자도 별로 없었다. 실제로 대부분의 기간 동안은 고고심령학 연구가 전혀 아니었으니까.

그리고 곧바로 승부욕을 불태웠다. 은경은 곧 동네의 지배자가 되었다. 아이들의 목표는 은경을 이기는 것이었다. 이기고 나서 고무줄놀이를 그만두는 것이었다. 그런데 그러려면 데리고 올 누군가가 필요했다. 새로운 로컬 룰이나 새로운 스킬이어도 좋았다. 새 노래라면 더 말할 것도 없었다.

새 노래를 가르쳐준 아이. 그렇게 노래의 원천이 드러났다. 딱따구리 마요네즈 프로젝트가 진행되던 기간에는 상상할 수 없었던 결정적인 순간이었다. 연구에 결정적인 순간 따위가 존재하다니, 그것 자체가 믿기 어려운 일이었다.

'아, 이놈의 고고심령학. 이게 무슨 학문이야?'

눈밭을 뚫고 거의 두 시간 반 만에 아이들이 사는 동네에 도착했다. 미리 도착해 있던 여섯 명의 아이들을 보자마자 은경이 말했다.

"야, 너네 그거 진짜로 있는 노래 아니지? 지금이라도 솔직히 말해봐. 그거 너네가 지어낸 노래지?"

"아니에요! 진짜 있는 노래예요! 선생님은 왜 자꾸 거짓말이래요?"

"노래가 이상하잖아. 박자가, 맞추기 힘들단 말이야. 가사도 무슨 말인지 모르겠고."

"진짜라니까요."

"그럼 노래 가르쳐줬다는 애는 어디 있어?"

"올 거예요. 이렇게 일찍은 안 와요. 선생님도 누구 데리고 온다면서요."

"아, 다쳐서 좀 늦게 올 거야. 뭐 너네 같은 꼬맹이들은 나 혼자서도 충분히 상대할 수 있으니까 걱정하지 마."

"에, 무슨 어른이 그래요!"

은경은 속으로 그렇게 대꾸했다.

'야, 나도 맨날 힘들어 죽겠다. 이 나이 먹고 낸들 이게 무슨 짓이니? 이 나이 되면 그냥 고무줄 잡고 서 있는 게 훨씬 편하다고. 이 짓도 오늘까지만이야, 오늘까지. 날씨도 이 모양인데 어서 끝내자.'

눈이 잠시 소강 상태에 들어간 저녁이었다. 매섭던 바람도 덩달아 잠잠해진 밤이었다. 시간이 얼마나 지났을까. 아이들이 집중력을 발휘하기 시작하자 은경은 빠르게 체력이 고갈되어갔다. 그리고 문득 이상한 일이 일어났다.

일찍 집에 들어간 아이 하나를 빼면 나와 있는 아이는 모두 다섯인데 어째서인지 하나가 줄어든 느낌이 나지 않았다. 든 자리는 몰라도 난 자리는 안다는데, 바로 그 한 자리의 공백이 느껴지지 않았다.

그 사실을 깨닫는 순간, 레드팀의 관찰력이 작동하기 시작했다. 그렇다. 그 아이가 와 있는 게 틀림없었다. 분명 아이들은 그 아이를 보고 있는 게 틀림없었다. 특별히 말을 걸거나 하지는 않았지만 아이들이 움직이는 방식이 딱 그랬다.

'애들을 지배하고 있구나, 이 혼령.'

심한 정도는 아니지만 홀렸다고 말할 수 있는 상태가 분명했다. 은경으로서도 전혀 예상치 못했던 일이었다. 고무줄을 붙들고 노래를 부르며 은경은 잠시 고민에 빠졌다. 아이들이 영향을 받고 있으니, 곧바로 모든 것을 중단하고 안전 조치에 들어가야 하는 상황이었다. 그러나 곧바로 행동에 들어가지는 않았다. 조력자가 필요한 일이었고, 머지않아 적절한 누군가가 나타날 것이기 때문이었다.

"은수야."

그 생각을 하고 바로 얼마 뒤, 혼란스러워지지 않을 정도로 딱 적절한 시점에 왼쪽 다리에 깁스를 하고 목발을 짚은 은수가 누군가의 부축을 받으며 공터로 다가왔다.

"계속해. 잠깐이면 돼."

한눈에 사태를 파악한 듯 은수가 말했다. 아이들은 아무도 인사를 하지 않았다. 은경은 은수를 부축하고 온 남자에게 눈인사를 건넸다. 두세 번쯤 현장에서 마주친 적이 있는, 서로 얼굴만 겨우 아는 언어학 박사였다.

"노래 바꿔볼래? 그 노래로."

은수가 말했다. 은경은 고개를 끄덕이고 문제의 노래로 아이들을 이끌었다. 동시에 걱정스러운 눈으로 아이들을 살폈다. 다행히 순수하게 즐거운 얼굴들이었다. 음산한 기운이라고는 전혀 느껴지지 않는 표정으로 아이들이 노래를 부르기 시작했다.

그러자 은수가 어딘가로 다가갔다. 비어 있는 곳, 허공처럼 보이는 공간으로 다가간 은수는 허리를 숙여 딱 아이들 눈높이쯤 되는 곳에 귀를 갖다댔다. 그리고 노래를 따라 불렀다.

은경은 그 옛날, 공동화된 아파트 발굴 현장에서 봤던 바로 그 장면을 떠올렸다. 은수를 믿기로 한 날. 신뢰의 의미가 아니라 신앙의 의미로. 그때와 똑같은 장면이었다. 손에는 수첩이 들려 있지 않았지만, 따라온 언어학자가 그 역할을 대신하고 있었다.

은수는 아이들의 노래를 듣고 있지 않았다. 은수가 듣고 있는 것은 은경의 귀에는 들리지 않는 혼령의 목소리뿐이었다. 아이들의 목소리는 완전히 무시한 채 자기 귀로 직접 들은 혼령의 소리만을 바로 옆에 있는 전문가에게 옮겨주는 것이었다. 조은수 자신이 갖고 있던 언어학 지식을 이용해서. 남들보다 훨씬 많은 수의 음운을 구별하고 발음할 수 있는, 촘촘한 눈금이 새겨진 자가 되어.

은경은 아이들이 부르는 노래 가사를 익히 알고 있었다. 몬데그린을 거친 후의 한국말 가사였다.

길 하나에 길 하나에 웃음과 나무
푸른 가지 파란 바람 하루치 비단
시린 앞발 시린 앞발 낙타의 민중
울 아빠에 고리타분 아미타-불

일단 그 가사가 귀에 익은 이상 은경이 몬데그린 이전의 음운을 정확하게 알아듣는 것은 거의 불가능했다. 그래도 은수가 옮겨 부르

는 노래가 자신이 알고 있던 것과는 꽤 다른 느낌의 가사라는 사실
만은 확실히 알 수 있었다.

은경은, 그리고 은수와 아이들은, 그 일을 딱 세 번 더 반복했다.
은수와 언어학자가 고개를 끄덕여 은경에게 신호를 보내는 순간, 은
경은 박수 소리로 아이들이 자신에게 집중하게 한 다음, 아이들의
어깨를 툭 쳐서 살아 있는 인간의 온기를 전하며 그날의 놀이를 재
빨리 정리했다. 그리고 서둘러 아이들을 집으로 돌려보냈다.

그러는 동안 은수는 허공을 가만히 올려다보다가, 마침내 주위가
잠잠해지자 은경에게로 천천히 고개를 돌렸다. 은경이 물었다.

"갔어?"

"갔어."

"산 위에 있던 혼령 맞아?"

"어."

"하긴, 통역이 통했으니까. 노래는? 채록 잘 됐어? 잘 됐어요?"

질문을 받은 두 사람이 함께 고개를 끄덕였다. 곧바로 통역자가
손에 든 수첩을 은수에게 건넸다. 은수가 그 수첩을 받아 가사를 들
여다보았다. 그리고 은경에게 말했다.

"두 가진데, 하나는 원래 발음으로 적은 거고, 그 아래는 오리지널
가사를 우리말로 번역한 거야. 첫 번째 건 나중에 연구 목적으로 들
여다볼 때 다시 가르쳐주기로 하고, 그보다 두 번째 거 먼저 들려줄
게. 들어봐."

목발을 짚지 않은 손으로 수첩을 얼굴 높이까지 들어올리며, 은수
가 작은 목소리로 노래를 부르기 시작했다.

코끼리야 코끼리야 달아나거라
무너지는 성벽 아래 서 있지 마라
작은 이야 작은 이야 물러서거라
성문으로 들어가는 아미타-브

그 짧은 노래가 채 끝나기도 전에 은경은 그만 눈물을 흘리고 말
았다. 슬퍼서 그런 것도 아니고, 감동을 받은 것도 아니었다. 그냥
자기도 모르는 사이에 몸이 알아서 저질러버린 일이었다.

"미안해. 나 오늘 왜 이러지?"

그 모습을 보고 은수가 말했다.

"노래 때문이야. 들으면 그냥 눈물이 나. 알지?"

"그래."

"그리고 할 말이 있어. 오늘은 꼭 해야 될 것 같아."

"나한테? 뭐?"

"고맙다고. 고마워. 수고했어. 그리고 너는 정말 굉장한 연구자야.
늘 너한테서 배워. 너를 친구로 둔 건 나한테는 진짜 어마어마한 영
광이야."

느닷없는 은수의 말에 은경은 그만 할 말을 잃어버렸다. 그저 은
수의 눈을 말없이 바라보고 있다가 한참 뒤에야 이렇게 대답했을 따
름이었다.

"나도. 나도 그래. 무사히 돌아와서 정말 다행이야."

다음 날 아침 길을 나서기 전에, 파키노티는 그 이야기를 전해 들었다. 그리고 다소 혼란스러운 상황에 빠지고 말았다.

일단 마음에 드는 부분은 '성문으로 들어가는 아미타브'라는 마지막 구절이었다. 제대로 된 코끼리를 쫓아가고 있다는 뜻이었다. 성문 바로 안쪽에 서 있던 코끼리에 관한 이야기를 뒤쫓기로 한 것은 틀린 선택이 아니었다. 그 이야기를 담고 있는 코끼리 혼령이 높이 삼십 미터의 검은 성벽과 함께 요새빙의를 시도하는 상황에서라면 더 그랬다.

대상이 되는 도시가 반드시 서울이어야 할 이유는 없었지만, 개연성 정도는 충분하다고 봐야 했다. 요새빙의 전문가로서의 소견이었다. 아무 이유 없이도 빙의할 수 있는 게 요새혼이었다. 그 정도 유사점을 갖고 있다면 제대로 찾아왔다고 해도 무방할 정도였다. 아주 가까이에 붙어 있는 두 개의 요새를 심장으로 갖고 있는 도시. 그 조건이면 충분했다.

'다른 도시여도 상관이 없는 거였어. 심장이 두 개이기만 하면.'

파키노티는 거의 반사적으로 자그레브가 떠올랐다. 구도심 한가운데에 두 개의 요새가 적대적인 관계를 이루며 근접해 있던 도시였다. 두 개의 방어 중심에, 두 개의 대성당. 쌍란처럼 딱 붙어 있는 두 개의 심장이었다. 그 주변을 좀 더 근대적이고 낭만적인 형태의 시가지가 둘러싸고 있고, 그보다 더 바깥쪽에는 유고연방 시절에 만들어진 못생긴 계획도시가 삭막한 공기를 머금은 채 둘러쳐져 있었다.

'서울이 아니라 자그레브였어도 할 말은 없겠지. 두 요새 사이의 거리로만 따지면 그쪽이 더 가까우니까. 하지만 이쪽에는 아이의 혼령이 있었어. 서울에 있었던 건 아니지만, 아이 가까이에 있는 심장이 두 개인 도시에 가서 빙의한 거겠지. 심장이 두 개가 아니면 빙의할 수 없는 요새혼이라는 가정하에.'

파키노티가 고용한 연구원들이 세계 곳곳에서 문헌을 뒤지고 있었다. 심장이 두 개인 요새혼의 리스트를 뽑기 위해서였다. 의뢰하는 순간부터 검색의 초점은 최대한 긴 리스트를 뽑는 것이 아니라 딱 한 개의 정확한 케이스를 찾아내는 일이라는 점을 명확히 해둔 상태였다. 코끼리 이야기가 포함된, 단일 거주 영역 안에 묶여 있는 두 개의 요새에 얽힌 기록이나 설화. 거기에 아미타브라는 이름이 추가되었다. 그래도 결과는 쉽게 나오지 않았다. 제외할 수 있는 케이스가 많아졌을 뿐이었다.

리스트가 줄어드는 것은 상관이 없었지만, 답이 나오지 않는 것은 문제였다. 특히나 요새빙의가 현실 도시의 구조물 배치나 삶의 주기를 무시할 정도로 진전되어 있다면.

파키노티는 조은수가 보내온 노래 가사를 모든 연구원들에게 전달했다. 지금까지 본 문헌들 중 혹시 이것과 관련된 부분이 있었는지 다시 한 번 확인해보라는 지시 사항도 함께였다. 그러자 다음 날 오후, 영국의 한 박물관 쪽에서 이런 답이 돌아왔다.

문헌 자료는 아니지만, 이 그림은 어떠세요?

인도 미술에 관한 책에 실려 있는 삽화였다. 정확히 어떤 이야기를 그린 건지 알 수 없는 그림이었다. 그런데 그 그림 속에는 파키노티가 제시한 모든 것이 들어 있었다. 두 개의 요새, 전쟁, 성문 아래 서 있는 유난히 큰 코끼리, 거기에 어린이로 보이는 작은 사람까지.

그쪽으로 전화를 걸었다.

"책에 자세한 설명이 나와 있어? 이 이야기 앞뒤가 어떻게 되는지 말이야."

"없어요. 미술사적인 맥락밖에."

"게다가 흑백이고."

"색깔도 없죠."

"흠, 이게 맞는 것 같은데."

"더 캐낼 게 있는지 연구해볼게요."

"부탁해. 이야기 앞쪽보다는 뒤쪽이 더 중요하니까, 선택해야 되면 그쪽 방향으로 알아보고. 그게 분리가 되는지 모르겠지만."

"같이 나오겠죠. 그보다, 그거 보셨어요?"

"뭐?"

"그 그림에서요. 배경에 이상한 게 있는 것 같아서요."

"그게 뭐지?"

"뒤쪽에 있는 성벽 쪽을 보면 뭔가 점 같은 게 있잖아요. 대각선 모양으로 가지런히 놓여 있는 점인데, 이거 눈 같지 않아요?"

파키노티는 그림을 자세히 들여다보았다. 분명 그런 게 있었다. 연구원이 지적한 곳뿐 아니라 다른 부분에서도 발견되는 점이었다. 자세히 들여다보니 그림 전체에 그런 작고 희미한 점들이 퍼져 있는 모양이었다. 윤곽선이 있는 점으로 찍혀 있는 게 아니라 마치 인쇄 상태가 좋지 않아서 생긴 얼룩처럼 희끗희끗한 모양으로 남아 있는 것을 보니, 아마도 원본에서는 흰색 물감을 이용해서 찍어놓은 점일 것 같았다.

"창이나 칼 든 사람들을 자세히 들여다보면 발바닥 부분이 끝까지 그려져 있지 않은 게 보이실 거예요."

그 말 그대로였다. 발이 끝까지 그려져 있지 않았다. 발목 조금 아래까지만 그려져 있는 발들이 여러 개 있었다.

"잠깐만, 그러니까 이게 눈이라는 건?"

"이상하죠? 옷차림만 보면 눈이 내릴 지역이 아닐 것 같은데. 특히 저 평상복 입고 있는 왕족들 말이에요. 옷이 꽤 얇아 보이지 않아요?"

"그러네. 그러고 보니 이것도 좀 이상하지 않아? 이 코끼리 말이야. 성문 안에 있는. 내가 코끼리 전문가는 아니어서 확신은 없는데, 상아나 등 모양이 꼭 그거 같지 않아? 그거 뭐라 그러지?"

"그렇군요. 매머드."

"맞아. 그거. 요즘 이름들이 바로바로 생각이 안 나서 참."

"저도 그래요."

매머드가 문명 시대에 살아남았을 가능성은 전혀 없었다. 문명의 기원을 아무리 이르게 잡아도, 마지막 매머드가 살았던 시기를 아무리 늦게 잡아도 마찬가지였다. 꽁꽁 언 채로 눈 속에 파묻혀 있는 매머드가 실제로 발견될 때까지 사람들은 매머드의 모습을 알지 못했다.

물론 석기 시대 사람들은 매머드를 직접 본 게 틀림없었다. 매머드를 멸종시킨 원인 중 제일 결정적인 게 인간이었을 테니까. 심지어 그들은 그들이 사냥한 매머드의 모습을 벽화로 옮겨놓기도 했다.

그러나 그것은 문명이 탄생하기 수천 년 전의 일이었다. 그 수천 년 동안 매머드의 모습이 그대로 전해진다는 것은 가능한 일이 아니었다. 로마 시대 이후 천 년이 넘도록 코끼리를 직접 보지 못한 유럽인들이, 그들의 조상들이 전쟁터나 로마제국의 원형경기장에서 본 코끼리의 모습을 얼마나 엉터리로 후세에 전했는지를 파키노티는 이미 잘 알고 있었다. 그것은 기괴한 방식으로 코가 도드라지고, 상아 대신 멧돼지 엄니 같은 이가 달려 있는 못생긴 네발짐승에 불과한 무언가였다.

하지만 마침 파키노티는 중세 사람들이 매머드가 어떻게 생겼는지를 정확하게 알고 있었을 가능성에 대해 고민하고 있던 차였다. 이번 현장 조사를 통해 뜻하지 않게 알아낸 사실 중 하나이기도 했다.

'눈 덮인 초원은 코끼리와는 하나도 어울리지 않는데, 다른 문명권에서 전해진 거라고는 해도 어째서 코끼리에 관한 이야기가 그렇게까지 구체적이고 생생하게 남아 있을 수 있는 걸까?'

생각해보면 유난히 큰 코끼리라는 밈meme 또한 특이한 것이 아닐 수 없었다. 그렇다면 다른 코끼리들은 그보다 훨씬 작았다는 말이었다. 아니, 눈 말고는 아무것도 없는 초원에서 한 해의 반을 살아가는 사람들이, 코끼리를 봐야 평생 몇 마리나 본다고 어떤 코끼리는 크다고 어떤 코끼리는 작다고 판단할 수 있단 말인가.

힌트는 의외로 가까운 곳에서 나타났다. 파키노티가 코끼리의 흔적을 찾아 헤매고 있다는 사실을 알게 된 운전사가 어느 날 통역을 통해 이런 말을 건넨 것이다.

"기사가 그러는데요. 여기도 겨울에는 코끼리가 있다는데요."

통역이 말했다. 파키노티는 대답도 하지 않은 채 고개를 돌려 그쪽을 바라보았다. 운전사가 다시 통역을 통해 말했다.

"털 난 코끼리라는데요. 머리가 높이 달렸고, 상아가 초승달처럼 위쪽으로 크게 구부러져 있고, 모피 코트를 입은 것처럼 두꺼운 털에 덮여 있대요."

"길게 설명하나 마나 매머드잖아요. 관심은 안 가네요."

다음 날 통역이 다시 운전사의 말을 전했다.

"진짜라는데요. 안 믿는 사람들도 있는데, 이 계절에 초원을 건너는 트럭 운전사들은 가끔 본대요. 트럭만큼 큰 코끼리가 눈밭을 어슬렁거리는 모습을요. 바로 이 근처에서 나타나곤 한다는데, 자기도 한 번 본 적 있다고요."

이건 또 무슨 사기인가 하는 생각이 들었다. 고고심령학자는 혼령을 인정하는 사람인 만큼이나 사람들의 말을 절대 곧이곧대로 믿지 않는 사람이기도 했다. 하지만 이번에는 어쩐지 귀가 솔깃했다.

"증거가 있나요?"

스스로도 쓸데없는 장난질에 말려드는 게 아닌가 하는 의심이 들었지만, 그래도 그 말이 입 밖으로 새어나왔다. 운전사가 신이 나서 대답했다. 통역은 그보다는 무덤덤한 편이었다.

"하아, 무슨 뜻인지는 몰라도 느낌은 아시겠죠? 있다는데, 가보시겠어요? 길에서 좀 벗어나야 합니다. 잠깐이면 된다는데, 아시죠, 초원 사람들이 생각하는 잠깐이라는 게 어떤 건지?"

스코틀랜드에서 대학을 다녔다는 현지인 통역이 물었다. 파키노티는 곧바로 대답을 건네지 못했다.

그러나 잠시 후 결국 세 사람을 실은 트럭은 길이 아닌 곳으로 달리기 시작했다. 파키노티가 보기에는 조금 전까지 달리던 길과 별반 다를 게 없는 길이었지만, 아무튼 통역이 하는 말로는 그런 모양이었다. 다시 도로로 돌아오기까지 그들은 무려 두 시간을 허비해야했다. 허비인지 아닌지는 나중에 판단할 일이었지만, 일단 다음 마을에 닿는 시간은 그만큼 늦어졌다.

그 '증거' 앞에서 차를 세운 운전사는, 문제가 생기지 않도록 시동을 그대로 켜놓은 채, 삽을 챙겨 들고 차에서 내렸다. 그리고 주위를 둘러보더니 삽으로 어딘가를 파 들어가기 시작했다.

"아무래도 잘못 온 것 같네요."

파키노티가 말했다.

"왜요?"

"저 사람은 어디가 어디인지 어떻게 알고 파는 거죠? 그냥 대충 아무 데나 파는 시늉을 하고 있는 게 아닌가요?"

"그럴 수도 있죠. 알고 파는 걸 수도 있고요. 그건 좀 더 기다려보고 판단하시는 게 나을 것 같은데요."

"예, 뭐. 별수 없으니까요."

한참 뒤에 운전사가 두 사람에게 손짓을 했다. 나와보라는 의미인 것 같았다. 파키노티는 통역과 함께 차에서 내렸다. 그리고 몸을 잔뜩 움츠린 채 그쪽으로 다가갔다.

"이건?"

그것은 땅 위에 새겨져 있는 자국 같은 것이었다. 한눈에 봐도 화

석이라고 할 만큼 오래된 것은 아닌 흔적. 몇 달 혹은 몇 년 이내에 토양이 얼거나 굳어서 생긴 자국처럼 보였다.

"발자국이 아니네요. 그런데 이게 뭐죠?"

농구공 크기쯤 되는 하트 모양의 자국. 하트의 둥근 부분에는 각각 하나씩 두 개의 커다란 동그라미가 들어 있었다. 하트의 끝부분은 엄지손가락으로 쿡 찍어 누른 듯 다른 부분보다 좀 더 깊게 땅을 파고들어간 모습이 역력했다.

통역이 운전사의 말을 전했다.

"코라는데요. 코끼리 코 끝부분이요."

심드렁한 목소리였지만, 파키노티의 눈에는 그보다는 조금 더 흥미로운 흔적이었다. 어쨌거나 고고심령학자가 아닌 건 아니었으니까.

다시 차에 올라 다음 마을로 향했다. 파키노티는 사진으로 찍어둔 코의 흔적을 자세히 들여다보았다. 그리고 생각에 잠긴 채 가설을 만들어갔다.

고고심령학적인 관점에서 말하자면, 중세 인류가 매머드의 외양을 알고 있을 가능성은 제로가 아니었다. 만약 그 시절 초원 사람들이 매머드를 봤다면, 그러니까 초원을 떠도는 매머드의 혼령을 목격했다면, 경우에 따라서는 알고 있는 코끼리의 유일한 형태가 매머드인 사람도 꽤 있었을 것이다. 인도나 아프리카 코끼리가 아니라.

'여기 사람들의 기억에 새겨진 코끼리란 결국 그 코끼리였던 걸까? 유난히 큰 코끼리라는 것 말이야. 그냥 비교 대상이 필요 없을 만큼 압도적으로 컸던 게 아닐까? 이 세상 것이 아니라는 생각이 들

만큼 비현실적으로.'

그런데 이 경우에는 한 가지 문제를 생각하지 않을 수가 없었다.

'그렇다면, 지금 내가 뒤쫓고 있는 코끼리는 아미타브가 아닌 건가? 두 개의 밈이 어떤 순서로 어떻게 섞였는지 알 수가 없네. 게다가 오늘 찾은 그림 속 동물이 정말로 매머드라면, 밈이 수입되고 역수입되고 하는 와중에 순서가 뒤죽박죽으로 섞여버렸을 수도 있다는 얘긴데.'

그래서였다. 새로 들어온 정보들이 파키노티의 머릿속을 다소 혼란스럽게 만들어버린 것은.

'정리가 안 되는군. 하지만 그게 중요한 게 아니지. 지금 알아내야 할 건 딱 하나야. 아미타브의 진실도 아니고 살아온 내력도 아니지. 그건 나중에 시간 날 때 천천히 해도 돼. 지금 내가 알아야 할 건 이것뿐이야. 그래서 그 요새가 빙의된 다음, 빙의된 도시에 무슨 일이 일어난다는 건지. 그 부분이 담겨 있는 이야기의 파편만 찾아내면 돼. 나머지는 일단 무시하고 넘어가는 거야.'

미친 신의 목격담

'작은 이야 작은 이야.'

은수는 그날 밤 오랜만에 만난 드라비다 혼령이 불렀던 노래 가사를 떠올렸다. 작은 사람, 어린 인간, 혹은 그냥 아이.

어째서 그 노래를 처음 듣는 순간, 가사를 몰랐는데도 눈물이 쏟아졌는지 알 것 같았다. 노래의 첫 번째 두 번째 줄은 아이가 코끼리에게 하는 말이었다. 그리고 세 번째 줄은 코끼리가 아이에게 돌려준 대답이었다. 그 짧은 대화 안에 두 존재의 관계가 담겨 있었다. 어떤 관계인지는 영영 밝혀지지 않을지도 모르지만, 슬쩍 엿보는 것만으로도 눈물이 날 만큼 애틋한 사이였으리라는 점만은 어렵지 않게 짐작할 수 있었다.

은수는 노래를 부른 천문대 혼령이 바로 그 아이일 거라고 거의 확신했다. 물론 근거가 없으니 다른 추론에 적용할 수는 없는 가설이었다. 더불어서 논리적으로 설명할 수 없는 직관적인 판단이 하나가 더 있었다. 문 박사가 세상을 떠난 직접적인 원인이 그 아이는 아닐 것이라는 믿음이었다.

'지켜보고 있었을지는 모르지만.'

천문대에 헬리콥터가 뜬 날이었다. 구조대가 정신을 잃은 홍 선생을 끌어올린 다음, 은수를 구출하기 위해 다시 비탈 아래로 내려오던 순간이었다. 은수는 문득 누군가가 내내 자신을 지켜보고 있었다는 사실을 깨달았다.

차가운 비탈길, 머리를 부딪혔는지 정신을 잃고 쓰러져 있는 동료, 자세를 잘 잡고 있지 않으면 더 아래로 미끄러져 내릴 것만 같은 위태로운 경사. 날려온 눈이 외투 위에 쌓이기 시작했다. 체온이 급격히 떨어지는 것만 같았다. 전화기를 꺼내 보니 배터리가 먼저 죽어 있었다. 발자국에만 집중하느라 보온에 신경을 못 쓴 탓이었다.

손을 뻗어 홍 선생의 외투 주머니 쪽을 뒤졌다. 자세를 바꾸느라 몸이 비탈 아래로 살짝 미끄러졌다. 다리에 힘을 주어 버티려고 했지만 힘이 제대로 들어가지 않았다. 대신 통증이 발목 근처를 강하게 움켜쥐었다.

천천히 몸을 굴려 홍 선생 쪽으로 팔을 뻗어 다른 쪽 주머니를 뒤졌다. 외투 안쪽 주머니에 들어 있는 전화기가 만져졌다. 장갑을 벗고 다시 손을 뻗어 외투 지퍼를 내린 다음, 그 안에 들어 있는 전화기를 끄집어냈다. 몸이 아래로 미끄러져 내려가다가 이 미터쯤 되는 위치에서 가까스로 멈춰 섰다. 위태로운 상황이었지만 다행히 손에는 전화기가 들려 있었다.

전화기에는 온기가 충분히 남아 있었다. 다행이었다. 그런데 전화기에 암호가 걸려 있는 게 문제였다. 만만한 숫자들을 집어넣어보았다. 천문대 전화번호, 출입문 비밀번호, 자동차 번호판, 천문대 설립 연도, 홍 선생 생일. 모두 아니었다.

마음이 급해졌다. 홍 선생의 상태를 알 수 없었다. 부상이 어느 정도인지도 가늠이 안 되고, 언제 비탈 아래로 굴러떨어질지도 알 수 없는 상황이었다.

손에서 온기가 빠져나갔다. 손가락의 움직임이 무뎌지기 시작했다. 아무 번호나 손 가는 대로 몇 개를 더 입력했다. 정답을 알 길이 없었다. 천문대와 관련된 숫자 말고는, 홍 선생 본인에게 훨씬 더 중요한 의미를 지니고 있을 어떤 숫자를 알아낼 방법이 전혀 없었다.

'안 그럴 것 같은 분이 무슨 비밀번호를 걸어놨대. 하.'

바람에 실린 굵은 눈들이 한차례 얼굴을 때리고 지나갔다. 입김이 위쪽으로 퍼져나갔다. 입술이 바짝 말라 있는 게 느껴졌다.

절망이 엄습해왔다. 심장박동이 빨라지고 호흡이 불규칙해졌다.

'안 돼. 이렇게 끝날 수는 없어.'

쉬지 않고 손을 움직였다. 무뎌진 손놀림이 야속하게 느껴졌다. 도저히 답을 찾을 수가 없었다. 기회는 무한했지만, 시간은 그보다 훨씬 촉박했다.

그때 다시 한 번 몸이 미끄러지기 시작했다. 전화기를 들지 않은 손으로 눈 덮인 비탈 위를 더듬었지만 걸리는 것이 아무것도 없었다. 오 미터쯤 더 내려갔을까, 외투가 무언가에 턱 걸렸다. 덕분에 그 자리에 멈춰 설 수 있었다.

'빠져나갈 방법이 없어. 이제 정말 끝이야.'

고개를 돌려 주위를 바라보았다. 온통 흰색으로 덮인 세계였지만, 그 아래는 전부 검은색이었다.

'바보같이. 조심했어야 되는 거였는데. 이제 어쩌지? 나는 어떻게 되는 거지?'

손가락이 더는 움직이지 않았다. 추위에 노출된 전화기 배터리가 그보다 빠르게 생기를 잃어갔다. 빠르게 줄어버린 숫자를 확인하자 살아남겠다는 의지가 확 꺾여버렸다. 시한폭탄이었다면 숫자가 줄어드는 간격이 일정하기라도 했을 것이다. 그런데 배터리는 그렇지 않았다. 삶의 희망은 그렇게 맥없이 끊어져버릴 수도 있었다.

'이대로 가다간 얼어 죽을 거야. 차라리 아래로 미끄러져 내려가 볼까? 살아남거나 더 일찍 죽거나 둘 중 하나겠지.'

몸이 축 늘어졌다. 이제는 정말로 끝이었다.

그때, 전화기를 든 손에 떨림이 전해졌다. 이어서 소리가 들려왔다. 은수는 이중으로 덮어쓴 모자를 벗어젖혔다. 그러자 소리가 한층 또렷해졌다. 은수도 아는 남자 가수의 목소리였다.

은수는 전화기를 들여다보았다. 전화기 화면에는 반가운 이름이 표시되어 있었다. 그런 상황이 되면 당연한 듯 나타나 은수를 위기에서 구해주곤 하던 사람. 바로 '김은경 선생'이었다.

"긴급전화 하면 되잖아."

다음 날 오후, 병원으로 찾아온 은경이 은수의 이야기를 듣더니 그렇게 말했다. 암호를 걸 수 있는 전화기에는 보통 긴급통화 기능이라는 게 있다고.

은수는 아무 대답도 하지 않았다. 그때는 그 생각이 떠오르지 않았다. 마음이 비탈 아래로 굴러떨어지고 있었던 탓이었다. 혹은 눈보라가 너무 차가웠기 때문인지도 몰랐다.

"뭐, 확실히 정상적인 상태는 아니었으니까. 거기까지 제 발로 찾아간 것부터가 벌써 반쯤 홀렸다는 이야기이기도 하고. 그래도 추락이후 부분은 확실히 네가 만든 스릴러이긴 했어. 아무튼, 그래서 발자국 주인은 찾았어?"

은경이 물었다.

"어. 아니, 잘 모르겠어."

"왜? 이 꼴을 당하고도 모르겠어?"

"그러게. 찾은 것 같기는 한데, 또 아닌 것 같기도 하고 그래."

"왜?"

"마지막에 누가 잡아줬거든. 안 미끄러지게."

그러자 은경이 의심스러운 표정으로 물었다. 숙련된 면접조사 전문가다운 목소리였다.

"그냥 돌이나 나무뿌리에 걸린 거 아니야?"

은수는 다시 한 번 기억을 더듬었다. 그리고 이렇게 대답했다.

"구조되기 전에 다시 봤는데 분명히 아무것도 없었어. 진짜로."

그 후로 며칠 동안 은수는 병원에 누워 있어야 했다. 시간이 남아돌았고, 그만큼 생각도 많아졌다. 정말로 마지막 순간에 은수를 잡아준 게 그 아이였을까. 그러면 은수를 거기까지 유인해낸 존재는?『항구의 수집가들』을 숨겨버린 초자연적인 존재는 또 누구란 말인가?

아마도 답을 찾아낼 수 없을 것이다. 고고심령학으로는 끝내 밝혀낼 수 없는 주제일 게 분명했다. 그렇게 실용적인 학문이었으면, 그 많은 고고심령학자들이 이한철 대표가 벌이는 사업 하나에 그렇게나 적극적으로 매달리지도 않았을 것이다.

'다 이해하려는 건 욕심이겠지. 천 년 넘게 살아온 존재니까.'

은수는 한참 동안이나 은경이 알아낸 노래 가사가 적혀 있는 수첩에서 눈을 떼지 않았다. 그다음 차례는 파키노티 박사의 개인 연구원이 보내준 코끼리 그림이었다.

그림 속에는 두 개의 성이 그려져 있었다. 파키노티 박사가 늘 말하듯, 여기에서 말하는 성은 덩그러니 서 있는 방어 건물 한 채가 아니라 성벽으로 둘러싸인 요새를 가리키는 것이었다. 거기에는 지배자가 거주하는 튼튼한 방어 건물과 그 주위에 모여든 다른 많은 사람들의 생활 영역이 포함되어 있었다. 또한 그 주위에는 여러 개의 방어 탑과 그 밖의 방어 시설들이 함께 놓여 있는 게 보통이었다. 그리고 이 모든 것들이 어떤 원칙에 따라 적절한 공간에 계획적으로 배치되어 있을 때, 비로소 요새라는 이름을 얻게 되는 것이다.

엄밀히 말하면 성벽의 역할은 단순히 무언가를 차단하는 게 아니라, 열려 있던 공간에 인위적인 규칙을 부여하는 일이었다. 이동할 수 있는 곳과 그럴 수 없는 곳, 혹은 시선이 닿는 방향과 그렇지 않은 방향을 구분하는 도구라는 뜻이다. 재배열된 공간과 그 안에 놓인 시설물들.

그림 속에는 그런 요새가 두 개나 빽빽하게 펼쳐져 있었다. 그것도 아주 가까운 거리였다. 그 그림을 보다가, 기물이 놓이고 포진이 짜여 있는 장기판을 바라보면, 묘하게도 닮았다는 생각이 들지 않을 수 없었다. 장기판만 볼 때는 별로 깊이 있게 생각해본 적이 없었지만, 사실 요새 두 개가 그렇게까지 가까이 붙어 있다는 것 자체가 이상한 일이었기 때문이다.

요새 도시라고는 하지만 도시라는 게 결국 평시의 삶과 전시의 삶을 모두 포함하는 주거 환경이라는 점을 생각하면 더 그랬다. 은수는 가까이 붙어 있는 두 개의 도시가 서로를 근접 포격하는 환경에서 이어지는 삶이라는 것을 상상하기가 어려웠다. 결코 안정적일 수 없는 구조였고, 그만큼 독특한 아이디어라는 말이기도 했다.

그래서인지 파키노티 박사의 개인 연구원이 보내준 그림과 장기판은 서로가 서로를 묘사하듯, 심지어 어떤 측면에서는 서로가 서로를 예언하고 있기라도 하듯 자연스럽게 잘 어울렸다.

'그런데 그런 말도 안 되는 구조를 지닌 도시가 실제로 존재한다면, 이 장면이 묘사하고 있는 요새혼이 빙의된다 해도 아주 이상한 일은 아닐 거야. 문 선생님도 결국 이런 관련성을 찾아내신 거였겠지. 그 일이 실제로 일어날 거라는 예측까지는 미처 못하셨을 가능성이 더 높지만.'

어쩌면 그 일이 실제로 일어날 수도 있다는 사실을 깨달은 순간, 그 요새혼이, 혹은 어떤 초월적인 존재가 문 박사의 연구에 개입하기 시작했을지도 모른다. 문 박사의 죽음이나 은수 자신에게 일어난 일을 설명해줄 가설은 딱 그 정도 이야기에 그치고 말 것이다. 앞으로도 영원히.

거기에서 그 아이의 역할은 무엇이었을까? 이야기의 주요 등장인물로서, 또 다른 초월적인 존재로서, 혹은 천문대에 머무르던 산신으로서.

'그냥 구경만 하고 있었던 건 아닐 거야. 이 노래만 해도 그래. 이건 어쨌거나 개입의 흔적이니까. 이건 힌트가 틀림없어. 방해하려는 게 아닐 거라고.'

아이는 미래에 관해 이야기하는 혼령이었다. 처음 존재가 알려졌을 때부터 그랬다. 맨 처음 자신을 목격한 아이에게 그 드라비다 혼령이 했다는 말은, 조금 뒤 목격자인 아이의 입에서 나오게 될 말이었다. 혼령은 늘 무언가를 알고 있었다. 그리고 그 사실을 숨기지 않았다.

'무언가를 알고 있었단 말이지. 앞으로 일어날 무언가를. 얼마나 나중에 일어날 일까지 아는 걸까?'

그러자 문득 맨 처음 혼령을 목격했던 초급 실습 과정 워크숍이 생각났다. 그날의 공기, 그날의 긴장감, 문인지 박사의 차분한 말투, 그리고 갑자기 나타나 은수에게 말을 걸었던 혼령. 겁먹고 비명을 지르던 학생들. 그 아비규환의 와중에도 차분하게 무언가를 받아 적던 문 박사의 태도. 그 후로 내내 은수는 그런 문 박사의 차분함을 배우려고 애썼다. 은수에게 그것은 초심이나 다름없었다.

그런데 생생하게 기억 속에 남아 있는 그 장면에는 훨씬 일찍 깨달았어야 할 구체적인 메시지 하나가 숨어 있었다. 혼령이 은수에게 무슨 말인가를 건넸고, 그것을 문 박사가 수첩에 받아 적었다는 사실이었다.

'이런, 왜 그 생각을 못했을까? 나 뭐 하는 사람이지?'

문 박사의 수첩은 전부 스캔이 되어 있었다. 문 박사의 머릿속을 들여다보는 데 그보다 더 도움이 되는 자료는 없었기 때문이다.

컴퓨터를 열어 문 박사의 가상 서재를 불러냈다. 그리고 기억을 더듬어 날짜를 생각해냈다. 그 시점을 전후해서 초급 실습 과정 준비에 관해 문 박사가 언급한 부분이 나타나기 시작했다. 그 근처에, 은수가 혼령을 처음 만난 날 혼령이 자신에게 던진 말이 기록되어 있을 게 분명했다.

'여기였군. 이거였어. 앞을 내다보는 아이가 나를 처음 만난 순간에 해준 말.'

은수는 작은따옴표로 묶여 있는 한 줄짜리 기록을 가만히 들여다보았다. 그때의 기억이 생생하게 재현되는 것 같았다. 고고심령학자들만의 방식으로 지극히 주관적이면서도 생생하게.

아이의 예언은, 어쩌면 결정적인 힌트가 될지도 모르는 혼령의 말은, 바로 이런 것이었다.

'시마무라야쿠'

그리고 그 아래에 문 박사가 이런 의견을 덧붙여두었다.

시마무라 아야코? 島村文子?

은수는 그 그림문자를 전에 어디에서 봤는지 기억을 더듬었다. 섬

마을에서 온 글. 그리 먼 기억이 아니었다. 천문대에서 조난 사고를 당하던 날의 기억이었다. 서재에 놓여 있던 포스터와 포스터에 나와 있는 지도, 그리고 지도 옆에 그려진 장기판 모양의 낙서. 그 낙서를 한 것으로 추정되는 사람의 이름이 바로 그 '섬마을에서 온 글'였다.

'시마무라 아야코라고 읽는구나. 그런 이름이었어, 내 고고심령학 인생 최초의 숙제는.'

오후에 은경이 병원을 찾아왔다. 은경은 병실에 들어서자마자 속삭이는 목소리로 은수에게 말했다.

"한나 파키노티 씨 그림 있잖아. 그게 맞는 것 같은데?"

"뭐가 어떻게 맞는다는 거야? 차근히 말해봐."

"아, 미안. 그 그림에 나와 있다는 눈 있잖아, 그것도 한 세트인 것 같아. 혼령 3종 세트. 성벽, 코끼리, 눈."

"눈 많이 오는 걸 그걸로 비유하는 거야, 아니면 뭐라도 근거가 나온 거야?"

"임다희가 그러는데. 요즘 이한철 대표네 회사에 있거든."

"이 대표는 어쩌고 있대?"

"어쩔 줄 몰라 하고 있겠지. 그 인간이 어쩌고 있든지 알 거 없고. 거기 혼령 검출 장비 연구하는 팀 있잖아. 거기서 이번 검출 물질도 연구를 했대."

"눈 말하는 거야?"

"어. 기특하지? 이 와중에 기본 절차를 다 지키다니."

"그러네. 의외로 기본은 돼 있네."

"그렇대도. 그런데 그 팀이 말이야, 검출 물질 체크하다가 이상한 걸 찾았대."

"뭐?"

"똑같았대."

"뭐가 똑같아?"

"눈이."

"눈이 다 똑같지 그럼. 싱겁게 무슨 소리야?"

"아니, 그 말이 아니고. 정밀 검사를 해도 똑같았다는 말이야. 눈 결정 하나하나가."

"그래? 그게 무슨 의미지?"

"말 그대로지. 최근에 서울에 내리고 있는 눈송이 하나하나의 모양이 다 똑같이 생겼대."

"뭐? 진짜로?"

"확인 중이라는데, 벌써 한 오백 개쯤 봤대, 지역별로. 지금도 새로 내리는 거 받아서 확인 중인데, 다 똑같대."

"그럴 수도 있는 거야? 기상이변이나 그런 경우에?"

"아니. 절대로. 그런 말도 있어. 지구가 탄생한 뒤에 지구상에 내린 눈송이 중에 완전히 똑같은 모양을 가진 눈 결정은 단 한 쌍도 없었을 거라는. 그러니까 자연현상일 가능성은 없어. 전혀."

은수는 은경의 얼굴을 가만히 올려다보았다. 그리고 한참 뒤에 은경에게 물었다.

"그럼 어쩌지?"

"그러게, 이제 어쩌지?"

"그러는 넌 왜 여기로 온 거야? 한가하게 병문안이나 올 타이밍은 아니잖아."

"그럼 어디로 가? 서울 사람 전부 대피라도 시키게? 그걸 누구한 테 말해야 먹히는데?"

은수가 대답 대신 한숨을 내쉬었다. 은경도 역시 마찬가지였다.

"부탁할 게 있는데, 이 날씨에 괜찮을지 모르겠네."

"뭔데?"

"너네 학교 도서관에 가서 뭐 좀 뒤져봐줘."

"뭐, 애원한다면 생각은 해봐야겠지. 뭔데?"

"학교 도서관 가면 어디 구석에 고문헌자료실이라는 데가 있을 거야."

"알지. 가본 적은 없지만."

"거기에 옛날 제국대학 자료들 모아놓은 데가 있대요."

"일제 때 제국대학 말하는 거야?"

"어, 거기 어디에 철도국 직원들이나 가족들이 쓴 용산 체류기가 있어."

"일본말로? 너 못 읽잖아."

"번역도 좀 해줘라."

"책 한 권을 다?"

"아니, 그중에 시마무라 아야코라는 사람이 쓴 부분만 번역해주 면 돼. 고문헌자료실이라 대출은 안 될 거야. 한자로는 이렇게 쓰는 이름이고."

"알아."

"고마워."

"뭐 귀찮지만 어쩔 수 없지."

파키노티는 저 멀리에 어렴풋이 모습을 드러낸 마을의 실루엣을 보면서, 통역의 질문에 느릿느릿 대답했다.

"지겨울 리가 있나요? 전 세계에서 펼쳐진 체스 게임의 숫자야 셀 수도 없을 만큼 많았겠지만, 그중에서도 완전히 똑같은 판은 아마 단 한 쌍도 없었을걸요?"

통역은 한참이나 대답이 없었다. 그러다 잠시 뒤에 다시 질문을 던졌다.

"그런데 정확히 뭘 찾으시는 거예요? 어떤 판을 두시려고?"

"둬야 할 판을요. 딱 한 게임이면 돼요. 그것만 두고 나면 우리 다 각자 자기 집으로 돌아갈 수 있어요."

비장하게 들리는 대답이었지만 실상은 별로 그렇지 못했다. 회고록 같은 것을 쓰게 된다면 '운명의 한 판을 찾아 한겨울 대초원을 누비는 여정' 정도로 멋지게 표현해도 좋을 만한 모험이었지만, 현실의 한나 파키노티는 초원의 지배자라기보다는 벼슬을 잃고 초원으로 유배 온 농경 민족 출신 관리에 가까운 신세였다. 찌그러진 솜이불처럼 조수석 한쪽에 아무렇게나 처박힌 채 이 마을에서 저 마을로 끊임없이 배달되고 부려지는 신세.

시야에 들어오기는 했지만, 마을까지 가는 데는 한참이 더 걸렸다. 딱히 유목민의 후예 같은 시력을 갖고 있지 않은 사람에게도 초원은 모든 사물이 보이는 것보다 훨씬 먼 곳에 놓여 있는 세계였다.

마을에서는 저녁식사로 고깃국이 나왔다. 한국에서 먹던 것과 정확히 똑같은 맛이었는데, 통역은 그 국이 초원식 요리라고 말해주었다.

"이름이 뭔데요? 그러니까 그 이름이 무슨 뜻이냐고 묻는 거예요."

"아, 번역하면 야채국이라는 뜻이에요. 여기 사람들은 안 좋아하는 사람도 많아요."

"왜요?"

"풀이 너무 많이 들어가서."

파키노티는 고개를 갸웃했다. 물론 풀이라고 할 만한 채소는 하나도 없었다. 고기가 기본이니 채소가 그만큼이나 들어간 국은 야채국일 수밖에 없다는 말인가. 한국에서는 채소가 기본이니 고기가 그만큼이나 들어간 국은 고깃국일 수밖에 없듯이.

그런데 사실 두 국은 완전히 똑같은 요리였다. 두 문화권이 섞였던 짧은 순간에 태어나 양쪽 모두에 영향을 미친 다음, 끝까지 살아남은 국일지도 몰랐다.

'이 동네 거리 감각은 종잡을 수가 없단 말이야. 문화 전파 측면에서는 말할 것도 없고.'

저녁을 먹고, 수소문한 상대를 찾아 판을 벌였다. 상대는, 파키노티보다 나이가 훨씬 더 들어 보이지만 실제로는 한 열 살은 젊을지도 모르는 여자였다. 통역이 말하기를 젊었을 때는 어느 사원에서 일한 적도 있고 무당으로 불리던 때도 있었다고 했다. 파키노티는 영매를 믿는 편은 아니었으므로, 무당 경력에는 크게 관심이 가지 않았다. 하지만 사원에서 일한 이력은 좀 달랐다. 오래된 것들과 그 변종이 많이 전해지는 곳이었으니까.

상대의 앞에는 샹치판과 기물이 놓였다. 특이할 것 없는 시작이었으나 외형만 보고 차투랑가 신의 본모습을 판단하기는 어려웠다. 차투랑가의 정신이 실재가 되려면, 뭐가 됐든 세상에 이미 존재하는 재료 하나를 이용하는 수밖에 없었다. 그것은 체스판이 될 수도 있고, 샹치판이 될 수도 있고, 장기나 쇼기 혹은 막룩이나 시투인이어도 마찬가지였다. 다만 목소리가 달라질 뿐. 혹은 춤사위가 달라질 뿐.

파키노티는 차투랑가의 몸에 남은 어떤 기억을 찾아내려 하고 있었다. 허스키한 목소리를 지닌 가수의 인생사를 궁금해하듯. 차투랑가의 몸은 수많은 변종을 가지고 있었고, 그 하나하나에는 저마다 그런 변화를 겪게 된 이유라는 것이 있게 마련이었다. 세월에 침식된 차투랑가의 정신은 질문에 답할 만큼 분별 있는 상태가 아닐 수밖에 없었다. 하지만 변화된 몸은 다르다. 몸은 기억을 지닐 수 있다. 뇌가 아니라 몸에 남는 기억 때문이다. 대화가 불가능할 만큼 순수하기만 한 신의 정신은, 그 몸을 통해 비로소 다른 존재의 질문에 답을 할 수 있게 된다.

'차투랑가 신님, 혹시 이 근방을 지나시다가 지나가던 코끼리 한 마리를 본 적이 있으신가요? 이름은 아미타브라고 하고, 자세히는 모르겠지만 유난히 기억에 남는 코끼리였을 거라고 하는데요.'

질문을 던지자 차투랑가 신이 한때 무당이었던 여자의 손을 이용해 샹치판 위에 모습을 드러냈다. 기물이 놓인 모양을 보는 순간 파키노티의 얼굴에 흐뭇한 미소가 떠올랐다. 드디어 신께서 대답을 하시기로 마음먹은 모양이었다.

근거는 맨 끝줄에 놓인 기물의 순서였다.

차車 상象 마馬 사士 장將 사士 상象 마馬 차車

대칭이 아니었다. 왼쪽 코끼리와 말의 배치가 오른쪽과 같았다. 양쪽 모두 말이 오른편, 코끼리가 왼편에 놓인 모양이었다. 기물 형태는 샹치처럼 생겼지만 실제로는 장기에 가까운 룰이 적용될 것이라는 의미였다.

파키노티는 자기 기물을 상대 기물에 대해 거울상처럼 마주 놓은 다음, 통역을 통해 룰에 대한 설명을 부탁했다. 그 지역에서는 거의 두지 않는 방식의 룰이었던 탓인지 좀처럼 끝날 줄을 모르는 설명이었다. 파키노티는 통역이 설명을 제대로 옮기지 못한다고 생각했다. 그래서 일단 알아들었다고 말한 후, 상대에게 선수를 두기를 부탁했다.

상대가 고개를 끄덕이며 첫수를 두었다. 맨 끝에 있는 졸卒을 옆으로 한 칸 옮기는 수였다.

'그렇군. 우리가 두는 건 확실히 샹치가 아니군. 판 중간에 그려진 강은 무시해도 되겠어. 강을 건너지 않아도 졸이나 병이 옆으로 움직일 수 있다는 뜻일 테니까.'

마치 한반도 지역의 장기 룰과도 같은 규칙이 그 지역에 남아 있다는 사실 자체는 그다지 놀랄 만한 것이 아니었다. 근대 이전의 문화 전파 속도는 현대인들의 상식을 초월할 때가 종종 있다. 카르타고의 한니발이 북아프리카에서 출발해 스페인을 거쳐 알프스산맥을 넘어 이탈리아반도에까지 타고 갔던 코끼리는 인도에서 온 것으로 추정될 정도였으니까. 더구나 초원에서라면 더 말할 것도 없었다. 문화에 관한 한 초원은 거의 고속도로나 다름없었다.

파키노티는 대국 전에 먹은 고깃국, 혹은 야채국을 떠올렸다. 어쩌면 그 국이 양쪽으로 퍼져나가던 시절에 전해진 룰이, 특이한 이국의 경기 방식이 되어 초원의 어느 사원에 보존되고 전승되어온 것일지도 모른다.

'고약한 차투랑가 신 같으니라고. 뭐 이럴 거면 그냥 한국 장기 두는 지역에 답을 심어뒀으면 좋았잖아. 사람을 여기까지 오게 만들어.'

물론 그것은 정당한 비난이 아니었다. 아미타브에 대한 기억이 남아 있는 곳은 한반도가 아니라 초원이었으니까. 파키노티는 이런 가설을 떠올려보았다. 당연하게도 세상을 호령하던 시절의 초원에는 다양한 형태의 차투랑가 변종들이 모여들었을 것이다. 싱가포르가 그랬던 것처럼. 그러던 어느 날 코끼리 아미타브에 관한 이야기가 초원에 당도해 사람들의 머릿속에 강한 인상을 남긴다. 초원에 모여 있던 차투랑가 변종들은 저마다 이 이야기를 담아내려는 시도를 해보지만, 실제로 성공한 것은 한반도에서 온 변종 하나였을 것이다.

그 이야기를 담기 위해, 차투랑가 신의 여러 몸 중 단 하나에 새겨진 기억을 보존하기 위해, 사원에 몸담고 있던 사람들은 이 차투랑가 변종을 보존하기로 결심한다. 언젠가, 손님이라고는 절대 찾아오지 않을 것 같은 눈보라가 몰아치는 어느 겨울날, 기적처럼 그곳으로 찾아와 아미타브에 관한 질문을 던질 누군가가 신의 기억을 직접 열람할 수 있도록.

'문명은 참 위대해. 대부분 알아볼 수 없다는 게 문제지만.'

파키노티가 코끼리를 움직여 궁성 정면의 면 자리에 갖다놓았다. 그러자 상대가 눈을 들어 파키노티의 눈을 바라보더니 다시 샹치판 위로 시선을 옮겼다.

'진지하게 하자고요, 신의 대리자님. 다시 한 번 신께 손을 빌려주실 때가 된 것 같군요.'

파키노티는 면상포진을 차리고, 병兵 기물을 코끼리 앞에 집결시킨 다음, 보병밀집방진대형을 탄탄하게 갖추었다.

보병이 앞으로밖에 갈 수 없는 다른 많은 차투랑가 변종에서와는 달리, 처음부터 보병이 옆으로 움직일 수 있는 한국 장기에서는 전투 초반부터 전차를 자유롭게 활용할 수가 있었다. 그것은 어쩌면 당연한 일일지도 모른다. 그렇게 강력한 기물을 경기 후반까지 구석에 가만히 처박아놓기만 하는 체스의 전쟁관이 오히려 이상하게 보일 지경이었다.

거기에, 궁성을 지키는 일에 투입되어야 할 대포가 코끼리에게 그 역할을 맡기고 스스로는 야포 역할을 전담하게 되면서 야전 부분이 한층 역동적으로 변했다. 말과 코끼리와 보병이 아니라, 전차와 야포가 초반 전장을 누비게 된 덕분이었다.

사실 이 대목에서 파키노티는, 상대가 룰을 정확하게 파악하지 못하고 있다는 생각이 들었다. 대포를 움직이는 방식이 중국식인지 한국식인지 명확하지가 않았던 것이다. 중국식 룰에 따라 움직이고 있기는 했지만, 그 행마에 어울리는 포진이나 전술이 뒷받침되어 있지가 않았다. 파키노티는 야포 사용을 최소화하고 다른 기물들에 집중하기로 마음먹었다. 정확하지 않은 기억 하나가 나머지 전부를 가치 없는 것으로 만들지 못하게 하기 위해서였다.

그 바람에 전세가 점점 불리한 쪽으로 기울고 말았다. 모처럼 해방된 야포를 최대한 활용할 수가 없게 되었으니 전황 자체가 답답해지는 것도 당연했다. 하지만 일단은 신이 하던 이야기를 끝마치게 하는 게 우선이었다. 차투랑가의 신은 벌써 이런 말들을 건네고 있었다.

'그 코끼리를 알아? 나이 그렇게 많아 보이진 않는데. 아직 백 살 안 되지 않았어?'

'어디서 들었어요. 그래서 그 코끼리는 어떻게 됐나요? 앞부분은 천천히 말해주셔도 되고 결말부터 이야기해주세요.'

'아, 그래? 결말이라. 어디 보자, 아는 코끼리가 워낙 많아서. 그러니까 그 아미타브라는 코끼리가, 어떻게 생겼더라?'

'덩치가 컸죠.'

'그렇군. 덩치가 큰 놈도 한둘은 아니었는데. 얼마나 컸지? 그것까지는 모르지? 어느 코끼리를 말하는 건지 원.'

'저기, 이상한 소리 그만하시고요. 이런 추운 동네에 나타난 덩치 큰 코끼리라는 게, 수십 수백 마리씩 되는 건 아닐 거 아니에요?'

전투가 종반으로 치달아가면서 기물이 하나씩 판 밖으로 사라졌다. 성 밖에 나가 있던 또 한 마리의 코끼리는 이야기 밖으로 사라진

지 오래였다. 골치 아팠던 대포는 일찌감치 손해를 감수하고 다른 기물과 교환해버렸다. 손해 보는 교환은 아니었지만, 전차 하나도 이미 전선을 이탈했다.

'이거 잘하면 지겠는데. 사원이 아니라 무슨 차투랑가 학원 같은 데서 일했던 거 아니야?'

위대한 차투랑가의 신이 파키노티의 요새를 압박해 들어왔다. 남아 있는 기물들이 전부 성벽 쪽으로 몰리면서 성문 앞뒤가 움직일 틈 없이 빽빽해졌다.

그리고 다시 기물 교환이 이뤄졌다. 사士 두 개와 기병 하나가 상대 전차 하나를 잡기 위해 희생되었다. 근위병이 없어지자 형세가 위태로워진 왕이 코끼리 뒤쪽에 불안하게 붙어 섰다. 말 한 마리가 코끼리 왼쪽에서 왕의 보호를 받고 있었고, 코끼리의 오른쪽은 하나 남은 전차가 차지하고 있었다. 궁성 앞쪽에는 보병 두 개가 약화된 방어막을 간신히 유지하고 있었다. 왕을 포함해서 딱 여섯 개의 기물밖에 남지 않은 절체절명의 위기. 파키노티가 둘 차례였지만 마땅히 둘 게 없는 상황이었다.

그런데 그때, 좀처럼 겪기 힘든 일이 일어났다. 누군가가 노골적으로 훈수를 두며 파키노티의 생각을 가로막은 것이었다. 파키노티는 고개를 들어 샹치판 위를 바라보았다. 전장 위로 날아온 손가락 하나가, 붙어 있던 두 개의 보병 중 하나를 가리키며, 앞으로 한 칸 전진해보라는 지시를 하고 있었다.

파키노티는 의아한 눈으로 손의 주인을 바라보았다. 손의 주인은 다름 아닌 파키노티의 맞은편 대국자였다. 주위를 둘러보았지만 그게 무슨 의미인지 이해하는 사람은 아무도 없는 것 같았다. 사실 그것은 아무 의미도 없는 수였다. 잡을 기물도 전혀 없었고, 그렇게 둔다고 형세가 딱히 유리해질 것도 아니었다.

잠시 후 파키노티가 손을 움직여 상대가 가리킨 보병을 한 칸 앞으로 진격시켰다. 그러자 상대가 자기 궁성 안에 안전하게 자리 잡은 왕을 옆으로 한 칸 이동시켰다. 그 또한 사실상 아무 의미도 없는 수였다.

그게 끝이 아니었다. 다시 상대가 손을 내밀어 파키노티의 다음 수를 지시해준 것이었다. 손가락이 궁성 위를 휘휘 맴도는 것을 보니 어떤 기물들의 위치를 바꾸라는 의미인 것 같았다. 사방이 가로막힌 코끼리를 포함해 마지막 남은 여섯 개의 기물. 그런 조건에서 발동되는 특별한 로컬 룰이 있는 모양이었다.

파키노티는 시키는 대로 궁성 한가운데에 있는 왕과 코끼리의 위치를 바꾸었다. 발동 조건이 다소 특이하기는 했지만 체스나 다른 차투랑가 변종의 캐슬링처럼, 전혀 새롭다고는 할 수 없는 이동 방식이었다.

그 순간, 마주 앉은 무속인 출신 대국자가 손뼉을 치며 웃음을 터뜨렸다. 마치, 알고는 있었지만 평생 한 번도 적용해볼 일이 없었던 룰을 이제야 적용해보게 된 것을 기뻐하는 듯한 웃음이었다.

"이러면 어떻게 되는데요?"

통역을 통해 상대에게 물었다. 그러자 상대가 뭐라고 길게 대답을 하더니, 통역이 그 말을 전하기도 전에 파키노티 쪽으로 바짝 다가앉았다. 상치판 위에 그림자를 드리울 만큼 가까이 다가온 신의 대리인이 샹치판 쪽으로 손을 뻗어 다음에 일어날 일을 손수 보여주었다. 그것은 파키노티가 그토록 찾아 헤매던 신의 대답이었다.

'그 코끼리가 맨 나중에 무슨 짓을 했냐면 말이지.'

'무슨 일인데요? 뜸 들이지 말고 좀 속 시원히 대답해보세요.'

'이런 짓을 했어.'

상대 대국자가, 기억마저 가물가물해진 어느 사원의 나이 든 전수자가, 그리고 실로 오랜만에 신에게 손을 빌려준 신의 대리인이, 판 위에 놓여 있는 기물을 두 손으로 싹 쓸어버렸다. 두 개의 성이 차지하는 열여덟 개의 칸 밖에 놓여 있는 모든 기물이 한순간에 전장 밖으로 사라져버렸다.

그러자 차투랑가의 신이 이야기를 마무리 지었다.

'재앙이 일어났지.'

그리고 이런 말을 덧붙였다.

'그런데 거기 젊은 인간, 당신 그런 친구가 있지 않았어? 종말징후론인가 하는 걸 연구하던. 그냥 그 친구한테 물어보지 그랬어? 아직 백 살도 안 됐으니까 한참 더 살 거 아니야. 한 이백 년은 더 살 텐데.'

'아니, 우리 그렇게 오래 못 살아요.'

'그래? 삼백 살까지는 산다던데.'

'그거 다 옛날 사람들 허풍이에요.'

그러는 사이 문밖으로 나갔던 신의 대리인이, 한 손에 눈을 한 움큼 쥐고는 다시 자기 자리로 돌아왔다. 그러더니 샹치판 위에 골고루 눈을 뿌려대면서, 옛날 무당 시절에나 불렀을 것 같은 노래를 흥얼거렸다.

통역이 어리둥절한 눈으로 파키노티를 바라보았다. 파키노티는
벽에 걸어둔 가방 쪽으로 황급히 달려가 허둥지둥 전화기를 찾아 헤
맸다. 신의 목소리가 건물 안에 메아리쳤다. 파키노티 말고는 아무
도 듣지 못하는 소리였다.

'재앙이야, 재앙. 전부 다 눈에 파묻히는 거야. 걱정 마. 영원히 파
묻혀 있지는 않을 거야. 빠르면 수백 년쯤 뒤에, 매머드처럼 누군가
가 발굴해줄 거야. 털끝까지 온전한 상태로 말이야.'

'이 망할 영감탱이!'

'얼씨구, 왜 그래? 그래도 왜 죽는지는 알고 죽는 거잖아. 다른 데
서는 왜 사라지는 건지 영문도 모르고 그냥 싹 파묻혀버렸다고. 이
걸로 논문 같은 건 못 쓰겠지만, 적어도 답은 알아냈잖아. 그게 고고
심령학 아니야? 당신이야 멀리 떨어져 있으니 죽을 일도 없고 말이
야. 그러니까 진정해. 느긋하게 즐겨봐.'

해답지: 유예된 열반

숲에서 놀다가 무리에서 떨어져나온 코끼리 한 마리가 사람들에게 잡혀왔다. 다 자란 어른 코끼리만큼이나 덩치가 컸지만, 사실은 아직 어린 코끼리였다. 울타리에 걸려든 코끼리들을 살펴보던 조련사들이 그 사실을 알아보고, 왕의 궁전에서 가장 나이 많은 길들여진 코끼리를 보내 이 아이를 울타리 밖으로 불러냈다. 불러내놓고 보니 이미 길들여진 것처럼 온순하고 말귀를 잘 알아듣는 코끼리였다. 그래서 그 코끼리는 잡혀온 이후 단 한 번도 몸통이나 발목이 묶여 있었던 적이 없었다.

"그래도 흥분하면 난폭해지지 않아? 코끼리는 위험한 짐승이니 조심해서 다뤄야지."

하지만 그 코끼리는 왕의 축사_{畜舍}에 들어가자마자 사람들이 만들어놓은 규칙을 이해했다. 축사가 뭐고 훈련장이 뭔지, 조련사와 그렇지 않은 사람들이 어떻게 다른지, 그리고 훈련하는 시간과 쉬는 시간이 어떻게 다른지를, 마치 이미 겪어본 적이 있는 것처럼 능숙하게 구별했다. 따로 울타리를 쳐놓지 않아도 가지 말아야 할 곳은 스스로 알아서 가지 않는 분별력을 지니고 있었던 것이다.

"그냥 말 잘 듣는 코끼리로 키워서는 안 되겠어. 그렇게 만들면 우리야 쉽겠지. 더 가르칠 게 없으니. 그런데 거기에서 끝날 코끼리가 아니야. 이 코끼리는 우리 손을 벗어나야 더 크게 자랄 거야."

나이 많은 조련사들이 말했다. 젊은 조련사들도 똑같이 생각했다. 그래서 그들은 장군들에게 그 코끼리를 데려가 미리 허락을 얻은 다음, 전사들 중의 전사인 왕의 궁전에서 대신들이 모두 보는 가운데 이렇게 아뢰었다.

"왕이시여, 새로 잡은 코끼리에 관해서 아뢰고자 합니다. 몇 달 전에 새로 포획한 코끼리 한 마리가 유난히 덩치도 크고 영특하여, 잘 조련하면 능히 왕의 행차에 쓰일 코끼리로 자라날 것이라 기대하고 기쁜 마음으로 성장을 지켜보았습니다. 하온데, 아뢰옵기 황공하오나, 오랫동안 이 코끼리를 지켜보다 보니 어쩌면 이 코끼리가 전사 중의 전사이신 왕께 속한 코끼리가 아닐지도 모른다는 생각을 갖게 되었습니다."

"어째서인가?"

"코끼리의 성스러운 용모와 온화하고 너그러운 행동 때문이옵니다. 따로 가르치지 않아도 적과 아군을 구분하는 법을 알고 있고, 일부러 술을 먹여 흥분시키지 않아도 능히 적진을 휘저을 수 있을 만큼 용맹하며, 수십 년씩 나이를 먹으면서 경험을 더 쌓지 않아도 이미 전장 한가운데에서도 평정심을 유지할 수 있을 만큼 침착해서, 전장에서나 도성에서나 왕의 코끼리로 삼으시기에 모자람이 없다는 점은 믿어 의심치 않습니다. 하온데."

"하온데?"

"저희 조련사들은 그게 이 코끼리의 끝은 아닐 거라는 믿음을 갖게 되었습니다. 알아볼 눈을 지니지 못한 미천한 종이 감히 아뢰옵기 황공하오나, 아무래도 이 코끼리는 브라만에 속한 것으로 사료되옵니다. 심기를 거스른 주제넘은 말이라면 저를 벌하여 엄히 다스리시되, 부디 현자들이 이 코끼리를 직접 보게 하시어 저희 미천한 조련사들의 어리석음을 거듭 꾸짖게 하시기를 청하옵니다."

"호오, 뒷부분은 무슨 소리인지 모르겠구나. 아무튼 크샤트리아에 속하는 코끼리가 아니란 말이지? 신의 환생인가. 코끼리를 궁으로 들여라."

어진 왕이 허락하자 조련사들이 코끼리를 궁전으로 데리고 왔다. 사람도 처음 들어오면 어리둥절해지는 것이 궁의 법도였으나, 신기하게도 이 어린 코끼리는 마치 전에 그곳에서 살아보기라도 한 듯 길과 길 아닌 곳을 스스로 알아보았다. 나아갈 곳과 머물 곳을 스스로 구별했으며, 어리광을 부려야 할 때와 근엄해야 할 때를 스스로 알고 처신했다.

현명한 왕께서 단번에 그 점을 알아보시고 조련사들을 치하하여 큰 상을 내리셨다. 그리고 장군들을 불러 이렇게 명하셨다.

"이 코끼리를 현자들에게 보내시게. 가네샤의 환생일지 모르니 극진히 대접하고 불편함이 없도록 철저히 호위해야 하네. 왕국의 모든 것을 걸고 최대한 편안히 모셔야 할 게야."

그 말씀을 하시는 왕의 입가에 희미한 미소가 떠올라 있었으므로, 장군들은 그 말이 농담인지 진담인지 알 수가 없었다. 그래도 그 명령은 왕께서 말씀하신 그대로 이루어졌다.

그때부터 어른이 될 때까지 그 코끼리는 쭉 탁발 승려들의 손에 길러졌다. 현자들의 수행길 맨 뒤를 따르거나, 인간 제자들 사이에 끼어서 열반의 순간에 이른 구루들을 우러러보기도 했으며, 가끔은 고행이나 단식을 함께하기도 했다. 크샤트리아에 속한 코끼리가 되는 것보다 훨씬 가난한 환경에 처했다는 뜻이었다. 물론 다행히 요가는 하지 않았다.

이 코끼리에게 단식은 어려운 일이 아니었다. 배를 채우는 일보다 아름다운 것을 보는 즐거움을 더 좋아했던 코끼리는, 승려들이 고행을 하거나 설법을 하는 동안 홀로 들판을 뛰어놀며 풀이나 나뭇잎을 뜯어먹다가도 어쩌다 향기로운 꽃을 만나게 되면 향기에 취해 먹고 씹기를 거르기가 일쑤였다. 구루들은 향에 취해 눈을 감고 가만히 서 있는 코끼리를 보면서, 코끼리의 마음속에 피어나고 있을 신의 섭리를 느끼곤 했다.

아름다움을 만끽하는 즐거움 앞에, 바로 옆에서 행해지는 고행과 설법은 쉬이 초라한 관습이 되곤 했다. 구루들은 코끼리에게 아미타브라는 이름을 내리고, 적어도 고행이나 설법이 이루어지는 동안에는 되도록 수행자들과 멀리 떨어진 곳에 머무르게 했다. 아미타브라는 이름은 코끼리의 선하고 거대한 눈 안에 머무르고 있는 형형한 불꽃에서 따온 이름이었다.

아미타브는 그렇게 어른 코끼리가 되었다. 그리고 자신을 알아본 현명하고 어진 왕이 전쟁에서 패해 목숨을 잃었을 때, 전리품이 되어 적국으로 잡혀갔다.

새 왕궁에서 아미타브는 도로 크샤트리아 계급에 속하게 되었다. 다른 모든 코끼리들과 마찬가지였다. 이번에도 물론 눈 밝은 조련사들이 가장 먼저 아미타브 안에 깃든 신을 알아보았으나 먼저 나서서 아미타브를 왕에게 데려가지는 않았다. 다른 모든 왕들과 마찬가지로 그들의 왕 또한 잔인하고 포악한 왕이었던 탓이었다.

이미 세상에 존재하는 그 어떤 코끼리보다도 거대해진 아미타브는, 이번에도 역시 마치 그 왕궁에서 유년기를 보낸 코끼리라도 되는 것처럼 성 안 곳곳을 낯설어하지 않았다. 특히 성벽 안쪽에는 코끼리를 이용한 독특한 방어 시설이 갖추어져 있었는데, 이 또한 아미타브에게는 어렵지 않은 관문이었다.

전투용 코끼리를 활용하기 위해 고안된 독립된 작은 성이라고도 할 수 있는 그 건물에는 코끼리 한 마리가 지키고 서면 꽉 들어차는 넓이의 통로가 곳곳에 설치되어 있어서, 용맹한 코끼리 몇 마리를 잘만 배치하면 성문 안으로 들어온 적군 수천 명이 한 발자국도 더 전진하지 못하도록 막아설 수 있었다. 또한 그렇게 생긴 통로 양옆에는 궁수들이 배치된 방어탑이 세워져 있어서, 침입해 들어온 적을 단순히 막아서기만 하는 것이 아니라 위쪽에서부터 화살을 퍼부어 성 안으로 침입한 병력에 치명적인 타격을 입힐 수 있도록 했다.

첫 훈련에 투입된 아미타브는, 언제나 그렇듯 마치 요새의 구조를 정확하게 이해하고 있기라도 한 것처럼 가장 적절한 방식으로 훈련에 임했다. 서 있어야 할 위치에 멈춰 섰고, 밀고 나가야 할 순간에 앞으로 나아갔으며, 덩치에 비해 조금 좁은 듯한 통로를 지날 때에도 혹여나 벽을 밀어서 부수는 일이 없도록 몸에 힘을 빼고 조심조심 걷는 신중함을 보였다. 그리고 되도록 일찍 훈련을 끝낸 다음, 다른 코끼리들보다 먼저 연병장으로 돌아가 남는 시간 내내 한가하게 풀 냄새를 즐겼다.

그 모습을 지켜본 포악한 왕의 조련사들은, 머지않아 한 가지 사실을 깨닫게 되었다. 아미타브가 따르는 규칙이라는 것이 그 요새를 둘러싼 특이한 교전 방식 하나만은 아니라는 사실을.

조련사들의 눈에 아미타브는 마치 그 요새에 겹쳐진 또 하나의 궁전에서 살고 있는 것만 같았다. 사람들의 눈에는 보이지 않는 그 성스러운 궁전은 오로지 코끼리 아미타브의 걸음걸이로만 파악이 됐다. 어디가 통로이고 어디가 벽인지, 어디가 신을 모신 곳이고 어디가 아름다움과 여유를 즐기는 곳인지.

이번에도 조련사들은 그 사실을 왕에게 보고하지 않았다. 그 나라에는 귀담아들을 왕이 없었기 때문이었다.

그러던 어느 날, 누구의 자식인지는 모르겠으나 역시 크샤트리아 계급에 속한 아이 하나가 풀밭에서 놀고 있는 아미타브를 발견했다. 그 발견은 곧바로 만남이 되었다. 만남은 곧 약속이 되었고, 약속은 또한 인연으로 번져갔다.

아이는 글을 읽고 가극을 들을 줄 알았다. 그래서 브라만들이 종종 하곤 한다는 '열반'이라는 행동에 대해 잘 알고 있었다. 깨달음이란 행동 같은 게 아니라고 누군가가 말해주었지만 아이는 그 말에 동의하지 않았다. 그리고 아이는, 아미타브가 곧 열반에 이를 거라고 생각했다. 그래서 어느 날 아미타브를 만났을 때, 아이는 아미타브의 코에 대고 이런 말을 속삭였다.

"열반하지 마."

그 모습을 보고 어른들이 말했다.

"귀에다 속삭여야지. 아무리 코끼리라도 코로 들을 수는 없어."

하지만 아이는 자기 눈앞에 있는 코끼리가, 코끝으로 직접 아트만 ātman을 움켜쥘 수 있는 코끼리라는 사실을 잘 알고 있었다. 존재에 직접 닿는 코. 그러니 그것은 귀에 대고 속삭일 수 있는 말이 아니었다. 코로 매만져야 알아들을 수 있는 말이었다.

아미타브의 거대한 몸 안에 깃든 신이 그 말을 듣고 잠시 망설였다. 그리고 뜻하지 않게 얽혀버린 인연의 고리에게 이런 대답을 들려주었다.

"그래. 당분간은."

크샤트리아에 속한 아이가 그 말을 알아들었는지 그렇지 못했는지는 알 방법이 없었다. 다만 두 번 다시 아이가 아미타브의 코에 대고 열반하지 말라는 말을 속삭이지는 않았다는 점만 확인할 수 있을 따름이었다.

둘은 그렇게 행복한 시간을 보냈다. 그러나 이 기록이 결국 행복에 관한 기록은 될 수 없듯, 둘의 시간도 곧 불길한 전조와 회한으로 가득한 위기의 시간으로 바뀌게 되고 말았다.

짧지만은 않았던 평화가 끝나고 요새 전체가 전장이 되던 날, 어디에 발을 디디고 있든 늘 신의 사원 한가운데를 걸었던 코끼리 아미타브는, 머리에 철갑을 두르고 등 위에 병사들을 위한 망루를 멘 채 전투 코끼리로 전장에 징발되었다. 깨달음의 문턱에서 열반을 미루고, 하찮은 인연에 스스로 발이 묶이기로 결심한 위대한 생명체가, 한낱 인간의 어리석은 야망과 탐욕의 도구가 되어 거대한 악마의 모습으로 피비린내 나는 전장에 서던 날.

신들의 노여움이 하늘을 움켜쥐었다. 굳은 표정으로 검게 물든 하늘이, 전에 본 적 없던 이상한 것을 뿌려대기 시작했다. 그것은 눈이었다. 신들이 남기신 육각형의 작은 문자였다. 그 전장에 있는 사람 대부분이 평생 단 한 번도 본 적 없는, 차가운 저주의 판결문이었다.

그래서 이 이야기의 끝부분은 어디에도 기록으로 남아 있지 않았다. 끊임없이 쏟아진 신들의 언어가, 다른 모든 보잘것없는 인간의 언어와, 그 언어로 이루어진 모든 이야기들을 하나도 남김없이 쓸어버렸기 때문이다.

다만 짓궂고 과묵한 차투랑가의 신만이 자신이 본 것을 몸에 새겨 간직했다. 그리고 그 자신도 다른 사람들과 마찬가지로 그 이야기에 관한 기억을 완전히 잃어버리고 말았다. 누군가 그 기억이 새겨진 몸을 찾아내, 차투랑가 신의 기괴한 영혼을 다시금 그 안으로 모셔오던 순간까지.

전말을 기억하는 존재가 아무도 없는 이야기. 그 자체로 그것은 대재앙의 기록이었다.

완성된 재앙

섬마을에서 살아본 적이 한 번도 없었던 시마무라 아야코는 남만주철도주식회사 조선철도국에 발령받은 오빠를 따라 경성으로 건너왔다. 하는 일 없이 몇 달을 보냈지만 조바심 같은 것은 생기지 않았다. 교육을 받기는 했어도 어차피 여자들은 할 일이 별로 없었다. 신식 교육을 받은 구식 여자가 되거나, 신식 교육을 받은 못돼먹은 여자가 될 수 있을 따름이었다. 경성으로 건너오면서 아야코는 제삼의 길을 찾아냈다고 생각했다. 그것은 바로 어정쩡하게 신식 교육을 받고 허송세월하는 인생이 되는 것이었다. 언제까지 지속될지는 알 수 없었지만.

아마도 어느 날 갑자기 예고도 없이 끝나버릴 생활양식일 것이다. 아야코와 또래 친구들에게 인생은 늘 하루아침에 끝장나는 무언가였다. 그러니 즐길 수 있을 때 즐기는 편이 나았다. 그래 봐야 별로 즐거울 것도 없는 생활이었지만 끔찍한 것보다는 심심한 게 나았다.

아야코가 시간을 보내는 곳은 도서관이었다. 용산역 앞 철도관사 근처에 세워진 경성철도학교에 붙어 있는 만철경성도서관이라는 이름의 도피처. 원래는 철도국 직원들을 위한 도서관이었지만 직원 가족들도 열람이나 대출이 가능했다. 최첨단 기술인 철도 관련 전문 도서관이다 보니 다른 곳에 비해 기술서적이 눈에 띄게 많은 편이었지만, 의외로 문학이나 어학 관련 서적도 꽤 많았다. 여행 정보나 철학에 관한 책들도 마찬가지였다.

한 번에 세 권, 그나마도 소설은 한 권밖에 열람이 안 됐다. 3센의 열람료도 지불해야 했는데, 오빠가 특별 허가를 받아온 뒤로는 제한 없이 무료로 대출이나 열람이 가능했다.

'그래, 무한정 책이나 보고 있자.'

읽을 책이 동나버리면 어쩌나 걱정이 들 때도 있었다. 하지만 그런 걱정은 할 필요가 없을 것 같았다. 철도도서관으로 이름이 바뀐 뒤에도 그 도서관은 제국도서관이나 총독부도서관만큼이나 잘 관리되는 도서관으로 남아 있었다. 총독부 예산의 절반이 철도에 들어간다는 이야기가 들려오던 시절이었다. 독일통일전쟁까지 굳이 예를 들지 않아도 철도가 얼마나 중요한 것인지는 이견의 여지가 별로 없었다.

그러니 철도국에 다니는 오빠가 제국 최고의 엘리트라는 점 또한 부인할 수 없는 사실이었다. 하지만 아야코는 그런 오빠를 보며 마음속으로 이런 생각을 하곤 했다.

'내가 했으면 저보다는 더 잘했을 텐데.'

도서관에 가지 않을 때는 영어 수업을 들으러 갈 때뿐이었다. 웨일스에서 온 영어 선생은 영국 영사관이 있는 경성의 옛 도성 안에 살고 있었는데, 영어 수업을 들으려면 어쩔 수 없이 인력거를 옛 도성 안까지 왕래하게 하는 수밖에 없었다.

매주 두 번을 오가기에 그 길은 꽤 멀고 번거로운 여정이었다. 그래도 그렇게밖에 할 수 없는 건 특별히 마음에 드는 선생을 만났기 때문이 아니라 함께 수업을 듣는 사람들 때문이었다. 등급이 맞지 않으면 아무래도 서로가 불편할 수밖에 없는 게 회화 수업인 탓이었다.

사실 아야코는 영어 수업을 그만둘까 생각하고 있었다. 아야코가 공부를 그만두는 것을 말리는 사람은 아무도 없었다. 다니기 힘들다고 한 마디 말이라도 꺼냈다가는 당장에 "그 힘든 걸 왜 하니? 집에서 놀아"라는 말이 되돌아오곤 했다. 공부라는 건 스스로 단단히 마음을 먹지 않으면 이어지기보다는 끊어지기가 더 좋은 사치스러운 취미였다.

영어 선생도 영 마음에 들지 않았다. 일단 선생은 아야코의 이름을 기억하지 못하는 눈치였다. 다른 학생들 이름은 다 제대로 알고 있으면서 아야코를 부를 때만은 늘 헷갈리는 눈치였다. 어느 날은 "아키코"라고 부르더니 다른 날은 "아이코" 또 어느 날은 "아사코"라고 부르기도 했다. 그러다 결국은 "아카요"라는 이름으로 아야코를 호명하게 되었는데, 아야코가 군이 정정을 하지 않자 선생은 하필 그 순간에 이 동양 여자의 이름을 헷갈리지 말고 똑똑히 외워둬야겠다고 결심을 한 모양이었다. 그래서 아야코는 아카요가 되었다. 너무나 자신 있는 태도로 "아카요?" 하고 질문을 던지는 영어 선생을 보면서 아야코는 슬슬 영어 수업에 흥미를 잃고 말았다.

'잘 안 되는 외국말 하느라 이상한 자아가 억지로 만들어지는 것도 짜증스러운데 이제는 이름까지 잃게 생겼네. 내 인생이 하루아침에 끝장나는 날 제일 먼저 사라질 게 라스트 네임인데, 퍼스트 네임까지 잃어서야 되겠어?'

옛 도시에서 새 도시로 가는 길 위에서 아야코는 비관적인 생각에 사로잡혔다. 남대문을 지나 용산으로 향하는 길은 언제나 삭막하고 을씨년스러웠다. 그곳 사람들 말로, 1905년을 닮은 풍경. 벌써 이십 년 전에 일어난 일.

남대문을 나와 강 쪽으로 얼마쯤 가면 남대문정거장이 나왔다. 용산역에서 뻗어나온 짧은 철로가 조선 궁궐 뒤편 서대문 앞까지 이어진 곳이었다. 왕을 위한 노선인 셈이었다. 옛 도시에 닿는 노선은 그 짧은 철길 하나가 다였다. 반도 전체와 만주를 잇는 나머지 노선 전부는 새 수도 용산에 집중되어 있었다. 총독부 예산의 반을 잡아먹는 반도의 동맥과 순환계가.

거기에서 길을 따라 조금 더 남쪽으로 내려가면 왼쪽으로 부대 연병장과 병기창이 모습을 드러냈다. 그곳에는 조선군사령부가 주둔해 있었는데, 원래는 청인들이 주둔했던 곳이라는 이야기도 있었다.

아야코는 경성의 위치가 이상하다는 생각을 자주 하곤 했다. 거의 매번 지도를 볼 때마다 드는 생각이었다. 오래전부터 한강을 통해 물자가 드나들었다는데, 이 나라의 수도는 왜 저렇게 강에서 멀리 떨어진 곳에 지어졌을까. 마치 강과 도성 사이에 다른 도시가 하나쯤 더 들어서기를 바라기라도 하는 것처럼.

'저렇게 여지를 주면 누군가 적대적인 사람들이 비집고 들어올 텐데, 반드시.'

총과 대포와 기병이 있는 지역을 지나면 용산역과 그 일대에 펼쳐진 바둑판 모양의 신시가지가 나타났다. 그 격자무늬 시가지에 들어서고 나서야 아야코는 비로소 마음이 편안해졌다. 그리고 격자 위를 달리는 인력거를 상상했다. 자신이 가는 길을 위에서 내려다보듯 머릿속으로 따라가보다가 문득 지도가 있으면 좋겠다는 생각이 들었다. 그리고 동시에 격자 위를 오가는 자신의 신세가, 쇼기와는 달리 선 위를 달리는 조선 장기판 위의 기물 같다는 생각을 했다.

며칠 뒤, 철도도서관에 들러 지도를 펼쳐들었을 때, 아야코는 지도에 펼쳐진 경성의 모습이 꼭 조선 사람들의 장기판을 빼닮았다는 사실을 새삼스럽게 깨달았다. 위태로울 정도로 지나치게 가까이 붙어 있는 두 개의 성채와, 신시가지를 채우고 있는 인공적인 격자무늬까지.

아야코는 지도 한구석에 그림을 그려넣었다. 자신이 발견한 것을 다른 누군가에게도 전하고 싶어서였다. 그리고 들키기 전에 지도를 반납했다. 회신 같은 것은 기대조차 하지 않았다.

인생은 아직 끝장나지 않았지만 삶은 묘하게 불행해져만 갔다. 누구는 쓸데없이 많이 배워서 그런 거라는데, 옳은 말인 듯도 하고 영 아닌 것도 같았다. 영어 수업을 그만두자 도서관에 틀어박혀 있는 시간이 그만큼 더 많아졌다. 이유 없이 때때로 막막해지는 날들이 늘어났고, 책상 앞에 책을 펼쳐놓은 채 한숨만 쉬다가 그대로 반납

하는 날도 더러 있었다.

그리고 벽이 보였다. 칠흑같이 어두운 높은 벽이.

맨 처음 아야코는 눈을 의심했다. 비교할 만한 게 없어서 가늠할 수도 없었지만, 못해도 이십 미터는 더 되는 벽이었다. 삼십 미터나 오십 미터쯤 될지도 몰랐다. 아야코는 이십 미터짜리 물체가 똑바로 서 있는 모습을 본 기억이 거의 없었다. 전혀 없을지도 모르는 일이었다. 불상이나 석탑이 아닌 다음에야.

조선에 그런 게 있을 가능성은 더더욱 희박했다. 하물며 전날 저녁까지 멀쩡하던 골목길에 어느 날 갑자기 수십 미터짜리 시커먼 벽이 가로놓일 리는 없었다.

아야코는 직감했다. 벽을 보았다는 사실을 누구에게도 발설해서는 안 된다는 것을. 그랬다가는 정말로 한순간에 모든 것을 잃게 될 게 틀림없었다. 어정쩡하게 배운 사람의 오갈 데 없는 여유도, 격자무늬 위를 걷는 초현실적인 산책길도, 거리의 간판도, 익숙한 기차소리도 그리고 그 알량한 라스트 네임과, 철도국 직원 가족을 위한 도서관 특별 출입증과 열람증도.

'헛것이 보이는 줄 알면 분명 정신병원에 가두고 말 거야. 그럴 수는 없어. 절대로 말하지 않겠어. 나는 그런 거 본 적 없어.'

하지만 아야코를 아는 사람들은 그 무렵 이후 멀쩡하게 길을 걷던 아야코가 멍하니 먼 산을 바라보는 광경을 종종 목격하곤 했다. 그리고 한결같이 이런 말을 건네곤 했다.

"사랑하는 사람이 생긴 거야?"

대낮에도 보이는 검은 성벽은 아야코의 목숨 줄을 점점 죄어왔다.

심지어 어느 날은 천장을 뚫고 도서관 안에까지 버젓이 들어와 있던 벽이었다. 무시하려고도 해봤지만, 그 검은 성벽은 너무나 크고 위압적이어서 고개를 돌린 채 눈을 감고 있어도 그 묵직한 존재감만큼은 도저히 감지하지 않을 도리가 없었다.

성벽을 발견하면 아야코는 우선 숨을 깊이 들이쉰 다음, 천천히 다른 길 쪽으로 돌아서곤 했다. 피할 수는 없어도 따라오지는 않는 벽이었다. 그런데 날이 갈수록 벽이 점점 많아지는 게 문제였다. 이어지지 않고 짧게 뚝뚝 끊어진 높고 검은 성벽이, 언젠가 사진에서 본 맨해튼의 고층 건물처럼 소박한 도시 위에 우뚝 솟아 있는 광경이, 보는 사람을 질리게 만들었다. 보는 사람이라고는 단 한 명밖에 없었지만.

그 도시는 분명 혼령에 빙의되어 있었다. 아야코는 호기심이 이는 한편 두려운 생각에 사로잡히기도 했다.

'혹시 위험하지는 않을까? 누군가에게 알릴 방법이 없을까? 내가 직접 목격했다는 사실을 밝히지 않고 다른 사람들이 눈치 채게 하는 방법이.'

뾰족한 수가 생각나지 않았다. 아야코는 그만 말수가 눈에 띄게 줄어들고 말았다. 그 기나긴 침묵 속에서 아야코는 마침내 결단을 내렸다.

'달아나야겠어.'

1925년 6월의 끝자락이었다. 모든 철도망이 지나는 일본인들의 새 수도, 두 번째 경성이라던 용산을 덮친 대재앙의 전야였다.

재앙은 바람과 함께 시작되었다. 7월 초에 불어닥친 태풍으로 한

강이 범람했다. 그리고 일주일 뒤에 찾아온 또 다른 태풍이 임진강과 한강에 그대로 내려앉았다. 거대해진 한강은 나흘 만에 최대 수위를 기록하며 해일 같은 기세로 수도를 향해 진격해왔다.

철로가 잠기고, 철도관사 1층이 천장까지 물에 잠겼다. 병원도, 학교도, 도서관도 마찬가지였다. 비를 피해 용산역에 정박되어 있던 기차는 그대로 잠수함이 되고 말았다. 모든 것이 마비되던 날이었다. 희한하게도 군부대가 있는 곳만 빼고 그 외의 신시가지는 전부 아수라장이 되어버린 여름.

그래도 비는 그칠 줄을 몰랐다. 그리고 그 끔찍한 여름 내내, 구약성경에 나오는 대재앙처럼 쉬지 않고 쏟아지는 빗줄기를 위에서 가만히 내려다보고 있는 존재가 있었다. 하늘을 향해 우뚝 솟아 있는 대여섯 개의 검은 벽. 아야코는 되도록 그 벽을 바라보는 일이 없도록 주의를 기울였다.

검은 벽이 의도한 것이 그 재앙이 맞는지는 모르겠지만, 아무튼 재앙은 이미 일어난 뒤였고, 이제는 굳이 다른 사람에게 자신이 본 것을 알릴 필요도 없었다. 그러니 이제 그 벽은 유독 아야코의 눈에만 보이는 끔찍한 풍경의 주재료로 돌아올 수 있었다. 원래도 끔찍했지만 아야코의 눈에는 유난히 더 끔찍해 보이는 1925년 7월의 경성.

비가 그쳤다. 복구는 막막해 보였고, 총독부는 비로소 조선인들이 왜 한강 바로 앞에 도읍을 건설하지 않았는지를 이해하게 된 모양이었다. 그것은 옛 도시 한양의 승리였다. 기상 여건의 도움을 많이 받은 것이기는 했지만, 어차피 몽골과 고려 연합군의 침입을 막아주었다는 신풍도 그해 일본인들의 경성을 쑥대밭으로 만들어버린 태풍과 별반 다를 게 없는 자연의 힘이 아니었던가.

'저 오래된 도시는 생각보다 저력이 있었군. 다행이야. 진심으로 그렇게 생각해.'

그해 7월에 목격한 것을 화폭에 옮기자 어렵지 않게 그림이 팔렸다. 역시 그것은 다른 사람들의 눈에도 충분히 끔찍하고 초현실적인 광경인 모양이었다. 그리고 사람들은 그 끔찍함에 돈을 지불했다. 평범한 목격담이 아니라 예술가의 표현이기에 가능한 일이었다.

아야코는 끔찍함을 팔아서 동경으로 돌아갈 명분을 벌었다. 정확히 말하면, 끔찍해지지 않고 돌아갈 수 있는 명분이었다. 그 또한 십오 년밖에 지속되지 않은 행복이었지만, 아야코는 폭격으로 사망하기까지의 그 십오 년을 단 하루도 헛되이 여기지 않았다. 별것 아닌 나날이었지만, 그래도 충분히 가치 있는 여유였다. 시대를 휘감았던 그 끔찍한 야만에 속하지 않게 된 것만으로도. 시대가 부여한 의무는 하나도 이행하지 않았지만, 그래서 부채감은 여전히 남아 있었지만, 끝내 라스트 네임을 버리지 않은 시마무라 아야코는 불의의 공습으로 생명이 다하는 날까지 그 삶을 후회한 적이 단 한 번도 없었다.

아야코가 생전에 써낸 용산 체류기에는 그 이야기가 자세히 담겨 있었다. 물론 사람들은 아야코가 체류기에서 말한 검은 성벽이 단지 끔찍함에 대한 은유일 뿐이라고 생각했다. 두 개의 심장을 갖게 된 도시와 거기에 빙의하려고 달려드는 거대한 혼령의 관계를 밝혀내기 위해서는, 거의 백 년에 가까운 시간이 더 필요했다.

은수는 체류기의 마지막 부분에 시마무라 아야코가 남긴 말을 유심히 바라보았다.

비가 그친 다음에도 검은 성벽은 여전히 그곳에 머무르고 있었다. 성벽은 다른 재앙을 기다리는 눈치였다. 그러니까 홍수는, 성벽이 의도하던 그 재앙이 아니었다. 오히려 도시를 집어삼키려던 성벽을 잠시 한 걸음 물러서게 만든 충격요법 같은 것이었다. 그해 8월로 접어들면서 성벽이 출현하는 일이 점차 잦아진 것은, 단지 총독부가 계획하던 용산 수도건설 계획이 거의 백지로 돌아간 탓인지도 몰랐다.
그러나 이듬해 봄, 마침내 내가 경성을 완전히 떠나던 날에도 성벽은 분명 그 주위를 어슬렁거리고 있었다. 산 세포를 희생시킨 강력한 충격요법이었지만 그 존재는 결국 퇴치되지 않았다. 떠날 수 있는 사람은 떠나는 수밖에 없었다. 그럴 수 없는 사람들에게는 대단히 안타까운 일이었지만.

달아나라는 연락을 받았다. 당장 서울을 떠나라는 한나 파키노티 박사의 전화였다.
"뭐래?"
은경이 물었다.
"너 도망가래."
"왜? 알아냈대?"
"다 파묻혀버릴 거라는데?"
"저 눈에?"
은수는 고개를 끄덕이며 이한철 대표에게 전화를 걸었다. 그리고 파키노티 박사와 자신이 알아낸 것들을 차근차근히 설명했다. 맨 끝에는 이런 말을 덧붙였다.

"안 믿으셔도 상관은 없어요. 믿으시라고 연락한 건 아니니까. 구청 분들이나 설득해주셨으면 해서 하는 말인데, 안 먹히면 어쩔 수 없죠. 제 이야기는 여기까지예요. 되도록 빨리 사람들을 대피시켜야 한다는 거. 예, 알죠. 안 먹힐 가능성이 더 높다는 거. 그래도 해보세요. 정 안 되면 연구소 직원들이라도 대피시키세요. 그건 하실 수 있을 거니까. 아무튼 저는 경고했어요. 그럼 저는 다른 일이 있어서 이만 끊습니다."

은수가 전화를 끊자 옆에서 지켜보고 있던 은경이 물었다.

"어때? 먹힐 것 같아?"

"별로. 어차피 이 대표 영향력 같은 거 거의 없어."

"하긴, 비상이 걸렸으니, 긍정적인 뉴스 들고 가는 거 아니면 뭘 가지고 가도 하나도 안 먹히겠지. 자, 그럼 우리는 우리 갈 길을 갑시다."

"그래. 나가보자."

은경은 외투와 모자와 장갑을 챙긴 다음, 은수를 부축해 밖으로 나갔다. 며칠째 쉬지 않고 내린 폭설로 도로는 거의 마비되다시피 했다. 은경은 눈이 몸에 붙어 있는 게 꺼림칙한 듯 계속해서 모자와 어깨를 털어댔다. 은수는 그다지 개의치 않는 눈치였다.

"지하철 타야겠네. 6호선 다닐까?"

"역에 가면 적혀 있겠지. 가보자. 삼각지까지 걸어갈 수는 없으니까."

지하철에는 사람이 많지 않았다. 열차 배차 간격도 꽤 긴 편이었다. 도시 전체가 활력을 잃은 느낌이었다. 왜 그런지는 알 수 없었다. 요새혼에 완전히 빙의된 서울이 나타내는 첫 번째 증상이 바로 그것인지도 몰랐다.

은수는 서울이 꽤 건장한 도시라고 생각했다. 아니, 사실은 은수 본인의 생각이 아니라 서재에 남겨져 있던 문인지 박사의 생각이나 다름없었다.

"문 선생님이 그러셨는데. 서울은 허약하지가 않아서 쉽게 어디에 빙의될 도시는 아니라고."

"수업 중에?"

"응, 파키노티 박사님 논문 보고 하신 말씀이었을 거야."

"그게 언제 적 이야긴데 아직까지 기억하고 있냐? 나는 덮어쓰기 해야 돼서 석사 때 본 건 희미한 인상으로만 남아 있는데."

"나도 그래."

"무슨. 그런데 서울은 허약하지 않나? 일단 망했잖아."

은수는 문 박사의 말을 떠올리며 이렇게 대답했다.

"도시는 볼펜으로 쓴 글자 같은 거야. 연습장에 막 써놓은 글자. 누가 와서 글자를 써놨는데, 시대가 바뀌면 다른 글자를 써야 해서 원래 있던 글자 위에 다시 색칠을 하는 거지. 그런데 지우개로 지우고 다시 쓰는 게 아니어서 처음에 써놓은 글자가 그대로 남아. 2016년이라고 썼다가 해가 바뀐 걸 깨닫고 2017로 고쳐 쓰는 거랑 똑같아."

"문 박사님 말씀이네."

"너도 기억하네 뭐. 그런데 말이야. 백 년 전에도 고고심령학이 있

었으면 시마무라 아야코도 자기가 미친 게 아닐까 하는 의심은 하지
않았겠지?"

"그랬겠지. 그래도 기댈 데가 하나도 없었던 건 아니잖아. 예술은
있었으니까."

"그러네."

은경이 물었다.

"그런데 문 박사님 말이야. 시마무라 아야코의 글을 읽고서도 요
새혼을 이겨낸 게 서울의 저력이라고 생각하신 거야? 내가 보기에
는 그냥 한강의 저력 같은데. 태평양의 저력이거나."

"어쨌거나."

"뭐가 어쨌거나야. 아무것도 아니구만."

"그래도 경복궁 앞 육조거리는 지금도 중요한 일이 있으면 수십만
명이 모여서 대통령 나오라고 외치는 데고, 덕수궁으로 정궁 옮기면
서 새 메인 로드로 삼은 종로는 일본 사람들이 개발한 명동 쪽이랑
경쟁하면서 조선 사람 길로 오래 살아남았잖아. 신분 상승이 지상과
제인 나라에서 입시 학원이 밀집됐던 데도 거기니까. '게이조京城'라
고 아무리 진한 펜으로 써도 그 밑에 남아 있는 '한양漢陽'이라는 글
자는 잘 안 가려지거든. 획이 다 가로망으로 남아 있어서."

"그래서 면역력이 생겼다고?"

"면역이라기보다는 체력으로 생각하셨던 것 같아. 문 선생님은.
기가 허한 도시는 아니라는 거지. 웬만큼 이상한 게 들어와도 버텨
낼 만하다는 거였는데."

"그런데 빙의가 돼버렸네."

"그러게."

"틀리실 수도 있지."

"사실 많이 틀리셨어. 다른 사람들은 잘 모르는 것 같지만."

"학자니까."

"최전선에만 서 있던 학자셨지. 남들 다 하는 건 자기는 더 들여다 볼 필요 없다고."

보통 때라면 4호선으로 갈아타고 숙대입구역까지 가는 편이 더 나았겠지만, 4호선이 불통이 되어버린 탓에 일단은 삼각지역에서 내리는 수밖에 없었다.

지하 1층으로 올라가자 익숙한 얼굴들이 하나둘씩 눈에 띄었다. 모두 고고심령학계에 속한 사람들이었다.

"철수 안 시켰나봐. 대학원생들도 안 가고 있는데."

은수의 말에 은경이 대꾸했다.

"대피 메시지는 받았을걸? 전체 메시지로 보냈던데. 받을 사람은 다 받았을 거야."

"그런데 왜 아직도 저러고 있는 거지?"

"몰라. 길이나 물어보지 뭐. 눈 치워져 있는 출구가 어느 쪽인지."

출구 밖에는 아는 얼굴이 더 많았다. 최종 빙의 지점으로 다가가자, 아예 장비를 설치해놓고 조직적으로 움직이는 사람들도 눈에 띄었다. 고고심령학 관측 장비로 보이는 도구들이 찬바람을 맞으며 요새가 빙의될 지점을 향하고 있었다. 결정적인 증거는 눈이 다 확보해주겠지만, 혹시나 그 순간에만 검출되는 다른 물리적인 변화가 있는지 꼼꼼하게 기록하기 위해서인 듯했다.

"임 선생님? 여기서 보네요. 저기, 대피하라는 이야기 못 들었어요? 다들 나와 있네."

임다희 선생이 장비에 전원을 연결하기 위해 애쓰다가 은수와 은경을 알아보고는 덮어썼던 모자를 벗으며 대답했다.

"안녕하세요. 두 분 다 오셨네요. 조 선생님 사고 이야기 전해 들었어요. 다리는요?"

"괜찮아요."

"다행이네요. 그리고 대피 이야기는, 연락은 다들 받았는데 그냥 다 나와 있어요."

"학생들도 있던데. 여기 위험한 상황인 거 알고 있나요? 위험 통제가 전혀 안 되는 상황인데 이렇게 전부 나와버리면."

임다희 선생이 대답했다.

"그렇긴 한데, 어쩔 수 없잖아요."

"뭐가요?"

"대피해야 되는 건 다들 마찬가지잖아요. 모두가 대피해야 되는 재난 상황이지만, 그래도 최소한 해당 분야 전문가 몇 명은 현장을 지켜보고 있어야 되는 거니까. 그런데 공교롭게도 이 분야 전문가가 우리다 보니. 빙의가 완성될 게 확실시되는 날인데 이 사람들이 달리 어디를 가겠어요?"

은수가 뭐라고 말하려는 순간 은경이 팔을 붙들며 은수의 말을 막았다.

"임 선생 말이 맞아. 안 그래?"

은경이 속삭였다. 은수는 완전히 동의할 수 없었지만 일단 말을 멈추고 장비들이 놓여 있는 방향으로 시선을 돌렸다. 그리고 임 선생에게 물었다.

"성문이 들어설 위치가 정확히 어딘지 알 수 있나요?"

"그럼요, 안내해드릴게요. 잠깐만 기다리세요. 아, 그런데 좀 걸어야 하는데 괜찮으시겠어요?"

"그럼요."

물론 임 선생의 이야기는 틀린 말이 아니었다. 하지만 그 사람들이 현장에 나와 있다고 해서 딱히 도움이 될 만한 일이 있는 것도 아니었다. 그들은 할 수 있는 일이 아무것도 없었다. 고고심령학자보다는 경찰이나 구급대원이 현장을 통제하는 편이 나을지도 몰랐다.

다만, 고고심령학자이기 때문에 현장에 나와 있을 수밖에 없다는 입장에는 반박할 말이 딱히 떠오르지 않았다. 어쩌면 다른 사람들은 은수 자신이 느끼는 것만큼은 고고심령학에 대한 회의를 품고 있지 않은 것일지도 모른다.

그러니까 은수가 이해하지 못한 것은 다른 사람들의 확신이었던 셈이다. 정말로 그들은 스스로를 고고심령학자로 여기고 있을까. 그렇다면 그 확신은 얼마나 절실한 걸까.

확신만 있다면, 쓸모가 있건 없건 현장에 나와서 자리를 차지하고 있어도 좋았다. 고고심령학이 그들에게 해줄 것은 그것밖에 없었다. 다만 그 확신이 진짜가 아니라면, 그냥 무고한 희생자가 되는 수밖에 없었다. 고고심령학에는 그런 사람들을 위해 해줄 수 있는 일이 하나도 없었다. 너무 늦기 전에 달아나라는 말밖에.

"그러고 보니 기분 나쁘네. 파키노티 박사님 말이야. 나한테 전화해서 맨 처음 한 말이 도망가라는 말이었거든."

"그 말 듣고 너는 나보고 도망가라고 그러더라. 그다음에 곧바로 이한철 대표한테 전화해서 나머지 다 도망 보내라 그러고."

"뭐, 그러긴 했지."

"그러니까 오늘은 티 내지 마."

"뭘?"

"네가 다른 사람들을 전부 쓸모없는 인간이라고 생각한다는 거."

은수는 벌렸던 입을 그대로 다물었다. 별로 틀린 말도 아니었다.

그래도 은수에게는 할 수 있는 일이 한 가지가 남아 있었다. 그날 그 일 하나를 하지 않으면 고고심령학자로 살아온 반평생이 전부 아무것도 아닌 게 돼버리는 것이었다. 안전한 곳으로 달아나버리면, 그래서 여유롭게 살아남아버리면.

그런데 어쩌면 다른 사람들 역시 다 마찬가지였을지도 모른다. 전국의 고고심령학 연구팀이 전부 그 현장으로 모여든 것은 다름 아닌 그 이유 때문이었을 것이다.

임 선생의 안내를 받아, 성문으로 추정되는 조각이 출현할 예정인 지점으로 걸어갔다. 차로는 여전히 전부 차단되어 있었고, 길을 오가는 사람 같은 것은 찾아볼 수가 없었다. 주변 건물을 둘러봐도 불이 켜져 있지 않은 곳이 유난히 많았다. 대피할 사람들은 본격적인 위험의 징후를 감지하자마자 지시를 기다릴 것도 없이 다른 곳으로 달아나버린 셈이었다.

책임 있는 기관에 속한 사람들이 우왕좌왕하는 모습을 보이자마자 사람들은 이미 눈치를 챘을 것이다. 서울 도심 한복판에 나타난 삼십 미터짜리 검은 성벽이란, 애초에 도심 테마파크 소재 정도로 소비될 수 있는 것이 아니었다는 사실을.

"저기쯤일 거예요."

손에 지도를 든 임다희 선생이 눈 덮인 공터처럼 변해버린 도로 위를 가리켰다. 마침내 현장이었다. 한국 고고심령학 역사상 가장 중요한 심령현상이 나타나기로 되어 있는 지점이었다. 근처에는 현장본부 비슷한 것이 만들어져 있었는데, 눈이 계속 쌓이는 탓에 천막을 세울 수가 없어서, 모여 있는 사람들의 면면을 보지 않고는 본부라는 사실조차 알아차릴 수 없을 만큼 간소한 모양이었다.

"하여튼 발굴복이라도 단체로 맞춰야 된다니까. 저게 뭐야, 치안 안 좋아 보이게."

은경이 말했다. 은수가 그쪽으로 발걸음을 옮기자 은경이 손짓으로 임 선생을 보낸 다음, 옆에 바짝 붙어 서서 은수를 부축했다. 표정을 알아볼 수 있을 만큼 가까이 다가가자 모여 있던 사람들 중 몇 명이 두 사람을 알아보았다. 몇 사람의 얼굴에 반가운 표정, 혹은 안도하는 얼굴이라고 해도 좋을 표정이 떠올랐다가 사라졌다.

은수는 인사를 생략하고, 현장본부에 모여 있는 학계 중견 이상 학자들에게 단도직입적으로 물었다.

"오늘 계획은요?"

계획이 있는 사람은 아무도 없었다. 은수는 생각할 시간을 주지 않고 곧바로 자기 계획을 밝혔다.

"요새가 빙의되면 곧바로 정면 성문으로 추정되는 곳으로 진입합니다. 저와 김은경 씨, 두 사람이 가기로 하겠습니다. 성문 안쪽으로 진입한 다음, 요새와 함께 빙의할 혼령과 접촉할 거고요, 그 자리에서 초급 현장실습 과정 혼령을 불러낼 생각입니다. 요새와 동반 출현할 혼령은 코끼리 혼령으로 추정됩니다. 이름은 아미타브. 일반 코끼리보다 훨씬 크고, 기원은 인도 어딘가에서 전투 코끼리로 훈련된 코끼리로 추정됩니다. 그게 1설인데, 아닐 수도 있습니다. 2설은 이름 불명, 중앙아시아 초원 일대에 출몰하던 매머드 혼령으로, 기원은 불명입니다. 1설일 경우가 최선이고, 2설일 경우에는 모든 계획은 종료됩니다.”

은수의 계획이 사람들의 머릿속에 자리를 잡기까지는 꽤 오랜 시간이 걸렸다. 내내 현장에 붙어 있었으면서도 은수가 하는 말을 따라잡을 수 있을 만큼 현장을 파악하고 있는 사람이 아무도 없었던 탓이었다. 그들은 그런 구체적인 계획이 만들어질 수 있다는 사실 자체를 이해하지 못하는 눈치였다. 거기에다가 코끼리 혼령의 존재는 그야말로 뜬금없는 이야기가 아닐 수 없었다. 이름까지 밝혀질 만큼 구체적인 개체가 개입되어 있을 줄은, 아마 꿈에도 생각해보지 못한 모양이었다.

은수는 꼿꼿이 선 채로 질문을 기다렸다. 마침내 누군가가 물었다.

“계획이 종료된다는 게 무슨 뜻인가?”

“상황이 그렇게 진행돼버리면 저로서도 뭘 해야 할지 알 수 없어진다는 뜻이겠죠. 그럼 아무도 계획이 없게 되는 겁니다. 지금처럼요.”

은수는 십 초 정도 더 기다린 다음, 목발을 짚고 힘겹게 뒤로 돌아섰다. 첫걸음을 떼려는 순간 다른 누군가가 이렇게 말했다.

"동의하네."

"좋아."

"일단 시도해보지."

은수는 등 뒤에서 들려오는 소리에 전혀 신경 쓰지 않고 뒤를 돌아보거나 머뭇거리지도 않은 채 망설임 없이 가던 길을 계속 갔다.

은경이 물었다.

"야, 조은수, 쿨하게 돌아선 것까지는 좋은데, 지금 우리 어디로 가는 거야?"

"몰라. 일단 아무 데나 가."

"나 참."

지루한 대기 시간이 이어졌다. 은경은 사람들에게 부탁해서, 성문 출현 예정 장소까지 가는 길에 쌓여 있는 눈을 미리 치워두었다. 여전히 쌍둥이처럼 똑같이 생긴 눈 결정이 내리고 있었고, 현장 근처에 모여 있는 사람들의 마음은 밤이 깊어갈수록 비장해져갔다.

은수는 대기 장소에서 서울역까지 가는 방법을 계속해서 머릿속으로 그리고 있었다. 그리고 그렇게 하면 시간이 얼마나 소요될지 머릿속에 떠오르는 추정치를 수첩에 기록했다. 사십 분 혹은 사십오 분. 비슷한 숫자가 수첩 왼쪽 면에 아래로 쭉 늘어섰다. 다리가 그 모양이니 그보다 빠르지는 않을 것 같았다. 실제로는 얼마가 소요될지 알 수 없었지만 그게 중요한 것은 아니었다. 보다 중요한 것은 머릿속에서 이동 경로를 시뮬레이션하는 일 그 자체였다.

그리고 그날 새벽에 요새가 나타났다. 출현이 아니라 빙의였다.

갑자기 서울역까지 가는 데 얼마나 걸리는지를 전혀 계산할 수 없게 된 순간, 은수는 수첩에 적힌 숫자를 확인한 다음, 은경이 있는 쪽으로 고개를 돌렸다.

"어? 나 뭔가 느껴졌어."

"저도요. 갑자기 가는 길을 모르겠어요."

근처에 쪼그리고 앉아 있던 임 선생이 은경보다 먼저 대답했다.

여기저기 틈새가 있는 불완전한 퍼즐 조각이 아니라, 온전한 요새가 길을 막고 들어선 탓에 가능한 일이었다. 원래부터 그랬던 것처럼, 당연한 듯 길을 막고 선 성벽. 임 선생은 자기 수첩에 적혀 있는 15라는 숫자가 말도 안 되게 느껴졌다. '거기를 십오 분 만에 어떻게 가?' 하는 생각도 들었다.

은수는 고개를 끄덕이고는, 완전히 빙의를 마친 요새의 최종적인 형태가 표시된 지도를 들여다보았다. 요새가 대로 위에 빙의한 것은 어쩌면 꽤 당연한 일일지도 몰랐다. 하다못해 시골 기차역 앞에도 근방에서 제일 큰 번화가가 생겨나듯, 큰 요새의 정문 앞에는 으레 대로가 놓이게 마련이었으니까.

일대를 전부 차지할 만큼 거대한 요새였고, 사라지기 전까지는 자각조차 할 수 없는 심령현상이었다. 지도를 보기 전까지는 요새를 우회하는 방법조차 떠올리기가 쉽지 않았다. 막연히 멀리 돌아가야 한다는 부담감만 머릿속을 가득 채웠을 뿐이었다.

그것은 너무나 자연스러운 침입이었다. 심지어 은수와 은경이 모든 준비를 마치고 자리에서 일어나던 때까지도, 주위에 있던 발굴팀

전부가 요새의 출현을 인지하고 있지는 않은 것 같았다. 예상하지 못한 상황에서 이런 요새혼의 공격을 받는다면, 당하고 있다는 자각조차 없이 도시 하나가 사라지는 것도 전혀 불가능한 일은 아닐 것 같았다. 김은경의 수첩에 남아 있는 기록처럼.

은경은 자기 수첩을 슬쩍 내려다보았다. 거기에는 별다른 변화가 기록되어 있지 않았다. 특별한 감각을 지니고 있지 않은 검증팀의 존재가 무엇보다 중요한 학문 분야라고는 하지만, 결국에 가서는 혼령에 대한 감수성이 예민한 사람들이 학계의 중심에 서게 되는 이유가 새삼스럽게 드러나는 대목이었다. 그래서 현장에 모인 사람들 중에는 블루팀을 연기하는 사람도 수두룩했다. 일부러 귀기를 연기하는 사람들.

"시작할까?"

은수는 수첩을 챙겨 들고 보고 있어도 보이지 않는 성의 정문을 향해 발걸음을 옮겼다. 눈길에 미끄러지지 않도록 은경이 옆에서 은수를 부축했다. 보이지 않는 것은 아니지만, 주의를 기울여서 바라볼 수는 없는 성벽. 두 사람은 자신들의 감각기관으로는 거의 인지할 수 없는 성벽의 존재 자체에 관해서는 크게 신경을 쓰지 않았다. 대신 미리 만들어둔 눈길 위를 걷는 일에 온 신경을 쏟아부었다.

그때 무언가가 얼굴을 살짝 할퀴고 지나갔다. 깜짝 놀라 고개를 들어보니 눈발이 눈에 띄게 굵어져 있었다. 드디어 아미타브의 재앙이 완성되려는 모양이었다. 은수는 손바닥을 펼쳐서 장갑 위에 내려앉은 눈송이를 내려다보았다. 자세히 들여다보지 않아도 하나하나를 알아볼 수 있을 만큼 비정상적으로 크게 자라난 눈 결정이었다.

어찌나 길게 자랐던지 끝부분이 조금씩 불규칙한 방식으로 휘어진 탓에, 마치 여섯 개의 촉수가 달린 하얀색 괴물이 고통스럽게 몸을 비틀던 모습 그대로 한파에 얼어버린 듯한 형상에 가까웠다. 그런 괴상한 눈송이가 도처에 가득했다.

은수는 외투에 달린 모자를 앞으로 쭉 당겨서 그 불길한 눈이 얼굴에 직접 닿지 않게 했다. 그리고 다시 성벽을 향해 걸어갔다. 등 뒤에서부터 불어오는 바람이 거세게 두 사람을 밀어붙였다. 그 바람에 실려 온 손톱 달린 눈송이들이 외투를 박박 긁어대는 소리가 모자 안쪽까지 고스란히 전해졌다. 대재앙의 날에 딱 어울리는 서곡이었다. 부인할 수 없을 만큼 충분히 끔찍한 전조.

그제야 요새가 빙의했다는 사실을 깨달은 한국 고고심령학계 전체가, 지루한 대기 상태에서 깨어나 두 사람이 향하는 곳으로 모든 측정 장비를 집중시켰다. 사실 기본 교육을 받은 고고심령학자가 그렇게나 많이 모여 있다면 기계장치의 도움 같은 것은 필요도 없이 단지 면담 자료만으로도 대단히 신뢰도 높은 관찰 결과를 얻어낼 수 있을 게 분명했지만, 그래도 첨단 장비를 표방하는 무언가가 중간에 놓여 있다는 것은 그 자체만으로도 굉장한 위안이 아닐 수 없었다.

하지만 그것은 다 부차적인 일에 불과했다. 관찰 결과가 중요해지려면 우선 재앙을 막아낼 수 있어야 했다. 그런데 고고심령학은 그런 일을 하기에 적합하지 않은 학문이었다. 문제를 찾아내고 해결하기 위한 지식이 아니라, 그저 궁금한 것을 알아내기 위해 다른 분야에서는 인정하지 않을 것 같은 심령학적 증거들을 커닝하듯 슬쩍 훔쳐보는 행위를, 학문이라는 이름으로 포장한 것에 불과했던 것이다.

은수에게, 그리고 은경에게, 그것은 대단히 불행하고 또 불운한 일이 아닐 수 없었다.

"바람 장난 아닌데. 계획 틀어지면 우리가 제일 먼저 죽는 거지?"

은경이 물었다.

"어느 현장인들 안 그런가."

"이론적으로는 그렇지만, 이건 좀 심하잖아."

"왜? 겁먹은 거야, 레드팀?"

"설마. 그쪽이나 부들부들 떨지 좀 말지. 지진 난 줄 알았네."

"웃기시네."

두 사람은 마침내 길 끝에 다다랐다. 은수가 먼저 여자 허리 높이만큼 쌓여 있는 눈을 넘어 뒹굴듯이 앞으로 몇 걸음 더 나아갔다. 그리고 은경이 그 뒤를 따랐다. 얼마 지나지 않아 눈이 전혀 쌓여 있지 않은 맨바닥이 나타났다.

두 사람은 성문 앞으로 추정되는 곳에 나란히 서서 옷에 묻은 눈을 손으로 털어냈다. 은수가 물었다.

"이 방법이 먹힐까?"

"먹힐 거야."

그리고 두 사람은 노래를 부르기 시작했다.

'그 아이를 불러낼 수 있을까?'

은수는 아이를 그 무시무시한 음모의 일부로 여기고 싶지 않았다. 은수는 누구보다 아이를 잘 알았다. 은수가 아는 천문대 혼령은, 그런 역할에는 전혀 어울리지 않는 아이였다. 최초 발견자를 제거하고, 주요 자료를 숨기며, 후속 연구자를 유인해 목숨을 위태롭게 만들고, 마침내 이 땅에 파멸을 불러오는 역할 따위.

　게다가 은수에게는 결정적인 기억이 하나가 더 있었다. 천문대에서 빠져나온 아이 발자국에 현혹되어 조난의 위기에 이르렀을 때, 홍 선생의 전화기를 가까스로 손에 넣어 극적으로 구조 신호를 보내려는 찰나. 간신히 걸쳐 있던 은수의 몸이 마침내 비탈 아래로 미끄러지기 시작한 순간. 은수는 거기에 아이가 있었다고 믿고 있었다. 고고심령학자로서의 판단이었다.

　아직 깔끔하게 설명되지 않은 부분이 많았지만, 어쨌거나 아이는 은수를 궁지로 몰아넣는 것이 아니라 문제를 해결할 실마리를 던져주는 쪽에 가까워 보였다. 아미타브에 관한 노래만 봐도 알 수 있었다. 문 박사나 은수를 방해하는 초자연적인 힘의 존재를 완전히 부인할 수는 없었지만, 그게 반드시 그 아이일 필요는 없었다.

　은수의 계획은 그런 것이었다. 일단 아이를 불러놓으면 어떻게든 아이가 코끼리를 달랠 거라는 막연한 기대. 노래가 끝나자 은경이 물었다.

　"아는 코끼리면 좋겠네. 애고 노래고 모르는 코끼리면 어쩌지? 파키노티 박사님이 말한 그 매머드 같은."

　"그럼 밟혀 죽는 거지 뭐."

　두 사람은 다시 한 번 노래를 불렀다.

　코끼리야 코끼리야 달아나거라
　무너지는 성벽 아래 서 있지 마라

작은 이야 작은 이야 물러서거라
성문으로 들어가는 아미타-브

아무 일도 일어나지 않았다. 적어도 은경이 느끼기에는 그랬다.
'나야 뭐, 아무것도 못 느끼니까.'
은경이 세 번째로 노래를 부르려고 했을 때, 은수가 은경의 손을
붙잡았다. "잠깐만"이라는 의미였다. 눈이 마주치자 은수가 고개를
살짝 끄덕였다. 혼령이 나타났다는 뜻이었다.
"성문이 열렸어. 들어가자."
은수가 말했다. 은경은 은수가 어떤 방식으로 성문이 열린 것을
느끼거나 보고 있을지 짐작조차 할 수 없었다. 애초에 높이가 삼십
미터나 되는 성벽이라는 것은 사실적인 형상이 될 수 없었다. 석양
에 비친 그림자처럼 비정상적으로 길게 늘어난 형태. 그것은 누군가
의 뒤틀린 심상일 수밖에 없었다. 혼령이 된 영혼의 마음속에 떠오
른 이미지. 은경은 그런 것들을 보지 않아도 된다는 사실을 다행으
로 여겼다. 차라리 혼령을 직접 보면 봤지, 그런 일그러진 세계는 견
디기 힘들 것 같았다.
은수가 앞으로 나아갔다. 은경은 은수를 따라 성문 안으로 들어가
면서 혼령이 아이들에게 가르쳐준 고무줄 노래 가사를 떠올렸다.
'그러고 보니 이 성벽, 곧 무너진다고 했던 것 같은데.'
성문 안으로 들어선 것으로 짐작되는 곳에 이르자, 은수가 목발을
내려놓고는 자기 발로 몇 걸음을 더 걸어갔다. 혼령에게 약해 보이
지 않기 위해 하는 행동이었다. 약해진 인간은 혼령의 공격을 받기

가 쉬워지니까.

은경은 은수의 시선이 향하는 곳으로 눈을 돌렸다. 물론 아무것도 보이지 않았다. 하지만 바로 그곳에 무언가가 서 있는 것이 분명했다. 눈을 살짝 위로 향해야 할 만큼 덩치 큰 무언가가.

은수는 삼십 미터쯤 떨어진 곳에서 모습을 드러낸 거대한 코끼리 혼령을 똑바로 바라보았다. 원근법을 망가뜨릴 만큼 압도적인 크기에 이글거리는 듯 강렬한 눈빛. 보는 것만으로도 온몸을 얼어붙게 만드는 외양이었다.

그래도 그 코끼리는 매머드가 아니었다. 온몸이 털로 덮인 코끼리가 아니라는 사실을 확인하자마자 은수는 안도의 한숨을 내쉬었다. 요새의 주인이 매머드였다면 그때는 정말로 모든 것을 내팽개치고 달아나는 것 말고는 할 수 있는 게 아무것도 없었을 것이다. 거기서부터는 고고심령학도 뭐도 아니게 되는 셈이었다.

그렇다고 눈앞에 보이는 코끼리가 만만해 보이는 것은 결코 아니었다. 원한을 품은 혼령이었고, 살아생전에 이미 지옥을 경험했을 게 분명한 영혼이었다. 어쩌다 생겨난 잡귀가 아니라 악마와도 같은 고매함을 지닌 코끼리였다.

그리고 그 코끼리는 은수가 여유롭게 자신을 관찰할 틈 따위는 허락하지 않을 만큼 충분히 사나워진 상태였다. 꽤 오래 눈이 마주쳤다 싶은 순간, 서서히 무게중심을 앞으로 옮긴 코끼리가 이내 위협적인 자세로 은수와 은경이 서 있는 곳을 향해 내달리기 시작했던 것이다.

은수는 그 기세에 질려서 그만 뒤로 한발 물러서지 않을 수 없었다. 그리고 곧바로 그래서는 안 된다는 사실을 깨달았다. 몸이 마음대로 움직인 것이기는 했지만 아무튼 빈틈을 보이고 만 것이었다.

하지만 은수의 곁에는 든든한 레드팀이 자리 잡고 있었다. 여섯 걸음쯤 맹렬한 기세로 내달려오던 코끼리는, 자신을 똑바로 응시하면서도 전혀 겁먹지 않는 한 사람을 내려다보고는 갑자기 그 자리에 우뚝 멈춰 섰다. 그러더니 다시 경계하는 자세로 두 사람이 있는 곳을 바라보았다.

은경은 도통 무슨 일인지 알 수 없다는 표정으로 코끼리가 차지하고 있는 허공을 바라보았다. 침착하고 편안한 얼굴. 그 얼굴을 보고 다시 용기를 얻은 은수는 수첩과 펜을 꺼내 들어 무언가를 기록할 준비를 했다. 고고심령학자로 돌아온 것이었다. 그러자 은경이 물었다.

"나타난 거지? 이제 뭐 하면 돼?"

"몰라."

"아."

"노래나 한 번 더 부를까?"

다시 노래를 불렀다. 목소리가 떨리는 게 느껴졌는데, 은수는 그 떨리는 목소리가 자기 것인지 은경의 것인지 구별할 수 없었다.

그리고 또 다른 목소리가 노래에 끼어들었다. 두 사람의 노래와는 조금 다른 가사로.

코끼리야 코끼리야 달아나거라

달아났어야 했다. 저 코끼리는. 그리고 노래 속의 코끼리는. 하지만 그러지 않았다. 대신 무너지는 성벽 아래에 기꺼이 가서 섰다. 그러면서 아이에게 이런 말을 했다.

작은 이야 작은 이야 물러서거라

그 소절을 부르는 순간, 코끼리가 아이를 알아보았다. 내내 거기에 서 있었지만, 기억이 남아 있지 않아서인지 아니면 서로 닿지 않는 차원에 놓인 혼령이어서인지, 알아보지 못하고 있던 아이의 모습이 비로소 코끼리의 시야에 들어왔다.

은수가 손을 바쁘게 놀렸다. 고개를 돌리지 않은 채 손만 움직여서, 코끼리가 아이를 알아봤다고 수첩에 기록했다. 아이도 코끼리를 알아보았다. 두 영혼이 다시 만난 순간이었다.

아이가 앞으로 달려 나갔다. 코끼리가 성큼성큼 다가오더니 가운데 지점에서 멈춰 섰다. 그리고 발바닥이 보이도록 앞발을 높이 들어올렸다. 은수가 깜짝 놀라 잠시 펜을 멈칫했지만, 아이가 전혀 놀라지 않는 것을 보니 둘 사이에서는 늘 익숙하게 해오던 동작인 모양이었다. 인사처럼, 혹은 장난처럼.

아이가 몇 걸음 더 앞으로 다가섰다. 마침내 코를 내밀면 닿을 거리에 이르자 코끼리가 코를 뻗어 아이의 존재를 매만졌다. 윤회와 순환의 굴레를 벗어나 열반에 이르려 했던 성스러운 코끼리. 그 열반마저도 잠시 뒤로 미루게 만든 너무나 사랑했던 작은 존재.

그 이야기의 다음 페이지에서 무슨 일이 일어났는지를 은수는 전혀 알지 못했다. 사실 그 전에 일어난 일도 마찬가지였다. 무엇이 두 사람을 전장으로 이끌었고, 어쩌다 아미타브가 성문 아래에 서게 됐는지, 또한 그 일이 정확히 무엇을 의미하는 것이었는지, 알 수 있는 방법은 전혀 없었다. 다만 노래를 통해 짐작만 할 뿐이었다.

그런 것들을 궁금해하지 않는 것이 고고심령학자의 기본적인 자세이기도 했다. 혼령 자체를 연구 대상으로 삼지 말 것.

그러나 눈물은 금기가 아니었다. 은수는 흐르는 눈물을 막을 수가 없었다. 오랜만에 은경을 찾아간 날, 처음으로 아이와 아미타브의 노래를 들었던 순간이 떠올랐다. 파키노티 박사의 연구원이 보내준 그림도 함께였다. 노래와 그림이 담아내려 했던 바로 그곳, 바로 그 이야기, 그리고 바로 그 순간.

그 안에 서 있다는 생각을 하면 도저히 눈물을 참을 수가 없었다. 자꾸만 눈물이 쏟아져서 눈앞에 펼쳐지는 광경을 똑바로 쳐다보기가 힘들 지경이었다. 그 모습을 보고 은경이 다가와 눈물을 닦아주었다. 그러는 동안에도 은수는 펜을 든 손을 멈추지 않았다.

왼쪽밖에 남지 않은 거대한 상아와, 흐트러짐이 없는 웅장한 자태와, 본질 자체를 직접 움켜쥘 수 있는 섬세하고도 우아한 코의 움직임에 관해 묘사하기 위해서였다. 물러났다가 다가서는 코끼리의 걸음걸이에는 반가움과 놀라움, 슬픔과 기쁨이 동시에 녹아들어가 있었다. 하나하나 따로 분리되지 않은 채 한 덩어리로 응어리진 복잡한 감정.

아미타브의 코가 아이의 존재를 더듬은 순간, 코끼리 안에 깃들었던 신이 긴 잠에서 깨어났다. 깨어나자마자 코끼리의 코를 이용해 아이의 존재를 더듬은 신은, 곧바로 신이라는 감각 속에 묻혀 있던 스스로의 본질을 기억해냈다. 신보다 더 성스럽고 성스러움보다 더 위대한 그 본질이, 아이의 본질에게 손을 뻗었다. 그러자 코끼리의 형상을 한 혼령의 육신이 코를 뻗어 아이를 바짝 끌어안았다.

그때서야 아이의 얼굴에 웃음이 떠올랐다. 은수는 아이의 표정을 정확하게 읽어낼 수가 없었다. 그래도 그것이 웃음이라는 사실에는 의심의 여지가 없어 보였다.

크샤트리아에 속한 아이가 말했다. 은수가 그 말을 들리는 대로 받아 적었다. 나중에라도 무슨 뜻인지 알아내기 위해서였다.

아이의 말은 이런 뜻이었다.

"미안해. 아미타브. 이제 그만 열반해."

그 한 마디에 성벽이 무너지기 시작했다.

"욕심내서 미안해. 너를 좀 더 오래 보려고 해서. 소풍이 너무 길어졌지? 이제 붙들지 않을게."

눈앞에서 일어나는 일을 대강 담아낼 수는 있어도 무너지는 성벽을 하나하나 다 받아 적을 수는 없었다. 요새 전문가인 파키노티 박사도 그렇게까지는 못했을 것이다. 그래서 은수는 그냥 수첩에서 손을 떼고 말았다. 그저 성벽 바깥에서 기다리고 있는 '쓸모없는' 인간들이 한순간이나마 고고심령학자라는 이름값을 해주기를 바랄 뿐. 그 옆에 줄지어 늘어선 말도 안 되는 엉터리 잡동사니 장비들도.

차가워진 손으로 눈물을 훔치며 무너지는 성벽 아래 가만히 서 있었다. 똑같이 생긴 흉측한 눈송이들이 무너져내린 성벽 위에 차곡차곡 쌓여갔다.

결말: 나의 성벽

은경은 무사히 징계 절차를 밟고 있었다.

"무사히라니? 너한테는 이게 해피엔딩으로 보이니?"

징계위원회에 다녀온 은경을 자랑스러운 얼굴로 맞이하는 은수에게 은경이 톡 쏘아붙였다. 그러자 은수가 웃는 얼굴로 대꾸했다.

"그러게 왜 애들을 연구에 개입시켜 가지고. 부모 동의는 사회학 연구로 받아놓고 말이야."

"그래, 나 혼자 독단적으로 한 짓이지. 개념 없이."

"그러니까 착하게 벌이나 잘 받아. 폼 나게 자수해놓고 나한테 와서 이러지 말고."

"하아. 또 나만 벌이네."

은수는 용산구 모처에 새로 생길 요새빙의 박물관 지하에 새 연구실을 꾸릴 예정이었다. 파국으로 치달아가는 것만 같았던 이한철 대표의 프로젝트는, 성벽이 완전히 사라지고 나자 언제 그랬냐는 듯 다시 화제의 중심에 놓였다. '검은 요새'는 곧 서울에서 가장 유명한 문화 유적이 되었는데, 당장은 정리된 볼거리가 많지 않다 보니 언제쯤 결과물을 내놓을 거냐는 압력이 각종 예산과 함께 쏟아져 들어오는 모양이었다.

그래도 이 대표는 서두르는 기색이 전혀 없었다. 그의 수중에는 이미 그 '검은 요새'의 온전한 모습을 담은 수십 건의 관측 데이터가 확보되어 있었기 때문이었다. 그가 벌인 사업치고는 대단히 드문 일이었다. 그의 슬로건대로, 어쩌면 고고심령학계는 대재앙의 문턱에서 도약의 기회를 얻은 것인지도 몰랐다.

"그런데 나만 징계야. 딱따구리 마요네즈도 올스톱이고. 이 좋은 시절에!"

"어쩔 수 없잖아. 잠깐일 텐데 뭘."

"아니, 그렇긴 한데, 그 시간이면 진짜 좋은 건 엉뚱한 놈들이 다 해먹기 딱 좋은 시간이어서."

"그 실력이 어디 가니? 너만큼 할 사람 없는 거 그쪽에서도 다 알아."

"그게 문제지, 이 천문대 애송이야. 이 년짜리 프로젝트 만들어놓고 첫해는 기획이나 준비 작업만 하고, 이 년째에 진짜로 일할 사람 뽑아서 푼돈 주고 결과물 짜내는 시스템 아냐. 첫해에 들어간 놈들이 돈이니 경력이니 다 쓸어가는 거야. 정작 본인들은 아무것도 안 하고."

마지막으로 문 박사의 서재를 정리하기 위해 천문대로 올라가던 날, 서울로 날아온 한나 파키노티가 천문대로 가는 차편에 합류했다. 서울에 내린 어마어마한 눈에 비하면 천문대가 있는 산꼭대기를 덮은 눈은 딱 보기 좋을 만큼의 소박한 장식처럼 보였다.

"아, 나는 눈은 딱 질색인데. 둘 중에 아무나 한 명만 나가서 저거 좀 다 치워주겠어?"

파키노티의 말에 은수가 대답했다.

"좀 있으면 다 녹아요. 저거 다 녹으면 또 금방 심심해져요."

그리고 거짓말처럼 그 책이 나타났다. 복도에 늘어놓은 책 박스 하나에 아무렇지도 않게 끼어 있는 것을 파키노티 박사가 발견한 것이었다.

"김은경 선생, 솔직히 말해봐. 조은수 선생 원래 좀 덤벙거리는 편이지?"

"그럼요, 다른 사람들한테 안 들키게 혼자 몰래 숨어서 덤벙거리죠."

"내 눈은 못 속인다니까."

"저기, 파키노티 박사님, 무슨 말씀을 하시는 거예요? 그리고 징계 중인 김은경 씨, 당신이 나한테 그런 말 할 처지는 아닐 텐데."

그날 오후 세계 곳곳에서, 모습을 감추었던 『항구의 수집가들』이 아무렇지도 않게 전부 제자리로 돌아왔다. 돌아온 경위도 다들 단순했다. 대출한 사람이 반납했거나, 엉뚱한 서가에 꽂혀 있던 책이 제자리를 찾게 되었거나. 그것은 고고심령학과에 조은수라는 이름을 가진 사람이 계속해서 입학하는 것과 비슷한 일이었다. 즉 신기하기는 하지만 설명이 안 된다고 해서 딱히 놀랍지도 않은, 납득 가능한 초자연 현상의 하나라는 의미였다.

"그래서 그 책을 누가 다 가져갔다는 거야?"

"글쎄요, 누가 가져갔을까요? 레드팀은 무슨 가설 같은 거 없어?"

"나? 나는 별로 안 궁금한데."

"아미타브가 치웠겠지."

"역시 그렇겠죠?"

"역시 그런 게 아니고, 그냥 그렇다고 하고 넘어가. 그거 어차피 아무도 못 밝혀내."

"그럼 문 박사님은요?"

은경이 물었다.

"문 박사? 흠, 모르겠는데. 애가 한 짓인가? 뭐, 진짜로 애는 아니 니까. 그런데 솔직히 말하면, 이런 말 해도 되나 모르겠는데……"

"아무 말씀이나 하세요. 늘 그러셨듯이."

"나는 사실 귀신 잘 안 믿어. 믿는 것 같기는 한데 반만 믿는다고 해야 되나. 저기 그거 있잖아 왜. 혼령이 산 사람처럼 그렇게 구체적 인 행동을 하기도 한다는 이야기는, 나는 그냥 전설의 고향 같거든. 문 박사야 뭐, 그냥 몸에 안 좋은 거 많이 먹어서 그렇게 된 거 아닌 가? 운동 싫어하지, 일 많이 하지, 은근히 화 잘 내지, 또 뭐지? 아무 튼 나쁜 거 더 있지 않나?"

점심식사를 마치고 이제는 다시 회의실이 되어버린 문 박사의 서 재로 돌아왔다. 말끔하게 정리된 6인용 테이블 위에는 장기판이 놓여 있었다. 파키노티는 장기판을 가만히 내려다보고 있다가 코끼리 기물을 들어서 궁성 정면에 힘차게 내려놓았다.

"저기, 선생님, 그렇게 세게 내려놓으시는 건 좀 그렇거든요. 테이블이 흔들릴 정도로 내려놓으시면."

"아, 미안. 힘 조절이 잘 안 돼서 그래. 그런데 조 선생은 참, 더디네. 고고심령학은 어떻게 배웠나 몰라. 문 박사가 고생 좀 했겠어."

"말 좀 시키지 마세요. 헷갈려요."

"헷갈리시겠지. 생각해봐. 나는 창밖 구경이나 해야겠다."

은수는 장기판을 뚫어져라 바라보다가 왕을 한 칸 뒤로 당겨 방어 태세를 갖추었다. 은수가 그 수를 두자마자 무관심한 듯 창가에서 딴전을 피우고 있던 파키노티 박사가 재빨리 장기판 앞으로 다가오더니, 아까와 마찬가지로 요란한 소리를 내며 왼편에 있던 포를 오른쪽 끝 칸으로 옮겨놓았다.

"하하, 그럴 줄 알았지. 차ᅤ 떨어졌네."

"저기, 박사님. 지는 건 별로 약이 안 오르는데, 기물 삐뚤삐뚤하게 놓으시는 건 진짜 좀 어떻게 안 되시나요? 제자리에 놓여 있는 기물이 하나도 없잖아요. 이건 아예 십자로에 물리지도 않았고요. 여기에 놓은 거예요, 여기에 놓은 거예요?"

"나이가 들어서 그래. 손가락에 힘이 없어서. 내가 젊었을 때만 해도."

"아니, 울먹이신다고 제가 속아 넘어갈 건 아니잖아요. 이런 매너로 전 세계를 다니신 거예요?"

"왜? 이것도 연구의 일부야. 이래야 더 잘 먹혀."

"왜 아니겠어요. 야, 김은경, 심판이라도 나서서 어떻게 좀 해봐."

아무 말도 하지 않고 장기판을 지켜보고 있던 은경이 마지못해 입을 열고는 이렇게 말했다.

"바빠. 대강 넘어가. 그리고 너 지금 개인 시간 이십 분 다 썼다. 이제 초읽기야."

"벌써? 이제 초반 포진인데."

"그러게 무슨 생각을 그렇게 해? 빨리 좀 둬. 지겨워 죽겠네."

은수가 다시 생각에 잠겼다. 파키노티는 다시 자리를 떠나 책꽂이에 꽂혀 있던 천체물리학 책들을 만지작거렸다. 잠시 뒤, 은경이 진지한 목소리로 이렇게 말했다.

"조은수 선수, 첫 번째 초읽기입니다. 하나, 둘, 셋, 넷, 다섯, 여섯."

"야, 잠깐만, 너무 빠르잖아. 초읽기라고. 일 초에 하나씩만 세."

"조은수 선수, 첫 번째 초읽기 지났습니다."

"아, 대충 둬. 나 초원에 있는 동안 한 시간에 한 수씩 두던 거 생각하고 두면 곤란해."

"싫어요."

그렇게 세대가 이어졌다. 문인지와 한나 파키노티의 고고심령학에서 조은수와 김은경의 고고심령학으로. 그 덕분에, 궁지에 몰렸던 고고심령학도 가까스로 제자리를 찾아갈 수 있었다.

아이의 혼령은 천문대를 완전히 떠난 모양이었다. 고무줄 노래를 불러도, 문 박사가 늘 하던 방식으로 고고심령학 이야기를 들려줘도, 아이는 끝내 모습을 드러내지 않았다. 그냥 산을 떠난 것일 수도 있고, 아니면 아미타브와 함께 영원히 열반에 이르렀을 가능성도 있었지만, 거기서부터는 고고심령학이 다룰 영역이 아니었으므로 은수는 그냥 아이가 사라졌다는 사실만 받아들이기로 했다.

천문대가 비로소 과학자들에게로 돌아가게 된 것을 생각하면 아이가 사라진 것은 다행스러운 일이었다. 어느 날 갑자기 돌아올지도 모르는 일이었지만, 외딴 천문대에 귀신이 나오는 게 그렇게 희한한 일도 아니고, 그래 봐야 과학자들은 믿지도 않을 테니, 윤리적인 문제를 더 신경 쓸 필요까지는 없어 보였다. 교육관 로비에서 초급 실습 과정을 재개하지만 않는다면.

한나 파키노티는 서울에 좀 더 머무를 생각이었다. 무려 여든여섯 개의 방어탑이 있는 거대한 요새가 빙의되면서 일으킨 사회적 변화를 연구하기 위해서이기도 했지만, 다른 한편으로는 조은수가 정리해둔 문인지 박사의 서재를 자세히 들여다보기 위해서이기도 했다.

비 내리는 에피날 요새에서, 슬그머니 다가와 우산을 씌워주었던 친구. 멀쩡하게 건축사나 연구하고 있던 자신을 은근슬쩍 고고심령학이라는 기괴한 학문으로 이끌었던 원흉.

이제는 디지털로 옮겨진 문인지의 지적인 영혼에게 한나 파키노티가 이런 말을 속삭였다.

"그거 알고 있었어? 저 두 사람 딱 우리 같다는 거. 두 사람 볼 때마다 더 그리울 거야. 그리고 늦게나마 숙제를 제출할 수 있어서 얼마나 다행인지 몰라. 너도 그렇지? 자, 그럼, 나는 이만 가볼게. 편안히 잘 쉬어, 내 성벽."

과학을 과학이게 하는 것,
소설을 소설이게 하는 것

"아, 큰일 났다."

배명훈의 신작, 『고고심령학자』의 해설 청탁을 흔쾌히 받아들였을 때만 해도, 나는 큰일이 날 것이라고는 생각하지 않았다. 일단 배명훈의 신작을 먼저 읽어보고 싶다는 욕심이 있었고, 배명훈이라면 분명 좋은 소설을 썼을 터이니 일단 다 읽고 나면 무슨 말이든 쓸 거리가 있으리라는 기대가 있었고, 모든 독자들이 소설 본문을 읽은 다음, 해설과 작가의 말까지 꼼꼼히 읽지는 않으리라는 짐작이 있었다. 욕심과 기대와 짐작의 경중을 가늠해보니 일단 읽어보고 싶은 욕심이 제일이었다.

그리고 이 소설을 읽은 다음, 나는 아뿔싸, 소설 좀 먼저 읽어보려고 욕심을 냈다가 큰일이 난 것을 깨달았다. 배명훈은 또 아주 새로운 소설을 썼고, 이럴 때 외고도 아니고 책 안에 함께 실리는 해설은 특히 그 책임이 무겁다.

"왜 배명훈 님은 우주선이 나오고 우주에서 싸우는 소설을 쓰지 않은 거죠?"

나는 독서의 여운이 가시고 내가 해설을 쓰기로 했다는 사실을 깨닫자 다짜고짜 일단 이렇게 불평한 다음, 안대를 꺼내 쓰고 두 시간을 잤다. 오후 네 시였다. (혹 당신도 이 소설을 읽고 '내가 뭘 봤지?'라고 생각했다면, 당황하지 말고, 이 해설을 읽기 전에 한숨 자기를 권한다.)

과학을 과학이게 하는 것

과학소설Science Fiction을 정의할 때, 여기에서의 과학이 자연과학이나 공학뿐 아니라 사회과학, 넓게는 인문학까지도 포섭한다는 것은 새삼스럽지 않은 이야기이다. 과학소설이 말하는 과학은 과정으로서의 과학, 합리성으로서의 과학이다. 합리적인 사고에 대한 신뢰, 합리적 사고를 하는 연구자들에 대한 신뢰, 그 사고의 적층을 통해 학문이 학문으로 성립한 결과에 대한 인정, 이 모든 것을 우리는 과학이라고 부르고, 과학소설은 이 과학적 사고를 소설에 편입하여 경이감을 불러일으킴으로서, '과학'소설이 된다.

그러나 이 수십 년 동안 반복되어온 개론의 개념 정의에도 불구하고 우리는 과학소설을 말할 때 으레 자연과학을 먼저 떠올린다. 우주, 기계, 공학 등에서 멀어질수록 '이것도 과학소설인가?'라는 질문을 맞닥뜨린다.

1) 학문적 공간의 중첩

배명훈은 『고고심령학자』에서 천문대라는 공간을 이용함으로써, 독자에게 과학소설의 과학을 사회과학으로 확장하여 이해하는 경험을 제공한다. 천문대라는 전형적인 자연과학의 공간을 고고심령학의 현장이자 연구실로 설정한 것이다. 천문대는 고고심령학을 학문으로 존재하게 하는 공간적 매개가 된다. 천문대가 천문학이라는 학문의 공간으로 활용되던 시간과 고고심령학이라는 학문을 위한 공간이 된 시간은 매우 단단한 물성을 지닌 천문대 건물, 복도, 연구실에서 중첩되고, 독자는 그 두 가지 과학이 중첩한 공간 속에서 고고심령학이라는 학문을 수용하게 된다. 소설 속 고고심령학자들은 고고심령학이 학문이라는 점을 확신하지만, 고고심령학이 없는 세계를 사는 우리들에게도 고고심령학이 학문으로 성립하는 데에는 천문대라는 자연과학의 공간에 고고심령학계를 섬세하게 펼친 설정의 역할이 적지 않다. 천문대에 있는 학자의 연구실이라니, 얼마나 영리하고 교묘한지!

2) 비현실과 비논리 사이의 엄밀한 경계

한편, 이 소설은 비현실적인 것과 비논리적인 것을 선명하게 구분한다. 천문대에 살고 있는 천 년이 넘은 드라비다 혼령이나 서울 시내에 갑자기 나타난 성벽은 비현실적이다. 그러나 소설 속 고고심령학 연구자들에게 이러한 혼령의 존재나 현상이 비논리적인 것은 아니다. 혼령은 실재하고, 고고심령학은 이 세계에 혼령이 실재한다는 현실을 경험적으로 확인하고 성벽의 출현 같은 새로운 현상에 논리적이고 가장 정합적인 답을 찾는 학문이다. 아직 협동 과정만 있고 독자적인 박사학위 과정이 없을 만큼 불안정한 분야라는 점까지도 참으로 현실적이다.

혼령의 존재에도 불구하고, 아니 오히려 혼령이 현실에 존재하기 때문에 이 소설은 결코 판타지일 수 없다. 사실 이 소설에서 굳이 가장 비현실에 가까운 부분을 꼽자면 이 소설에 등장하는 모든 연구자들, 심지어 고고심령학으로 적당히 관의 예산을 따내 랩을 운영하는 이한철 대표까지도, 기본적으로 성실하고 정직한 학자들이라는 점 정도일 것이다.

3) 고요한 멸망과 조용한 해결

이 소설에 닥친 세계 멸망, 혹은 서울 멸망의 위기는 고고심령학으로 해결된다.

서울 시내에 어떤 거대한 물체가 나타나면서 도시가 빙의된다. 사람들은 귀납적으로 이 물체가 벽이라는 가설을 세운다. 벽이라면 벽의 안과 밖이 있으리라는 추론이 자연스럽게 그 뒤를 잇는다. 한편 벽이라면 문이 있을 것이다. 문이 있다면 문을 통해 드나들 수 있을 것이다. 문이 열려 있다면 누군가가 드나들고 있었을 가능성이 높다. 또한, 구전되는 이야기 중 어떤 것들에는 진실이 담겨 있고, 변형을 거슬러 가면 원형에 다가갈 수 있다.

합리적 사고는 보편적이고, 이론으로 성립할 수 있는 판단은 나라와 시대와 언어를 넘어 검증 가능하다. 착실한 문헌분석, 성실한 현장조사, 유능한 연구자의 통찰과 그에 대한 신뢰를 바탕으로 '문제'는 '해결'된다.

이 소설에서 서울이 맞닥뜨리는 위기는 거대한 멸망이지만, 그 멸망은 소리 없이 내리는 눈처럼 조용하다. 그 멸망을 막는 것 또한 하룻밤이면 녹아버리는 눈처럼 존재감 약한, 그러나 답을 찾기를 멈추지 않고 큰 질문 앞에서 고개를 드는 연구자들이다. 이 점에서 이 소설에는 특히, 학문을 하는 사람들을 위로하는, 아름답고 이상적인 정서가 있다.

소설을 소설이게 하는 것

이 소설의 주요 등장인물들에게는 하나의 공통점이 있다. 모두 연구자라는 점이다. 성별, 연령, 국적, 민족은 때로는 분명히, 때로는 애매하게 표현된다. 초은수와 김은경, 조은수와 파키노티, 조은수와 이한철 대표, 문인지 박사와 파키노티, 문 박사와 이 대표…… 이 소설의 등장인물들 중 우리는 좋은 사람과 나쁜 사람을 구분하기 어렵다. 애당초 이 소설이 사람을 그렇게 나누고 있지 않기 때문이다. 여기에는 더 유능한 연구자, 더 큰 재능을 타고난 연구자, 현실과 타협한 연구자, 타협할 필요가 별로 없었던 연구자들이 있을 뿐이다.

좋은 사람이기 때문이 아니라 유능한 사람이기 때문에 생기는 관계들은, 일견 건조해 보일지 모른다. 그러나 타인의 유능함을 있는 그대로 받아들이는 건강한 인물들을 한국 소설에서 만나기란 쉽지 않다. 타인의 재능을 알아보는 눈을 가진 '좋은' 사람들이 직관적으로 관계를 맺는 것은 현실에서 쉬운 일이 아니다.

『고고심령학자』에는 존중과 인정에 바탕을 둔 관계들, 끈적거리지 않지만 단단하고, 완전하지 않지만 허점들마저도 그저 존재하는 채로 받아들인 온전한 존재들 사이의 깊고 건강한 애정이 있다. 그리고 그런 온전한 존재들은 몇 시간을 걸려 초원을 달리거나, 눈을 함께 맞거나, 벽을 뚫고 어깨를 감싸 안거나, 나란히 서서 코끼리를 마주하거나, 서로의 눈물을 닦아주거나, 함께 열반에 든다.

뒤틀리지 않은 사람들. 성벽이 사라지고 어린 혼령이 사라져도 자라나갈 관계들, 살아갈 사람들. 나는 『고고심령학자』 속 인물들의 삶이 이야기 속 어딘가에서 계속되리라고 생각하고, 이 생각에서 깊은 충족감을 느꼈다.

*

마지막으로 당부하고 싶은 것은, 이 글은 어디까지나 과학소설가의 해설이라는 점이다. 나는 이 소설을 과학소설로 읽었고, 동시에 장르에 대한 편견과 고고심령학이라는 소재 때문에 비과학소설로 읽힐 가능성이 있는 소설이라고 생각하여 이 해설을 썼다. 그러나 사실, 당신이 『고고심령학자』를 읽고 '이것은 과학소설이 아니다'라고 생각했더라도, 혹은 이 소설의 '과학소설'인 부분이 아니라 이 소설의 다른 지점들을 인상 깊게 읽었더라도, 그 역시 좋은 일이다.

나는 드넓은 초원에 대해, 눈 내리는 산에 대해, 차투랑가와 코끼리에 대해, 두 개의 심장을 가진 도시들에 대해, 행간을 넘어 가슴에 남는 어떤 관계들에 대해 이 글에서 일부러 한 마디도 쓰지 않았다. 그것은 배명훈이 이 소설로 다시 한 번 확장한 '우리 이야기'의 새로운 경계 언저리에서, 혹은 그 너머에서, 살아 있는 독자인 당신이 발견하고 의미를 찾아나갈 것들이라 믿기에.

작가의 말

물론 이 이야기는 실화다. 그런데 아쉽게도 고고심령학자들이 하는 일의 상당 부분은 이 책에 등장하는 드라마틱한 사건들과는 거리가 멀다. 다른 학문 분야와 마찬가지로 고고심령학에 투신해서 당신이 맡게 될 역할은 이 책의 주인공들이 맡은 것보다 훨씬 더 지루한 일일 가능성이 높다.

적어도 대가가 되기 전까지는 그 운명을 벗어날 방법이 없는데, 고고심령학계에서 대가가 된다는 것은 과학소설로 베스트셀러 작가가 되는 것만큼이나 쉽지 않은 일이다. 그것이 이 글의 자문을 맡아준 대다수 고고심령학자들의 공통된 의견이다.

하지만 적어도 아예 불가능하다는 의미는 아니지 않냐고 긍정적으로 해석할 수 있는 사람이 있다면, 한 번쯤 그 일에 도전해보는 것도 괜찮지 않을까 하는 의견을 조심스럽게 덧붙여본다.

그리고 이 부분이야말로 진짜 실화인데, 이 이야기의 주요 배경 중 하나인 천문대는 실제로 존재하는 공간이다. 2009년 세계 천문의 해 이후 나를 포함한 한국 과학소설 작가 다수는 '소백산 천문대'라는 공간을 통해 천문학자들과 지속적으로 교류해오고 있다. 특히 이 글의 전반부는 소백산 천문대에서 제공한 작가 레지던시 프로그램 기간에 거의 지금의 형태대로 완성되었다.

이 책에 실린 천문대 이야기는 상당 부분이 실화이고 나머지 반쯤은 허구인데, 다른 건 몰라도 천문대 운영은 확실히 천문학자들이 맡고 있다는 사실만큼은 분명히 밝히고 넘어가지 않을 수 없다. 현실 세계에서 고고심령학자들의 영향력과 존재감은 이 책에 소개된 것만큼 대단하지 않다. 이견이 있을지 모르겠지만, 내가 모르는 비밀결사체가 있는 게 아니라면, 이들에게는 사실 영향력이라고 할 만한 게 거의 없다고 봐도 무방하다.

그 외에도 감사한 분들이 여럿 있다. 작가는 많은 분들의 도움을 받아야만 비로소 소설을 완성시킬 수 있다. 우선 코끼리를 옛날 인도 근방에서 뭐라고 불렀느냐는 질문에 힌두 문화권 출신인 남라타 Namrata, 소미야 Soumyashree, 세카르 Sekhar, 마유리 Mayuri, 로니 Rony, 산무가 Shanmuga, 영림 씨 등이 각자 자기네 지역 언어로 답을 해주었다. 나름 유용하게 활용했으나, 전혀 티가 안 나고 작가만 알아볼 수 있는 방식으로 들어가 있어서 어느 부분인지 콕 집어서 말해줄 수는 없게 된 점이 아쉬울 따름이다.

이름을 빌려준 파키노티 씨 가족은 현재 미국에 살고 있는데, 내

친구이기도 한 이들 부부에게는 한나 파키노티만큼 장성한 자녀가 있을 리 만무하다. 그들의 삶을 통째로 빌려온 것은 아니라는 뜻이다. 그래도 이 가족과의 만남을 통해 얻은 구체적인 영감이 한나 파키노티라는 인물을 구성하는 주재료가 되었다는 사실에는 변함이 없다. 가네샤의 가호 아래, 오랜 독자인 세영 씨가 학자로서 어서 본인 몫으로 정해져 있는 성공을 쟁취해가기를 기원한다.

사실 이름에 관한 모든 조사는 L 씨의 적극적인 도움을 받아 진행되었다(보통은 스팸메일 발신자 이름을 적어뒀다가 활용하곤 하지만, 이 소설에서는 그러지 않았다). 개인 조사원으로 쓴 셈인데, 나보다 훨씬 뛰어난 능력을 지닌 사람을 무급 조사원으로 쓰는 게 부담스러울 때도 있지만, 소설가라는 게 원래 좀 그런 직업이기도 한 것 같아서 그냥 뻔뻔하게 도움을 받았다.

그 외에도 고마워할 분들이 많겠지만 무엇보다 작업 파트너인 담당 편집자의 기여가 가장 결정적이었을 텐데, 그 이야기를 썼다가는 또 삭제해달라는 요청을 받을 게 분명하다. 그래도 짧게만 언급하자면, 책을 읽은 독자라면 이 소설 속에 작가가 집어넣은 지식들을 검증하고 확인하느라 편집자가 들였을 수고를 한 번쯤 가늠해보시기를 바란다. 그럼에도 불구하고 살아남은 오류가 있다면 그것은 작가의 얼렁뚱땅 그럴듯한 허풍이 편집자의 노고를 이긴 증거일 따름이다.

이 소설은 준비 기간이 꽤 길다. 칠 년에서 팔 년 정도 자료를 모으고 생각을 정리한 것 같은데, 너무 일상적으로 준비해서 특별히 무슨 자료를 봤다고 써야 할지 잘 모르겠다. 짧은 기간에 공부하듯이 집중적으로 파고들어서 집필한 것이 아니고, 몇 가지 주제에 대해 안테나를 열어놓고 거기에 걸려드는 사소한 정보들을 오랫동안 모아서 만든 이야기인 탓이다. 그동안 벽에 관한 이야기를 구상하고 있다는 언급을 한 인터뷰만 해도 대여섯은 될 것 같은데, 이 소설이 바로 그 결과물이다. 소설 내용에 빗대어 말하자면 조은수 스타일의 공부가 아니라 김은경 스타일로 한 연구이니, 특이한 자료를 봤다기보다는 비교적 흔히 볼 수 있는 재료들을 오래, 자주 들여다본 결과물 정도로 이해됐으면 좋겠다.

한 권의 책으로 출간되기까지 이렇게 긴 시간이 걸리게 될 거라고는 생각지 못했지만, 짜임새가 다 갖춰진 채로 몇 년을 숙성한 이야기라 거의 처음 계획대로 집필이 됐다. 혼자서만 비밀처럼 간직하고 있던 이야기를 다행스럽게도 온전히 독자가 읽을 수 있는 형태로 옮기는 데 성공한 셈이다. 내가 즐거웠던 만큼 이 글을 완성시킬 독자들의 눈에도 흥미로운 이야기이길 바란다.

고고심령학자
ⓒ 배명훈 2017

1판 1쇄   2017년 8월 18일
1판 2쇄   2017년 10월 30일

지은이   배명훈
펴낸이   김정순
책임편집   한아름
디자인   이혜령 모희정
마케팅   김보미 임정진 전선경

펴낸곳   (주)북하우스 퍼블리셔스
출판등록   1997년 9월 23일 제406-2003-055호

주소   04043 서울시 마포구 양화로 12길 16-9 (서교동) 북앤빌딩
전자우편   editor@bookhouse.co.kr
홈페이지   www.bookhouse.co.kr
전화번호   02-3144-3123
팩스   02-3144-3121

ISBN 978-89-5605-731-6 03810

이 도서의 국립중앙도서관 출판도서목록(CIP)은 서지정보유통지원시스템
홈페이지(http://seoji.nl.go.kr)와 국가자료공동목록시스템(http://www.nl.go.kr/kolisnet)에서
이용하실 수 있습니다.(CIP제어번호: CIP2017017266)